Katariina lebt mit ihrem Mann, dem Fotografen Olli, und ihrer Tochter Elina auf einer kleinen Insel vor Helsinki. Eines Tages erhält sie Nachricht vom Tod ihres Vaters, mit dem sie niemals Kontakt hatte. Sie erfährt, dass sie drei Geschwister hat: zwei Frauen und einen Mann, von drei verschiedenen Müttern. Ihre Halbschwestern heißen beide auch Katariina, wie jüngere Versionen ihrer selbst.

Katariina gerät ins Strudeln. Bisher hatte niemand je Zugang zu ihrem Innersten, vielleicht nicht einmal sie selbst. Wer war ihr Vater, der Mann, dem die Frauen verfielen, aber der alleine in einem Hotelzimmer starb? Welche Geheimnisse der Geschwister enthüllt Ollis Kameralinse? Bis der große Flug der nordischen Zugvögel über die Insel beginnt, muss nicht nur Katariina sich der Wahrheit stellen.

»Katja Kallio schlägt ihre Leser von Beginn ihres Romans an in den Bann. Sie erzählt mit großer Sensibilität und viel Gespür für die Besonderheiten ganz normaler Menschen.«
Wiener Zeitung

Katja Kallio, geboren 1968, ist eine der wichtigsten zeitgenössischen Autorinnen Finnlands. Zwei ihrer erfolgreichen Romane sind fürs Kino verfilmt worden. Katja Kallio schreibt auch Kinderbücher und fürs Fernsehen. Die Autorin lebt in Helsinki.

Weitere Informationen, auch zu E-Book-Ausgaben, finden Sie bei www.fischerverlage.de

Katja Kallio

Die Zeit der Zugvögel

Roman

Aus dem Finnischen von
Alexandra Stang

Fischer
Taschenbuch
Verlag

Veröffentlicht im Fischer Taschenbuch Verlag,
einem Unternehmen der S. Fischer Verlag GmbH,
Frankfurt am Main, Oktober 2012

Die Originalausgabe erschien 2008
unter dem Titel ›Karilla‹
im Verlag Otava Publishing Company Ltd., Helsinki

Veröffentlicht in deutscher Sprache nach Vereinbarung
mit der Otava Group Agency, Helsinki
Für die deutsche Ausgabe:

Druck und Bindung: GGP Media GmbH, Pößneck
Printed in Germany
ISBN 978-3-596-18670-9

Du dort, wer bist du?
Ich bin Kairos, der Gott des allmächtigen Moments!
Warum gehst du auf Zehenspitzen?
Ich bin stets in Bewegung.
Warum hast du Flügel an den Füßen?
Weil ich fliege wie der Wind.
Warum hältst du ein Messer in der rechten Hand?
Zur Erinnerung für die Menschen, dass ich, Kairos,
der Scharfsinnigste und Flinkste von allen bin.

I
Das zerbrechlichste Material der Welt

Katariina

»In den fünfziger Jahren verfing sich etwas seltsam Schweres in den Netzen der Fischer von Borstö. Als ein Helmtaucher auf den Meeresgrund hinabstieg, fand er ein fast unversehrtes Schiffswrack, dessen Geheimnis erst nach jahrelanger Forschungsarbeit gelüftet werden konnte.

Amsterdam 1794: Kapitän Karl P. Amiel bereitet seine dreimastige Galiot St. Mikael für die letzte Fahrt des Herbstes vor. Das Ziel ist Sankt Petersburg. Zur Reisegesellschaft gehört auch die Tochter eines Geschäftsfreundes. Das Mädchen soll den Lebensstil der Petersburger Oberschicht kennenlernen, von dem man bis nach Amsterdam spricht. Kapitän Amiel hat die Verantwortung für eine außerordentlich wertvolle Fracht: Man hat bereits einen Pferdewagen auf das Schiff verladen, eine Kariole, die er der russischen Großfürstin Elisabeth persönlich überbringen soll. Zu dieser Fracht kommt eine große Anzahl von Schätzen hinzu, die einem berühmten Goldschmied in Petersburg geliefert werden sollen.«

Am Sonntagmorgen steht Katariina neben ihrem Schreibtisch im oberen Stockwerk des Hauses. Sie ist auf die übliche Art nach oben entwischt – oder nicht *entwischt*, das klingt jetzt zu listig und geheimnisvoll. Katariina ist einfach nach oben in ihr Zimmer gegangen, als hätte sie nichts Besonderes vor, und hätte sofort die Richtung ändern können, wenn Olli oder Elina sie gerufen hätten. An der Tür hat sie einen Blick über die Schulter geworfen, gelassen, als hätte sie nur einen Laut gehört und sich umgedreht, um nachzusehen.

Das blasse Märzlicht dringt durch die Holzjalousien. In der Sonne tanzen Staubflocken. Katariina öffnet das Fenster einen Spaltbreit und steckt die Nase hinaus. Nachts friert es noch, gewaltige Eiszapfen hängen morgens von den Dächern (sie können bis zu einem Meter lang werden, richtige Mörderzapfen), und die Regenrinnen der alten Häuser sind von einer dicken milchigweißen Eisschicht umgeben. Am Tag riecht man die Wärme in der Luft, die Erde ist mit schlammigem Dreck überzogen. Auf der Wurzel der Esche im Hof ist ein zerfetzter schwarzer Pilz zu sehen, wie der Flügel einer Fledermaus. Der Frühling deckt die Kampfspuren des Winters auf, die festgefrorene Schwimmhaut einer Wildente, den kompletten Flügel eines Spatzen, Baumstümpfe wie Oktopusse mit ihren Gliedmaßen, Höhlungen und merkwürdigen neuen Bewüchsen. Der Beginn neuen Lebens ist faszinierend, aber hässlich. In der Ferne zeichnen sich die geometrischen Umrisse von Frachtschiffen ab, rote, gelbe und blaue Container übereinander, majestätisch und proletarisch zugleich.

Es ist still. Das bedeutet nicht, dass man gar nichts hört, denkt Katariina. Stille ist wie die Farbe Weiß, sie enthält unendlich viele Abstufungen. So ist auch die typische Stille auf Suomenlinna. Auf einer Baustelle läuft das Radio, man hört gedämpfte finnische Rockmusik, derart monoton, dass sie aus der Entfernung wie die Litanei eines orthodoxen Priesters klingt. Vor dem Fenster singt ein Vogel. Wie ein Geigenspieler, dem der Komponist nur zwei Noten zu spielen gegeben hat, die er auf und ab sägen muss, aber dazwischen improvisiert er, wie um zu zeigen, dass er natürlich darüber gebrütet hat. Auch Helsinki ist ein Laut, ein fernes Dröhnen. So klingt es im Mutterleib, denkt Katariina, der Blutkreislauf der Welt ist nur ein undeutliches Rauschen. Das pochende Herz der Mutter und die anderen Organe, jedes lebenswichtig, verrichten irgendwo weit entfernt ihre einzigartige Aufgabe, während man sich selbst sorgenfrei auf einer kleinen Insel in Sicherheit befindet.

Katariina und Olli wohnen in einer sanierten Wohnung eines zweigeschossigen ehemaligen Kasernengebäudes. Sie leben bescheiden, obwohl das Wohnen auf Suomenlinna im Vergleich zu anderen Gegenden in Helsinkis Süden ohnehin günstig ist. Mittlerweile haben sie ein recht gutes und auch fast regelmäßiges Einkommen, auch wenn sie beide freiberuflich arbeiten. Zusätzlich zu seinen üblichen Fotoaufträgen konnte Olli mehrere seiner Natur- und Landschaftsaufnahmen an eine Bildagentur verkaufen, wofür er Tantiemen bekommt. Olli selbst schätzt diese Fotos nicht besonders, gleitende Möwen, Sonnenuntergänge und Regenbögen, aber er nimmt das Geld, das sie einbringen. Schon seit Elinas Geburt vor sieben Jahren wohnen sie hier auf diesen Inseln, auf die die Schweden vor zweihundert Jahren eine Festung gebaut haben und auf der heute Militär und Boheme Seite an Seite leben. Auf den Höfen und in den Parks spielen die

Kinder von Mustasaari und Susisaari in meist zu großen oder zu kleinen, geerbten oder auf dem Flohmarkt erstandenen Kleidern. Im Winter haben sie wettergegerbte Haut und eine hohe Erkältungsschwelle, denn Wind und Regen peitschen sie ununterbrochen. Von den Müttern, die in den Parks sitzen, sieht man nur die Augen; Mützen, Schals und Steppjacken bedecken wie arktische Burkas alles andere. Die jungen Frauen tragen Rastas, die Bärte der Männer sind zu Zöpfchen geflochten, in den Ohrläppchen haben sie fingerdicke Löcher, die mit Silberringen gesäumt sind; wie Insignien uralter Stämme, die dieselbe Funktion erfüllen wie ein Orden auf einer Uniformbrust oder die petrolfarbenen Federn von Erpeln.

Olli ist ein weniger vorsätzlicher Bohemien, passt aber gut dazu, und wegen seines Hintergrunds irgendwie auch zu den Leuten aus der Marineschule. Katariina findet es lustig, neben Karen Blixen zu den wenigen Frauen auf der Welt zu gehören, die einen Mann haben, der deutlich schöner ist als sie selbst. Olli ist objektiv betrachtet ein gutaussehender Mann: Er hat lange, aber kräftige Gliedmaßen, eine wohlgeformte große Nase, dickes, braunes, lockiges Haar, das aussieht, als wäre es von jemandes Balkon auf seinen Kopf gefallen. Olli ist der Typ Mensch, dessen Schönheit durch einen nachlässigen Haarschnitt (im eigenen Badezimmer mit einer Schere von Fiskars produziert) und durch mottenzerfressene Pullover noch betont wird, nicht gemindert. In der Doisneau-Ausstellung vor neun Jahren hatte Katariina bemerkt, dass Olli sie ansah, und plötzlich redete sie mit voller Stimme mit ihm; schon vorher hatte sie eine Weile in Gedanken mit ihm gesprochen. Olli drehte sich zu ihr um, den Aufkleber des Museums Tennispalatsi auf der Stirn.

Es gibt nichts, wofür es nicht den entscheidenden Moment gibt.

Nie kann ich ihn besser kennen als jetzt, hatte Katariina über Olli am nächsten Abend gedacht. Ich kenne ihn durch und durch.

Was für eine kindische Einbildung, dachte sie zwei Jahre später. Ich glaubte im Ernst, jemanden zu kennen, den ich am Vortag getroffen hatte. Seine Geschichte, die Wege auf seiner Karte. Seine Lügen.

Wie perfekt sie Olli doch damals gefunden hat. Katariina konnte es nicht glauben, dass Olli wirklich am nächsten Tag zurückkam, um sie zu suchen. Sie hatten nicht vereinbart, dass sie sich wiedersehen würden. Sie hatten überhaupt nichts vereinbart. Sie selbst ging erneut zum Tennispalatsi, als hätte sie bereits Wochen zuvor ein Zugticket gekauft und nicht mehr weiter darüber nachgedacht, ob sie den Zug nun nehmen würde oder nicht. Sie würde zur selben Stelle gehen, an der sie sich getroffen hatten, sich auf dieselbe Bank setzen, auf der sie einen Moment zusammen verbracht hatten, würde in ihrem Kopf ihr Gespräch wiederholen, Ollis Sprüche, intelligent, verschmitzt, ein wenig boshaft. Sie ging hin, und Olli kam.

Der Moment, als sie sich an der Tür des geschlossenen Tennispalatsi trafen, hätte Katariina für den Rest ihres Lebens genügen können. Es ist ein Augenblick, mit dem sie sich immer und immer wieder selbst behandelt, den sie bei Bedarf stets hervorholt wie ein braunes Glasgefäß aus dem Apothekenregal, auf dessen weißem Etikett mit Tinte ein lateinischer Name geschrieben steht. Ein heilsamer Moment, als alles vollkommen war, als sie selbst mehr war. Würden Olli und sie sich trennen, so würde Katariina sich, zumindest in ihrer Vorstellung, mit dem Glasgefäß behandeln und die Trennung ertragen. Eines Tages würde sie jemand anderen kennenlernen, und immer wenn es schwierig werden würde, würde sie das Gefäß hervorholen. Manchmal wendet Katariina es gegen Olli selbst an, so als wäre der Olli jenes Karfreitags ein anderer Mann und es deshalb möglich, ihn als Serum zu benutzen. In diesem Moment vor dem Tennispalatsi war Katariina restlos glücklich. Als sie Olli einmal davon erzählt hat, antwortete er: »Von da an ging ja auch alles bergab.« Er sagte es in scherzhaftem Ton, durch den eine Frage hindurchschimmerte und Erwartung (Ist das so? Das stimmt doch nicht?).

Der heiße Kaffee dampft in Katariinas Hand und verbreitet die unsichtbaren Ranken seines Dufts wie eine merkwürdige, etwas hässliche Blume. Stille ist Zärtlichkeit. Mit der anderen Hand betastet Katariina die Blätter, auf denen der Text steht, den sie sprechen muss. Sie schaltet den DVD-Spieler ein, und auf dem Bildschirm erscheint tonlos der erste Teil der Dokumentation über das Wrack. Sie liest die Texte auf dem Papier wie beiläufig, über die Schulter hinweg, den Kopf geneigt, als wäre sie gerade am Weggehen. Wenn nur keiner merkt, dass sie genau hier sein will und wie sehr sie das will, wird sie es schaffen, sich diesen Moment zu stehlen. Je mehr man etwas will, desto stärker muss man so tun, als würde es gar nicht existieren oder als hätte es keine Bedeutung. Dann wollen es die anderen nicht für sich haben. Das gilt für die goldene Wachsmalkreide in der Farbenkiste des Kindergartens. Es gilt für den Jungen in der letzten Reihe im Vorlesungssaal, einen Amethyst, der im Versteck einer grauen Tweedhülse wartet und dessen durchdringende Augen noch niemand anderes bemerkt hat, was aber nur eine Frage der Zeit ist. Und mehr als alles andere gilt es für den einsamen, stillen Moment in der Familie, in der jeder endlos Bedürfnisse hat.

»Auf dem Meer müssen sich die Reisenden auf das Können des Kapitäns und die Führung des Allerhöchsten verlassen. Der Kapitän wiederum vertraut auf die besten Seefahrtsinstrumente, die ihm zur Verfügung stehen. Die St. Mikael kommt sicher in den finnischen Schären an. Der Tradition gemäß sucht der Kapitän für eine Nacht den Schutz der Schären. Am nächsten Morgen setzt man die Reise durch die weißen Schären fort. Der Winter hat die Reisenden ungewöhnlich früh überrascht. Die Wolken bringen immer neuen Schnee mit sich, der sich auf den Tauen und Luken des Schiffs ansammelt. Die Wellen, die über die Reling schlagen, vereisen am Schiff. Das Mädchen in der Kajüte im Hinterdeck faltet die Hände.«

Katariina liest die Texte mit tiefer Stimme, flüstert, eigentlich murmelt sie. Eines Tages wird ihre Stimme zu einem Dokument werden. Seit fast zehn Jahren arbeitet Katariina mit ihrer Stimme. Sie hat Mitteilungen für die Staatsbahn eingelesen – *Unser mobiler Verkaufswagen fährt durch die Abteile* – und Telefonschleifen für Servicenummern – *Sie befinden sich weiterhin in der Warteschlange, die Wartezeit ist für Sie kostenlos* –,

Radiowerbung und Fahranweisungen für Navigationsgeräte. *Wenn möglich, bitte wenden. Nach zweihundert Metern. Nach dreihundert Metern. Sie haben Ihr Ziel erreicht. Jetzt wenden. Bitte einordnen. Nach rechts abbiegen. Nach links abbiegen.* Sie hat die Mitteilungen gesprochen, die die Warteschleifenmusik in Hotels unterbrechen. So kam man auch auf ihre Stimme, in einem Hotel, wo sie in Teilzeit als Empfangsdame arbeitete. Das war ein Job, den sie versehentlich bis an ihr Lebensende hätte machen können. Sie konnte ihre Sprachkenntnisse anwenden und sich selbst damit betrügen, dass sie auf diese Art nur ihr Studium finanzierte, wobei sie in Wahrheit in den letzten vier Jahren gar nicht mehr studiert hatte. Einer der männlichen Kollegen war auf ihre Stimme aufmerksam geworden, machte ab und zu Witze über seine Beobachtung, bat Katariina, allen möglichen Unsinn zu sagen, wie *Das neue Sheba, mit Wild und frischem Gemüse*, und schloss dann die Augen und gab intime Laute von sich. Katariina war ein sicheres und unterhaltsames Ziel von Witzeleien, sie nahm die Sache nicht allzu ernst, ärgerte sich auf angemessene Weise und bildete sich nichts darauf ein wie die jüngeren und zielstrebigeren Mädchen. Bald war der Charme von Katariinas Stimme eine allgemein anerkannte Tatsache, und als für die Telefonanlage des Hotels eine neue Erkennungsmelodie und eine sich regelmäßig wiederholende Mitteilung erstellt wurden, bat man Katariina, sie einzulesen (umsonst, versteht sich). Katariina tat, wie ihr geheißen, und schickte einige Wochen später, nachdem sie die Sache durchdacht hatte, die Stimmprobe an eine Werbeproduktion.

Zwei Monate später erhielt sie einen Anruf und bekam ihren ersten Auftrag. Ihre Sprachkenntnisse und ihre gute Aussprache kamen ihr zugute. Außer ihrer schönen Stimme hatte Katariina die seltene Begabung, einen Text so zu lesen, dass er bedeutungsvoll klang, bedeutungsvoller, als er auf dem Papier aussah. Wenn sie sagte: *Genießen Sie gleich beim Eintreten vom Bulevardi ins Hotel die extravagante Atmosphäre*, schritt der Zuhörer schon auf einem Teppichboden, in dem man versinkt, er sah Wände aus Marmor und Wendeltreppen. Katariinas lächelnde, persönliche Stimme war ein Versprechen. Nun hatte sie zwei Teilzeitjobs. Als sie mit Elina schwanger wurde, kündigte sie ihre Stelle als Empfangsdame.

Katariina blättert Textseiten um, sieht auf den Fernsehbildschirm. Zerbrochene Tassen, Untertassen, Teller auf dem Meeresgrund. Wie Brotkrümel, die sich während einer Waldwanderung wie ein Pfad zurück nach Hause verteilen. Unten sind Stimmen zu hören, die schnellen Schritte von Elinas Füßen und – hört sie richtig? – das Läuten der Türklingel. Vielleicht bringt Olli den Müll raus, überlegt Katariina. Sie hat nur noch einen kurzen Augenblick, sie weiß das so genau, als hätte es ihr jemand gesagt. Wenn man lange genug zusammenwohnt, weiß man solche Dinge, genau wie atmosphärische Spannungen Pferde unruhig machen, während die Menschen sich noch sonnen, sich über die Hitze wundern und den wolkenlosen Himmel bestaunen.

»Das pathologische Institut der Universität Helsinki hat nachgewiesen, dass die Knochen, die auf der St. Mikael

gefunden wurden, zu einer jungen Frau und einem breitschultrigen älteren Mann gehörten. In der Kajüte des Kapitäns fand man goldene Schnupftabakdosen (einer der Deckel war mit einem Rubin geschmückt), Kristallkelche, Holzreliefs, wertvolles Meissener Porzellan und die Kariole der russischen Großfürstin Elisabeth. Ein Teil des Porzellans konnte als weißes Böttgerporzellan identifiziert werden, benannt nach dem Erfinder des europäischen Porzellans, Johann Friedrich Böttger.«

Komplizierte Wörter formuliert Katariina zwei- oder dreimal vor. Sie will nicht während der Aufnahme steckenbleiben, obwohl sie von vorne anfangen kann, sooft sie will. Anfangs war es ihr unangenehm, darum zu bitten, sie hatte Angst, dass Tommi sich jemand Erfahreneren holen könnte, der keine Fehler machte. Inzwischen weiß sie, dass sie wiederholen kann, und tut es entsprechend. Auch Marko regt sich nie auf, sofern er keinen Hunger hat. Katariina hat gelernt, dass Marko zu den Menschen gehört, die nicht selbst merken, wann sie Hunger haben. Als Katariina einmal an einer schwierigen Stelle steckengeblieben war, schnauzte Marko sie an, als sie aus der Aufnahmekabine kam. Instinktiv kramte sie Elinas Müsliriegel aus ihrer Tasche hervor und befahl ihm zu essen. Solche mütterlichen Gesten überraschen Katariina immer noch selbst. Sie betrachtet sie von außen und überlegt, woher sie wohl kommen. Wie konnte sie so etwas tun? Sie fühlt sich nicht wie eine Mutter, noch nicht. Elina aber scheint sie meistens für eine Art von Mutter zu halten. Vor einigen Jahren hat Elina sie noch vergöttert und sich nicht vorstellen können, dass Katariina auch nur zu einem einzigen Fehler fähig sein könnte.

Du armes Ding. Bald wird sie begreifen, dachte Katariina. Und natürlich hat Elina bereits angefangen zu begreifen.

Kristallkelche, Holzreliefs. Die Kariole der Großfürstin Elisabeth. Böttger. Böttger-Porzellan. Vollständig erhaltene Meissener Tee- und Kaffeetassen, Untertassen, Sahnekännchen. Das Meissener Geschirr bleibt unbeschadet bei einem Schiffbruch, der von über zwanzig ertrunkenen Menschen nur einen oder zwei Knochen übrig gelassen hat. Der Mensch ist das zerbrechlichste Material der Welt.

Unten sind weitere Geräusche zu hören, Geklapper, Gerede. Dann nähern sich Ollis Schritte. Katariina setzt ihren Weg vom Tisch weg fort, beendet den Schritt, den sie zehn Minuten zuvor begonnen hat. Sie macht ein heiteres Gesicht, setzt eine zweckmäßige Miene auf, als wäre sie nur dabei, das Fenster zum Lüften zu öffnen, eine kleine nützliche Tätigkeit zu verrichten. Das Versteck von Schätzen darf man nicht verraten. Nicht, wenn man dorthin zurückkehren und es unberührt vorfinden will.

»Katariina«, sagt Ollis Stimme.

Ollis Kopf erscheint am unteren Ende der Wendeltreppe. Er sieht aus wie ein abgetrennter Kopf, ein Kopf, der nirgends festgemacht ist.

»Katariina«, wiederholt Olli. »Die Polizei ist an der Tür.«

Katariina sieht ihn an. Der Kaffee ist kalt geworden.

»Dein Vater ist gestorben«, sagt Olli.

Der Pathologe

Draußen in der Welt trauen sich die Menschen nicht mehr, ihren Körper der Wissenschaft für Forschung und Lehre zu vermachen. Wissen Sie, warum? Wegen der Schönheitschirurgie. Glauben Sie mir. Früher hatte man das Gefühl, der Menschheit zu helfen, wenn man seine Organe spendete, die dann notleidende, leberkranke Kinder oder das Leben einer Frau retteten, die durch Verbrennungen verunstaltet war. Heutzutage werden Hautspenden nicht nur bei Verbrennungen benutzt, sondern auch, um Falten zu glätten und nichtadäquate Penisse zu verstärken und zu verlängern. So wie die Klauen und die Haut von Schweinen als Grundlage für Wurst pulverisiert werden. Das mindert die Begeisterung, nach dem Tod am Fortschritt der Menschheit teilnehmen zu wollen. Wer will schon in der Unterwäsche irgendeines Idioten enden? In den Testamentsformularen gibt es noch keinen Passus, in dem steht: Mein Kopf darf nicht als Übungsgegenstand für Facelifting abgenommen werden. Dort läge er dann, in einer Reihe mit neunzehn anderen Köpfen, in der University of California in San Francisco, und zwanzig angehende plastische Chirurgen würden über ihn herfallen, um das Spannen von Gesichtshaut zu üben.

Bei uns ist das noch anders. Die gespendeten Organe kommen in die Krankenhäuser, nicht in Schönheitskliniken. Trotzdem spenden viele nicht. Und sie denken nicht über das Sterben nach, obwohl sie vielleicht schon zwanzig Jahre im Sterben liegen. Klar, in diesem Fall gibt es nicht viel zu spenden. Wer braucht schon solche Lungen? Keine einzige lebende Seele. Und die Leber? Die Leber eines einsam gestorbenen, sechzig Jahre alten finnischen Mannes ist zu nichts zu gebrauchen, höchstens als Beispiel für eine Fettleber. Eine gesunde Leber glänzt und ist aerodynamisch. Sie sieht inmitten der anderen inneren Organe aus wie eine Skulptur. Die Nieren schmollen unter einer solchen Fettschicht, der Magen ist eine Floppy Disk und undefinierbar, die Verdauungsorgane verworren und glitschig. Aber die Leber glänzt. Sie sieht aus wie das Werk eines Ingenieurs. Ihre Ränder wölben sich leicht, wie der Horizont aus dem All betrachtet.

Die Leber ist heutzutage in unseren Breitengraden nichts mehr wert. Früher war das anders. Die Babylonier waren ein leberzentriertes Volk, sie glaubten, dass sich Geist und Gefühle in der Leber befinden. Für die Mesopotamier saßen die Gefühle in der Leber und der Verstand im Herzen. Sie würden sicher denken, dass in dieser Leber zu viele Gefühle gewesen sind. Dass der Mann sie auf Kosten seines Lebens betäubt hat.

Mesopotamisches Kaliumkarbonat.

Man sagt, dass man an Trauer sterben kann und dass sich das im Körper zeigt, als traumatisierte Gehirnzellen. So etwas zu spezifizieren ist Gott sei Dank nicht unsere Sache. Hier ist die konkrete, offizielle Todesursache sichtbar.

Damit wohl genug. Von beträchtlichen Quetschungen im Knie abgesehen. Woher auch immer die kommen. Ist der Kerl vielleicht auf den Knien gestorben?

Katariina

Katariina steht in der Tür. Sie erinnert sich nicht, wie sie dort hingekommen ist, aber bestimmt so wie immer, auf den eigenen Füßen die Treppe hinunter. Der Schnee hinter den Polizisten ist grob und fast durchsichtig, zersplittertes Glas.

An diesem Punkt wäre Gelegenheit, sich an den Vater zu erinnern, fällt Katariina ein. Im Moment, wenn man nicht weiß, wie man sich bewegt. Rückblicke auf den Vater, die Jahre zurückliegen, Gesten, Worte, eine Krawatte. Nichts zu sehen. Es ist nichts zu sehen, weil es nichts zu erinnern gibt. Sie erinnert sich kein bisschen an ihren Vater, nicht an ein einziges Bild.

Ziemlich erbärmlich.

»Guten Tag«, sagen die Polizisten. »Katariina Laakso, geborene Saarinen.«

Das ist eine Feststellung. Sie wissen es bereits.

»Wir müssen Ihnen mitteilen, dass Ihr Vater Kari Saarinen am Samstagnachmittag verstorben ist.«

Katariina hat dazu nichts zu sagen. Elina kommt in den Flur.

»Olli«, sagt Katariina.

»Lass uns Schach spielen«, sagt Olli zu Elina.

»Wie?«, fragt Katariina die Polizisten.

»Die Todesursache ist noch unbekannt«, antworten die Polizisten. »Wir ermitteln noch. Wissen Sie, was er in der letzten Zeit gemacht hat?«

»Ich weiß nichts darüber, was er jemals gemacht hat«, erwidert Katariina. »Ich bin nur ein Versehen aus seiner Jugend. Es lohnt sich nicht, mich was zu fragen.«

»Sie sind auf jeden Fall seine Angehörige«, sagt einer der Polizisten.

»Reine Semantik«, stellt Katariina fest. »Ist er zu Hause gestorben?«

»In einem Hotel«, antwortet der andere Polizist.

»Auf einer Reise?«

»Das Hotel ist in Tampere. Die Einzelheiten sind noch unklar. Sie können morgen auf der Wache anrufen und um genauere Auskünfte bitten. Sie wissen also nicht, wie er gelebt hat?«

»Ich habe nicht die blasseste Ahnung.«

»Hat er viel getrunken?«

»Er war wohl ganz gut im Feiern«, bemerkt Katariina abwesend, als würde sie laut denken. »Alkoholiker war er nicht. Dafür wäre er zu eitel gewesen«, fährt sie dann fort, und jetzt hat ihre Stimme den gleichen Tonfall wie die von kleinen Mädchen, die ihren Puppen gegenüber die Sätze ihrer Mutter wiederholen. Wenn du den Makkaroniauflauf nicht aufisst, gibt es auch kein Eis, mein Fräulein. Jetzt aber schnell Zähneputzen, oder Mama bekommt einen Wutanfall.

»Sie kennen wohl jemanden von Ihren Geschwistern?«

»Ich habe keine Geschwister«, antwortet Katariina.

»Natürlich haben Sie welche. Zwei Schwestern und einen Bruder.«

Olli

Katariina sieht ganz anders aus, als sie sich anhört. Ihre Stimme ist irgendwie rau, keineswegs fehlerfrei, aber trotzdem, oder vielleicht gerade deshalb, ist sie ziemlich einschläfernd und beruhigend. Fast wie eine Berührung. Zum Glück sieht Katariina nicht aus, wie ihre Stimme klingt. Sähe sie so aus, hätte sie runde Hüften, große Brüste und schlaffe Augenlider, als sei sie noch von der Nacht zuvor müde und könnte jeden Moment anfangen zu gähnen.

Katariina muss man ziemlich genau ansehen, damit ihre Schönheit sichtbar wird. Ich sah sie ziemlich schnell. Und sehe sie immer noch. Manchmal betrachte ich sie heimlich, die Augen, die mit den Jahren anfangen, sich von der Außenkante noch weiter nach unten zu ziehen, und die einen so ergebenen, nach innen gekehrten Blick haben, ähnlich dem einer Katze, die in ihre Sandkiste pisst. Wie heute Morgen, als sie in der Küche gesessen und gelesen hat und ich in meinen Morgenpantoffeln hineingeschlurft bin. Sie war früh aufgestanden, um ein bisschen allein zu sein. Sie hatte eine flauschige Strickjacke an und sah müde und gealtert aus. Und dennoch ist sie noch immer dieselbe, ein sehr zierlicher Kopf, in dem kindliche Augen stecken, groß und erschrocken. Immer wenn jemand anfängt zu reden, schaut Katariina drein, als fürchte sie, etwas Unerfreuliches hören zu müssen, und wenn ihr Gegenüber dann zur Sache kommt und sie begreift, dass es sich um nichts Schlimmes handelt, sieht sie erleichtert aus.

Heute Morgen habe ich sie angesehen und wusste, dass sie es als Zeichen nehmen wird, wenn ich meinen Mund öffne, dass sie aufstehen und sich zurückziehen wird – zum Lesen, zum Alleinsein – und mich in der Küche zurücklassen, damit ich einen an sich angenehmen, ruhigen Morgen verbringen kann. Ich habe einen Moment gewartet, nur geschaut, das Zeichen zum Aufbruch hinausgezögert. Dann habe ich den ersten Gedanken ausgesprochen, der mir in den Sinn kam.

»Ich bin mit einer Frau verheiratet, die klüger ist als ich«, sagte ich.

Katariina hat gelächelt, das Buch zugeklappt und ist aufgestanden.

»Hast du heimlich noch mal geheiratet?«, hat sie gefragt.

Dann ist sie gegangen, unbeschwert und behutsam zugleich, so wie immer, als würde sie sich zwingen, so zu tun, als bemerke sie den anderthalb Meter großen irischen Wolfshund nicht, an dem sie vorbeimuss. Als denke sie, ich würde aufwachen, sobald sie eine plötzliche Bewegung macht, bemerken, was sie gerade tut, und sie zurückbellen.

Sie wird wahrscheinlich nie fragen, was mich dazu gebracht hat zu sagen, dass ich mit einer Frau verheiratet bin, die klüger ist als ich. Katariina ist überhaupt nicht neugierig, was, wie ich finde, eine unnatürliche

Eigenschaft bei einem Menschen ist. Würde sie fragen, wüsste ich wahrscheinlich keine Antwort. Praktische Dinge, vor allem rechnerische, sind für Katariina schwierig. Als wir noch getrennte Konten hatten und jeden Monat unsere Ausgaben teilten, habe immer ich die Einnahmen und Ausgaben von uns beiden berechnet, wer mehr bezahlt hatte und wer wem was schuldete. Für Katariina wäre das eine äußerst schwierige Aufgabe gewesen. Sie war sich dessen bewusst und vertraute darauf, dass ich gerecht und genau bin. Räumliches Denken ist für Katariina etwas völlig Unmögliches. Wie jede Frau hebt sie Schuhkartons auf und verwahrt ihre Schuhe darin. Seit fast zwanzig Jahren legt sie also Schuhe in Kartons. Das macht zusammen Hunderte von Schuhen. Mehrere hundert Schuhe und Stiefel in Kartons, und sie schafft es immer noch nicht, sie beim ersten Mal richtig nebeneinander hineinzupacken – die Sohlen nach außen, die Ferse des einen gegen die Zehen des anderen. Auch beim zweiten Mal nicht, und genauso wenig beim dritten. Es gibt vier Möglichkeiten, den zweiten Schuh zu platzieren, und Katariina muss immer noch jede davon durchprobieren, bis sie die richtige Methode gefunden hat. Als Elina noch ein Baby war, habe ich Katariinas Versuche verfolgt, den Regenschutz am Kinderwagen anzubringen, der so geschnitten ist, dass Korb und Verdeck eine je eigene Abdeckung haben. Sie konnte den Regenschutz fünfzehn Minuten lang drehen und wenden, und am Ende war er doch nicht richtig angebracht. Würde sie sich verhalten, wie sie sich verhält, und würde sie noch dazu aussehen, wie sie klingt, hätte sie die völlig falschen Männer kennengelernt.

Katariina und ich lernten uns am Gründonnerstag vor acht Jahren in einer Fotoausstellung kennen. Einige Zeit davor war im Kunstmuseum des Tennispalatsi eine Doisneau-Ausstellung eröffnet worden. Ich hatte es nicht eilig, sie mir anzusehen. Doisneau halte ich für einen ziemlich sentimentalen Fotografen, Postkarten für Damen mittleren Alters, auch wenn er natürlich im Krieg Pässe für die Résistance gefälscht hatte. Und er machte amüsante Beobachtungen. Einmal versteckte er sich im Kunstladen eines Freundes, in dessen Schaufenster ein gewagtes Gemälde aus dem 19. Jahrhundert hing. Darauf sitzt eine schöne junge Frau mit dem Rücken zum Künstler, sie ist nur mit schwarzen Strümpfen bekleidet und stützt sich auf einen zweibeinigen Tisch, der an der Wand befestigt ist. Das Gemälde erlaubt einen freigebigen Blick auf die weißen Oberschenkel, den Rücken und den runden Hintern. Viele Fußgänger blieben stehen, um sich das Gemälde anzusehen, manche offen schockiert, andere, als würden sie denken, Mein Gott, so habe ich auch mal ausgesehen (Frauen), wieder andere argwöhnisch oder fachmännisch bewertend (Männer).

In die Ausstellung im Tennispalatsi ging ich hauptsächlich, um mir diese Fotostrecke anzusehen sowie eine zweite, die Betrachter der Mona Lisa zeigt. Ich wollte die Bilder in Originalgröße und nebeneinander sehen, auch wenn ich wusste, dass die Serien hier nur unvollständig gezeigt wurden. Meine Kühltasche, in der die Filme waren, die ich gerade gekauft hatte, gab ich an der Garderobe ab, kaufte ein Ticket und klebte den Aufkleber, den man als Eintrittskarte bekommt, auf die Herzgegend.

Der Ausstellungssaal war fast leer. Zwei Rentner saßen dort und redeten über Krankheiten, ein paar junge Leute planten ihre Karrieren als Fotografen und lasen die Tafeln, die an der Wand hingen: *Ganz egal, wohin man sieht, irgendetwas geschieht immer. Es genügt, wenn man wartet und lange genug hinsieht, bis sich der Vorhang die Mühe macht und aufgeht. Deshalb warte ich, und jedes Mal schwirrt mir der gleiche pathetische Spruch durch den Kopf: Paris ist ein Theater, für das man eine Eintrittskarte kauft, indem man die Zeit totschlägt.*

Im zweiten Saal war ein einziger Besucher, eine Frau. Die Frau sah aus wie die meisten Frauen, die in Fotoausstellungen gehen: die Haare sorglos zu einem Pferdeschwanz zusammengebunden, Jeans, flache Schuhe, um den Hals ein Tuch. Die Frau war sehr schlank, aber ohne den hungrigen Blick und die grimmigen Bewegungen einer Magersüchtigen, sie sah genetisch bedingt dünn aus, nicht durch Hungern abgemagert. Wie sorglose Frauen oft, schien auch sie den anderen keine Beachtung zu schenken, anders als die hübsch frisierten und geschminkten Frauen, die verlegen von den Männern wegsehen, als wollten sie diese davor bewahren, einen Infarkt oder einen Orgasmus zu bekommen. Die Frau saß auf einer Bank und hatte das eine lange Bein um das andere geschlungen, wie ein knolliger Stamm eines Wasserbambus (wie ich sehr bald erfahren sollte). Sie betrachtete ein Bild, auf dem Metzger einer Frau beim Akkordeonspielen zusehen. Ihr Gesichtsausdruck war offen, und ich drehte mich um, um sie noch einmal zu betrachten. Und noch einmal. Doisneaus Humor, dachte ich. Er hätte auch gut eine magere Frau in einer Fotoausstellung platzieren können, die durch ein Foto hindurchsieht wie in die Wahrheit, um dann abzubilden, wie die anderen Betrachter sie ansehen und versuchen, dasselbe zu sehen wie sie.

»Ist das nicht traurig?«, sagte sie plötzlich laut.

»Entschuldigung, was?«, sagte ich.

»Ist das nicht ein irgendwie trauriges Bild?«, sagte sie, ohne den Kopf zu drehen, dennoch eindeutig an mich gerichtet, als habe sie schon eine ganze Weile gewusst, dass ich sie ansah, und als gehe sie auf jeden Fall davon aus, dass ich wusste, worüber sie sprach.

»Metzger, die sich Musik anhören«, fuhr sie fort. »Angeblich, aber sie sehen nur die Frau an, die Ziehharmonika spielt und die sich auch nicht für die Musik interessiert, sondern nur auf Geld wartet.«

Ich setzte mich neben sie und betrachtete das Bild. Dann sah ich sie an, wie sie ihre Beine und Arme verlagerte. In ihren wenigen, sparsamen Bewegungen lag etwas Gleichgültiges, als könnten sich die Kniegelenke plötzlich wie Kugellager um 360 Grad drehen und die Knie nach hinten federn. Unbeholfen und graziös zugleich, wie konnte das überhaupt möglich sein?

Ich betrachtete das Bild erneut.

»Man soll die Leidenschaft eines Menschen nicht wegen eines Gesichtsausdrucks unterschätzen«, erwiderte ich und wandte meinen Blick ihrem Profil zu. Genau da kam mir eine Idee. Oder vielleicht ist »Idee« ein zu bewusstes Wort. Meine Hand erhob sich, nahm den Aufkleber des Tennispalatsi von der Brust und klebte ihn auf die Stirn.

»Nicht alle Gesichtsmuskeln funktionieren mit dem Herzen zusammen«, fuhr ich fort.

Die Frau drehte sich um, um mich anzusehen. Ich drehte meinen Kopf zu ihr hin. Ich konnte den Moment sehen, als sie realisierte, dass ich den Eintrittsaufkleber mitten auf der Stirn hatte. Ihr Gesichtsausdruck wurde präsent, wechselte von Anspannung zu Überraschung. Sie lachte laut und hielt dann die Hand vor den Mund.

Als ich an diesem Abend schlafen ging, fiel mir ein, dass ich meine Kühltasche an der Garderobe des Museums vergessen hatte. Am Karfreitagmorgen versuchte ich, im Tennispalatsi anzurufen, aber es nahm niemand ab. Ich beschloss, trotzdem hinzugehen, wer weiß, es konnte möglicherweise eine afrikanischstämmige Putzfrau dort sein, vielleicht hielt man es nicht für nötig, Muslimen Osterurlaub zu geben.

Helsinki im April. Winzige Steinchen, kleine braune Bäche, die ganz anders aussehen als die Bäche im Wald, die aber genauso klar rieseln. Aggressiver Sonnenschein, genauso aggressiv wie der Verkehr, drückt auf die Hupe und fährt über Rot. Der Frühling ist streng und empfindsam, rührend wie ein zu früh erwachsenwerdendes Mädchen, das sich für nichts mehr schämt, aber errötet, wenn man ihm die Tür öffnet und »Bitte sehr, mein Fräulein« sagt.

Der Tennispalatsi war geschlossen und leer. Keine Menschenseele. Ich klopfte einen Moment lang an die Tür, aber es war niemand zu sehen oder zu hören, und als ich mich umdrehte, stand da Katariina. Sie sah aus, als hätte sie den Engel des Herrn vor sich erblickt. Damals wusste ich das noch nicht, aber ihr Blick war *en face*, geradeaus gerichtet, ein äußerst seltener Blick.

»Du bist gekommen«, sagte sie. »Unglaublich.«

Dann lachte sie laut, aus purer Freude, wie es schien.

»Unglaublich«, sagte sie erneut. »Du bist gekommen.«

Ich betrachtete ihr glückliches Gesicht. Es war, als wäre sie jahrelang tagtäglich hierher zurückgekehrt, wir wären bereits alt, sie hätte ihr Leben gelebt und ich das meine (was für welche? glückliche? unglückliche?), und dann plötzlich, fünfzig Jahre später, wäre ich auch da, nicht mehr als mein irdisches Selbst, sondern als Engel, aber egal. Ich betrachtete ihr strahlendes Lächeln, das irgendwie besonders ergreifend war, weil der Grund dafür falsch war, und ich brachte es nicht übers Herz, die Wahrheit zu sagen: dass nur meine Kühltasche in der Garderobe geblieben war.

»Ja«, erwiderte ich. »Ja, ich bin gekommen.«

Katariinas Gesichtsausdruck veränderte sich, und plötzlich sah sie zufrieden aus, beinahe selbstzufrieden. Als hätte sie die ganze Zeit zu wissen geglaubt, dass sie das gewisse Etwas hatte, das mich zurückkommen ließ. Dass sie auf mich genauso viel Eindruck gemacht hatte wie ich auf sie und dass auch ich wider besseres Wissen zum geschlossenen Tennispalatsi zurückkehren musste, um sie wiederzusehen. Diese selbstgefällige Miene war noch ergreifender als die reine Freude, die zunächst in ihrem Gesicht gestrahlt hatte. Wie ein pummeliges kleines Mädchen, das sich gestreifte Strumpfhosen, eine Zipfelmütze und ein rosa Prinzessinnenröckchen angezogen und sich das halbe Gesicht mit Lippenstift vollgemalt hat. Guck mal, Papi, sagt sie, und dreht sich auf dem Boden. Oh, wie schön du bist, sagt der Vater und versucht, nicht zu lachen, und das Kind lächelt selig, ohne Selbstironie oder eine Spur von Angst und deshalb makellos schön.

Katariina lehnte sich an die Wand, neigte den Kopf und lächelte mich an. Es war still, man roch den Straßenstaub. In der Ferne war ein Auto zu hören, aber nur in der Ferne, wie um zu betonen, dass nur wir beide hier waren, nirgends war jemand, ich hätte hier mit ihr schlafen können, und keiner hätte es bemerkt.

Katariina lächelte mich an, als hätte ich das bereits getan. Zufrieden, ohne Angst, glücklich. Als wäre sie niemals zurückgewiesen worden.

In diesem Moment war es nicht mehr wahr, dass ich nur gekommen war, um meine Kühltasche und die Filme zu holen. Ich war ihretwegen gekommen, um zu sehen, ob sie an den Ort zurückkehren würde, wo wir uns begegnet waren, ich hatte daran geglaubt, irrational, aber dennoch, und ich hatte recht behalten.

Es war echte Leidenschaft. Wir wussten nicht, wie lange sie andauern würde, weshalb wir uns an diesem ersten Karfreitag liebten wie am letzten Tag. Aber es war nicht der letzte Tag, sondern der erste. Es fühlte sich wie ein enormes Privileg an, Katariina kennenlernen zu dürfen, von ihrer Vergangenheit zu erfahren, auch wenn ich ihre Geheimnisse, so schien es, nie würde aufdecken können. Sie war für mich so tief und unergründlich. Für jemand anderen wäre Katariina nur eine gewöhnliche dunkelhaarige Frau gewesen, die ein bisschen so aussah, als hätte sie auch selbst am Kreuz gehangen. Aber ich fand sie wunderbar. Ich werde mich nie von ihr erholen, dachte ich. Ich erzählte ihr von meinem langjährigen Traum, in Krisengebieten zu fotografieren. Dass man in Gefahr ist, das Dokumentieren von Leid und Tod mit der Zeit für die einzig ehrenhafte Sache zu halten, und dass man dann, anders als man glauben könnte, anfängt, das Glück zu verachten. (Von dem Foto erzählte ich noch nicht.) Ich erzählte von Kirsi, aber in dieser Phase schien ich von ihr in der Vergangenheitsform zu reden, was genau genommen nicht stimmte, weil wir noch zusammenwohnten, und es war reiner Zufall, dass Kirsi Ostern bei ihren Eltern verbrachte. Manche dieser Dinge, die ich damals erzählte, werden immer noch regelmäßig bei Streitereien hervorgekramt, obwohl Katariina eigentlich faul ist, was Streiten betrifft, und dann ärgere ich mich schwarz, dass ich ihr ganz freiwillig meinen ganzen Besitz übergeben habe wie dem Anführer einer Sekte.

Katariina hörte meinen Plänen, Höhlentauchen zu gehen, fasziniert zu, denn Träume nimmt man anderen erst später übel. Höhlentauchen ist gefährlich, es herrschen extreme Bedingungen. Der Druck ist entsetzlich, die Stille vollkommen. Die einzige Lichtquelle ist die Lampe des Tauchers, ansonsten ist es stockdunkel, immer. Die Höhlen haben sich in Millionen von Jahren gebildet und sind unglaublich fragil. Die Wände darf man nicht direkt berühren, man darf nur die Hand bewegen, so dass das Wasser den Sand mit sich wegträgt. Die Höhlendecke verhindert das Aufsteigen an die Oberfläche, und wenn man in gestresstem Zustand tauchen geht, steigt die Gefahr, in Panik zu geraten. Wenn man aber mit klarem Kopf dabei ist, macht man eine einzigartige Erfahrung von Dunkelheit und Stille. Es ist angeblich ein Sport, der sehr abhängig machen kann, für mich wäre es das mit Sicherheit, weil ich sozusagen adrenalinsüchtig bin.

Katariina sah mich an, als hätte sie verstanden, und zweifellos verstand sie. Sie hörte erst später auf zu verstehen.

Im Nachhinein schämte ich mich, ich hatte den Eindruck, als hätte ich vor allem von mir und meiner Arbeit geredet. Katariina schien sich für Fotografie zu interessieren, und auch wenn sie keine Expertin war, so hatte sie doch ihre eigenen Ansichten über Fotografen. Wie über Sophie Calle, die sie ihren eigenen Worten zufolge »einfach nicht nicht mögen konnte« (du musst dir mehr Mühe geben, sagte ich), auch wenn es nicht ganz klar sei, ob Calle tatsächlich Fotografin oder eher Konzeptkünstlerin sei, die in ihren eigenen Bildern auftritt. (Es seien einfach schlechte Bilder und unerträgliche freudsche Scheiße, sagte ich.) Sie ließ mich reden, regte mich zu dichterischem Pathos über die Fotografie und ihre philosophisch-moralischen Probleme an, über Exhibitionismus und Voyeurismus und Verlogenheit und Subjektivität. Und über den Moment, wenn der Vorhang für einen Augenblick aufgeht, den Moment, auf den jeder Fotograf wartet, auch die, die alles inszenieren, so dass die Wirklichkeit im Bild keinen Platz hat. Auch ich wartete auf diesen Moment, und deshalb interessierte ich mich für die Fotografie und verwarf die Malerei, die mich als Jugendlicher begeistert hatte. In den Arbeiten von Cartier-Bresson und Doisneau gehe es um ein und dasselbe, referierte ich. Doisneau habe das Fotografieren mit dem Fischen verglichen, damit, dass man die Angelschnur ins

Wasser wirft und wartet, bis ein Fisch anbeißt. Doisneau sei sehr nüchtern. In Zusammenhang mit Cartier-Bresson spreche man von Kairos. Kairos war der jüngste Sohn des Zeus, nach dem man den kritischen Punkt des Helden benannt habe, fuhr ich fort, denn irgendein Teil im Mann erkennt immer die Faszination einer Frau, und er trägt ihr mehr Gedichte, mehr Musik, mehr Wissen vor. Kairos sei das Nervenzentrum des Körpers, der neuralgische Punkt, der Schlitz in der Rüstung, durch den der Tod eindringt. In der Fotografie sei Kairos der richtige Zeitpunkt, der Moment, wenn die Gezeiten den Meeresboden für einen Augenblick entblößen, bevor er wieder verdeckt ist. Es gibt nichts, wofür es nicht den entscheidenden Moment gibt, sagte ich zu ihr.

Katariina fragte nichts, hörte aber ununterbrochen zu, und ihr Blick war wie der eines Kindes, das der Gutenachtgeschichte lauscht, völlig im Bann der Geschichte, aber bereit, sofort zu bemerken, wenn irgendeine Passage nicht stimmt. Sie sah mich nicht direkt an, sondern ein wenig an mir vorbei, in die Schräge, aber sie war völlig anwesend. Ich habe die verschiedenen Blicke benannt, das liegt wahrscheinlich an meinem Beruf, so wie die Beduinen den Winden verschiedene Namen gegeben haben. Als Elina vor drei Jahren mit Ballettunterricht anfing, las ich ein paar Bücher, um zu wissen, worum es dabei geht. Ich lernte, dass die Stellung, bei der die Ballerina dem Publikum direkt gegenübersteht, *en face* heißt. Wenn der Körper einer der vorderen Ecken der Bühne zugewandt und das Spielbein nach außen gerichtet ist, heißt die Stellung *effacé*, schräg, aber offen. Wenn aber das Spielbein vor dem Körper gekreuzt wird, schließt sich die Stellung, es wird das geschützte, verdeckte *croisé* daraus. Wenn Katariina offen und präsent ist, wenn sie sich aufs Zuhören konzentriert oder wenn wir uns lieben, schaut sie *en face* oder *effacé*. Sie kann auch *croisé* schauen. Das ist ein zur Seite gewandter, verbergender, geschlossener Blick, aber an diesem Abend habe ich ihn nicht zu sehen bekommen, und ich konnte ihn mir auch nicht vorstellen. Und ebenso wenig, wie sehr mich dieser Blick acht Jahre später ärgern würde. Das kann man nie. Ich werde sie immer dazu bringen, so zu schauen, dachte ich damals.

Es gab keinen Mann, der stärker war als ich.

Als ich dann (am nächsten Tag? oder an dem darauf?) Katariina nach ihrer Mutter und ihrem Vater fragte, änderte der Blick seine Richtung. Die einzige physische Reaktion. Die schöne Stimme blieb dieselbe, der Körper rührte sich nicht. Nur der Blick wurde zum *croisé*. Katariina erzählte, dass sich ihre Mutter und ihr Vater getrennt hatten, als sie zwei war. Ihr Vater Kari war flatterhaft, eine Art Playboy, der das nächste Mal in Form eines Anrufs im Leben seiner Tochter auftauchte, als sie dreizehn war. Katariina hatte höflich nein danke gesagt, ich treffe mich nicht mit fremden Männern, und das war's. Danach habe sie nichts mehr von ihrem Vater gehört, berichtete Katariina gutgelaunt, ruhig, und ihre Stimme hatte den entfernt amüsierten Tonfall, der immer darin lag, die drei- oder viermal, die sie es für nötig hielt, über ihren Vater zu reden.

»Wolltest du nie wissen, was für ein Mensch dein Vater ist?«, fragte ich.

»Nein«, antwortete Katariina.

»Warum nicht?«, fragte ich.

»Keine Ahnung«, erwiderte Katariina und zuckte mit den Schultern. »Interessiert mich nicht.«

»Das ist unnormal«, sagte ich. »Jeder interessiert sich für seine Eltern. Also jeder, zu dessen Leben sie nicht gehören. Die, die bei ihren Eltern wohnen, interessieren sich überhaupt nicht für sie. Es wäre unnatürlich, wenn sie das täten.«

»Aha«, sagte Katariina.

»Warum willst du nicht wissen, was er für ein Mensch ist?«, fragte ich.

»Das weiß ich schon«, antwortete Katariina.

»Und was für einer?«

»Einer, der sich nicht um seine Tochter schert.«

»Gut, aber warum nicht? Wäre nicht genau das interessant? Warum er sich nicht gekümmert hat? Was ihn dazu gebracht hat?«

»Weißt du, was die Tuareg sagen?«, fragte sie mich.

»Ich weiß nicht einmal, wer das ist«, erwiderte ich, »können die sprechen?«

»Ein Nomadenvolk, das in der Sahara lebt.«

»Und was sagen sie?«

»Man soll die Kamele der Karawane nicht zählen. Wenn man zählt, kann man sterben.«

Mehr bekam ich nicht aus ihr heraus. Sie wechselte das Thema oder ging oder küsste mich oder murmelte mir »Rhabarber, Rhabarber« ins Ohr, wie es Balletttänzer angeblich in Massenszenen tun, wenn unter den Dorfbewohnern Verwirrung ausbricht. Das funktionierte. Ich vergaß alles andere, ließ mich auf sie sinken und liebte sie verdammt zärtlich.

Katariina

Katariina sitzt in ihrem Versteck in einer Felsenkluft auf Kustaanmiekka, Suomenlinnas südlichstem und kargstem Teil, und weint. Sie lehnt am blanken Stamm einer Esche, von dem sich die Rinde in großen Stücken abgelöst hat, der graue Baum ist kahl wie ein Knochen. Der Schnee ist ein Fleck auf den Uferfelsen, er ist blendend weiß, Himmel und Meer sind ein einheitliches, schwindligmachendes Blau. Von dem dunkelgrauen, vom Wasser glänzenden Fels heben sich riesige Mooshöcker ab, unverschämt grün, laubfroschgrün, glänzend wie die Zunge eines Ungeheuers. Von diesen hellen Punkten abgesehen zeigen sich in der Landschaft alle braunen und grauen Farbtöne (Sand, Maulwurf, Robbe, Senf, Ziegelstein, Pilz), eine zerbrochene Welt, in der man leicht Deckung nehmen, völlig verschwinden kann.

Katariina hätte nie gedacht, dass sie auf diese Weise um ihren Vater weinen würde. Sie fühlt ihrem Vater gegenüber nichts. Sie hat nichts verloren, denn es hat ja nichts gegeben. Sie weiß das und weint hemmungslos. Ein merkwürdiges Weinen. Als ob es aus einem anderen Organ käme als das Weinen im Allgemeinen. Nicht aus dem Gehirn, sondern aus etwas Merkwürdigem, aus einer seltsam geformten anderen Drüse. Aus einem uralten Organ, das gerade entdeckt worden ist und für das man sich erst einen Namen ausdenken muss, wie für die Fischarten, die man kürzlich in der Stille des Tasmanischen Meeres gefunden hat.

Katariina weint selten. Wenn sie weint, dann vor Rührung (nur ein Feuchtwerden der Augen) oder wegen irgendwelcher Leiden Elinas (in Strömen). Dann sind die Tränen wie ein verdichtetes Gefühl. Diese endlose Tränenmasse stattdessen ist autonom und gefühllos wie Wasser. Wasser gehört niemandem – der Mensch mag glauben, dass es ihm gehört, aber das tut es nicht –, und es fließt überall dorthin, wohin es gelassen wird. Es denkt und fühlt nicht, sondern fließt einfach. Wie Katariinas Tränen. Auch die gehören niemandem. Sie fließen einfach.

Katariina weint, die Arme um die angezogenen Beine geschlungen. Unter ihren Händen spürt sie ihre eigene warme Haut. Die Haut auf dem Rücken beginnt kalt zu werden, und Katariina spürt die Kühle auch von innen. Sie ist sich ihrer eigenen Haut nie so bewusst gewesen. Ich habe die gleiche DNA wie mein Vater, denkt sie. Unsere Haut hat etwas Ähnliches. Das ist die Haut meines Vaters.

Katariina löst die Arme, die sie um sich geschlungen hat, und streckt ihre Beine, so dass sie sich nicht berühren.

Ein Kamel, zwei Kamele.

Das Haus ist voll mit weißen Blumen. Raili, die zum Putzen zu ihnen kommt, hat weiße Nelken geschickt. Silja hat Lilien gebracht. Katariina hat das Gefühl, dass sie sie nicht hätte annehmen sollen. Als hätte sie die Menschen angeschwindelt, damit sie auch ihr Blumen schicken, der falschen Tochter. Nur Kinder, die geliebt wurden, sollten Blumen bekommen. Die anderen drei Kinder des Vaters, die, die seine Familie waren. Die, die jetzt um einen Mann trauern, der ihnen am Wochenende Frühstück gemacht und sie zu ihren Hobbys gefahren hat. Mit dem sie als Teenager gestritten haben, der sie zum Hausarrest verdonnerte, weil sie heimlich geraucht hatten. Katariinas Blumen sind Schwindel. Sie hat kein Recht auf sie. Sie trauert nicht, es ist etwas anderes, etwas, das nicht einmal einen Namen hat.

Katariina weiß nicht, warum es für sie so schrecklich ist, dass ihr Vater eine neue Familie gegründet hatte. Ihr Vater war ein junger Mann, als er sich von ihrer Mutter trennte, natürlich hatte er sich wieder verliebt, geheiratet und sich Kinder angeschafft. Und sie hat trotzdem nie über eine solche Möglichkeit nachgedacht, zumindest erinnert sie sich nicht daran, darüber nachgedacht zu haben.

Katariina hasst und beneidet ihre Geschwister. Sie weiß die ganze Zeit, dass sie so nicht denken dürfte, dass das lächerlich und falsch ist, aber sie kann nichts dagegen tun. Sie versucht zu verstehen, warum sie so fühlt. Liegt es an der Anzahl der Geschwister? Wären zwei besser als drei? Eins besser als zwei? Katariina verringert die Geschwister jeweils um eins und stellt fest, dass es umso besser ist, je weniger es sind. Jedes neue Kind ist ein Beweis für das immer glücklicher werdende Familienleben des Vaters. Sie sieht ihren Vater mit Frau und drei Kindern, so, als stünde sie hinter einer Fensterscheibe und sähe von draußen, aus dem Dunklen und Kalten, in das warm beleuchtete Wohnzimmer hinein, in dem die Familie einen gemeinsamen Abend verbringt. Ihr wird bewusst, dass sie sich immer vorgestellt hat, dass ihr Vater das Familienleben nicht ertrug, weder Kinder noch Ehefrau ertrug, und sie deshalb verlassen hatte. Das stimmt überhaupt nicht. Der Vater war ein Familienvater, vielleicht glücklich, vielleicht unglücklich, aber er ertrug ein solches Leben. Ihr Vater hatte nur sie verlassen.

Die Lilien scheinen das zu wissen. An einem langen Zweig sind drei große, schwere Knospen. So groß, dass man sie eigentlich nicht einmal Knospen nennen kann. Es sind riesige Triebe, hohl und spitz, eng verschlossen. Drei Tage zuvor hat sie sie in die Vase gestellt, und keine ist bisher aufgegangen. Wenn sie einmal offen sind, duften sie sicher süß. Aber sie haben beschlossen durchzuhalten. Geizhälse. Sie öffnen sich nicht im falschen Haus.

Olli hat vorgeschlagen, dass Katariina Kontakt zu ihren Geschwistern aufnimmt. Das könnte helfen, hat er überlegt.

Katariina will um keinen Preis der Welt Kontakt zu ihnen aufnehmen. Zum Glück ist nicht zu befürchten, dass die Geschwister sie anrufen. Sie haben wohl kaum Interesse an ihr, der Tochter aus der frühen Ehe des Vaters, die man als Zweijährige leicht und ohne weitere Spuren verlassen hatte. Wenn sie überhaupt von ihr wissen. Wahrscheinlich tun sie das. Es müsste in irgendeiner Weise von Bedeutung sein, damit man es geheim gehalten hätte. Sie haben wahrscheinlich Mitleid mit ihr, sollten sie jemals über sie nachdenken. Hoffen, dass es ihr jetzt nicht einfällt, hinter einem Baum hervorzukommen und Familie zu spielen, vage Rechte einzufordern (hat sie denn irgendwelche Rechte?), den Sarg anzuheulen und ihre allseits anständige Traueridylle zu zerstören.

Es würde ihr nie gelingen, Olli das zu erklären. Olli kommt aus einer so provozierend normalen, ausgeglichenen Familie. Seine Mutter und sein Vater lieben sich, nicht zu viel und nicht zu wenig, und auch nicht mehr, als sie Olli oder seinen Bruder Juhani lieben. Ollis Mutter Anneli ist Englischlehrerin für die Mittelstufe und sein Vater Seppo Chefredakteur einer kleinen Fachzeitschrift, und als junges Paar haben sie über gewöhnliche Dinge wie Hausarbeit gestritten oder dass der Vater nicht genug zu Hause war. Olli ist die große Liebe seiner Mutter, wenn sie auch versucht, das Gewicht ihrer Gefühle abzuschwächen, indem sie über sich selbst lacht. »Mein Sohn, mein Sohn Abschalom«, rezitiert sie manchmal, wenn Olli und Katariina zur Tür hereinkommen. Dann zieht sie die Luft durch die Nase ein, schließt ihre Augen für einen Moment, öffnet sie dann, den Blick schräg nach oben gerichtet, als würde sie sagen, so ein Dummkopf, so ein dramatischer Dummkopf ist sie, kann aber nichts dagegen tun. Heutzutage streiten Anneli und Seppo über nichts mehr (zumindest nicht im Beisein anderer), außer über Olli. »Olli mag die Zwiebeln ganz kleingehackt, nicht solche Halunken«, sagt Anneli, während sie Seppos kleingehackte Zwiebeln ansieht. »Olli will deine alten Hemden nicht!« Aber Olli will sie oft doch; wenn er es vermeiden kann, geht er nicht in Kleidergeschäfte, und auf diese Weise kann er es. Seppo sagt nichts, und auch Anneli sagt nichts, sie wechselt nur das Gesprächsthema.

Anneli akzeptiert Katariina rückhaltlos, aus zwei Gründen. Erstens glaubt sie, dass Katariina der Grund ist, warum Olli nicht Kriegsfotograf geworden ist und somit mit normaler westlicher Wahrscheinlichkeit am Leben bleibt. Katariina hat unzählige Male gesagt, dass Anneli sich irrt, aber Anneli glaubt ihr nicht. »Das war nicht mein Verdienst«, wiederholt Katariina unaufhörlich.

»Natürlich war es das«, sagt Anneli und tätschelt ihre Hand, wie um die Diskussion damit zu beenden. »Du darfst dich nicht unterschätzen«, fährt sie dann nach einer kleinen Pause fort, beschwingt, ermutigend, als sei es selbstverständlich, dass eine Frau wie Katariina sich unterschätzt. Diese Diskussion ärgert Katariina, denn es ist genauso unangenehm, ständigen Dank für etwas zu bekommen, das man gar nicht getan hat, wie sich Beschwerden über etwas anhören zu müssen, das man ebenso wenig getan hat. Sie schafft es dennoch nicht, Anneli von ihrer Meinung abzubringen, denn dann müsste sie die wahre Ursache nennen, warum Olli in Finnland geblieben ist, und das kann sie nicht.

Der zweite Grund ist die Ehe von Ollis großem Bruder Juhani. Anneli selbst hatte Juhani mit ihrer jüngeren Kollegin Susanna bekanntgemacht, und die beiden hatten sich gleich am ersten Abend verliebt. Wie sich herausstellte, hatte Susanna ihre ganz eigene, absolute Vorstellung von Liebe. Juhani und Susanna haben »sich noch einmal füreinander geschaffen« und ihre Vergangenheit aufgegeben (oder zumindest Juhani seine), indem sie unter anderem alte Fotos und Briefe verbrannten. Heute sieht man sie selten, und wenn Juhani redet, benutzt er nur das Pronomen »wir«. Wir dachten. Wir finden. Beim Sprechen sieht er zwischendurch zu Susanna, die die meisten Sätze mit »Ja, oder eigentlich« anfängt. »Wenn man überlegt, dass ich das zuwege gebracht habe«, seufzt Anneli hin und wieder kopfschüttelnd, schlägt die Hand vor den Mund und bleibt dann am Fenster stehen und sieht hinaus, während sie an der Kuppe ihres Zeigefingers kaut.

Anneli ist eine mittelgroße Frau mit schöner Figur. Ein schwarzes Samtband hält ihre dicken braunen Haare an ihrem Platz, und die hochhackigen, aber zweckmäßigen Schuhe (sie zieht sie auch bei Besuchen nie aus) stellen ihre zierlichen Beine zur Schau wie ein Sockel eine Statue. Annelis Brille mit dem goldenen Gestell baumelt an einer Kette vor ihrer Brust, und an kalten Abenden trägt sie einen Seidenschal um den Kopf, der mit Kandaren- und Steigbügelmotiven bedruckt ist. Wenn Anneli zu Besuch kommt, bemerkt Katariina die Unvollkommenheit ihres eigenen Zuhauses, die ihr ansonsten nicht bewusst ist. Sie spürt, wie Annelis Blick leicht die schäbigen Möbel streift, die vollgestopften Bücherregale, in denen die Bücher teilweise in zwei Reihen hintereinander verstaut sind, das Sofa, den abgenutzten Teppich.

»So ist es hier nun mal«, sagt Katariina.

»Ach, hör mal, meine Liebe«, erwidert Anneli und tätschelt ihre Hand, als würde sie sagen, natürlich ist es hier nun mal so, aber das ist nichts gegen all die Schrecklichkeit, die sein könnte. Katariina freut sich nicht über Juhanis Unglück, aber sie kann sich vorstellen, wie schwierig es für sie wäre, Anneli zu gefallen, wenn sie das nicht als Vergleich hätte. Katariina ist für diesen Vergleich dankbar.

Olli hat immer die Möglichkeit gehabt, sich seinen Eltern gegenüber mit einer gewissen Selbstverständlichkeit zu verhalten. Er erträgt die überschwängliche, aber stilvoll gezäumte Liebe seiner Mutter und respektiert seinen Vater, er hat ihretwegen keine besonderen Schuldgefühle und erwartet ohne Frage, dass sie immer außer sich sind vor Freude, wenn sie ihn sehen, was sie auch sind. Olli überträgt diese Einstellung auch auf Elina, er lässt das Mädchen sich ihm gegenüber mit Selbstverständlichkeit verhalten. Er schnürt sie nie mit seiner Liebe ein oder stellt sie in Frage. Keine Märtyrergesten, keine Entwicklung von Schuldgefühlen.

Obwohl Olli insgesamt gar nicht so anständig ist. Katariina denkt an ihre erste gemeinsame Nacht, als Olli nicht erzählt hatte, dass er vergeben war. Es gibt Momente, in denen Katariina denkt, dass sie betrogen wurde, dass man ihr eine Falle gestellt hat. Sie verführt und ihr erst danach die Wahrheit erzählt hat, und dass sie, hätte sie das gewusst, Olli nicht mit sich nach Hause genommen hätte. Vielleicht hätte sie das tatsächlich nicht, aber wäre das besser gewesen? Wäre sie glücklicher? Wo wäre sie jetzt?

Vater ist im Hotel gestorben, denkt Katariina anschließend. Wenn er doch mit einer anderen Frau dort gewesen wäre. Das würde diesen Geschwistern ganz recht geschehen. Sie würden erfahren, dass sie ihm nicht gereicht hatten, obwohl er bei ihnen geblieben war, sie im

Arm gehalten und umsorgt hatte. Dass er jemand anderen liebte oder etwas anderes (Affären, wenn nicht eine bestimmte Frau, dann die Frau als kollektives Wesen). Dass er in fremden Armen starb.

Katariina geht früh schlafen. Als sie am nächsten Morgen aufwacht, sind die Lilien in der Vase am Verblühen, immer noch eng verschlossen.

Nachdem Olli gegangen ist, um Elina zur Schule zu bringen, ruft Katariina ihre Mutter an.

»Die Polizei war hier«, sagt sie. Bevor ihre Mutter anfängt, sich aufzuregen, fügt sie schnell hinzu: »Kari Saarinen ist gestorben.«

Es dauert einen Moment, ehe die Mutter kapiert, von wem die Rede ist, kein Wunder. Sie haben sich vor über dreißig Jahren getrennt und sind sich danach nicht mehr begegnet. »Ah ja«, sagt die Mutter. Der Tonfall meint außer *Das hat er davon* auch *Na ja, war schon auch Zeit.*

»Ja«, sagt Katariina.

»An was?«, fragt die Mutter.

»Das weiß ich nicht genau«, sagt Katariina.

»Es hat ihn wohl niemand umgebracht?«, fragt die Mutter.

»Wieso in aller Welt hätte ihn jemand umbringen sollen?«, fragt Katariina. »Die Polizei untersucht den Fall wohl. Haben erst mich gefragt, weil ich die nächste Angehörige bin.«

Katariinas Mutter sagt nichts.

»Bürokratisch betrachtet, meine ich«, erklärt Katariina.

»Ja, ja«, sagt die Mutter.

»Ich denke nicht, dass ich der Mensch bin, der ihm am nächsten stand«, sagt Katariina etwas schärfer, als sie will.

»Ja, ja«, sagt die Mutter.

»Ich bin nicht blöd.«

»Hm«, sagt die Mutter.

»Zumal wir vier sind«, sagt Katariina.

»Wer?«

»Wir. Wir Kinder.«

Die Mutter schweigt.

»Hast du das gewusst?«, fragt Katariina.

»Nein«, antwortet die Mutter.

Sie sind einen Moment lang still.

»Er hat schließlich doch Wurzeln geschlagen«, interpretiert die Mutter die Situation.

»Anscheinend«, sagt Katariina.

Stille.

»Bestimmt eine Frau von Format«, sagt die Mutter.

»Bestimmt«, sagt Katariina.

Katariinas Mutter Helena wird auch bald sechzig, sie ist ein paar Jahre jünger als Anneli. Die Mutter hat dickes, prächtiges Haar, das fast noch genauso blond ist wie in ihren jungen Jahren, die grauen Haare verschwinden in der hellen Dichte. Die Mähne (man muss es statt Haare »Mähne« nennen, eine so große Masse ist es) ist für eine Frau dieses Alters außergewöhnlich lang, sie reicht bis zu den Schulterblättern und ist von beiden Schläfen aus mit einem Kamm zurückgesteckt. Die Wangen der Mutter haben ihre Fülle verloren, und ihre Schläfen sind deutlicher sichtbar. Unter ihren Augen sind oft dunkle Schatten, die sie nicht im Traum überschminken würde. Meistens trägt die Mutter Jeans und eine beige Jacke, und sie trägt gerne Blau nah am Gesicht (das ist das Einzige, womit sie ihrer Eitelkeit nachgibt). Einmal hat Katariina ihrer Mutter gegenüber erwähnt, dass sie die gleiche Lesebrille habe wie Anneli, an der gleichen Kette. Als ihre Mutter das nächste Mal zu Besuch kam, hatte sie die Brille wie eine Sonnenbrille auf dem Kopf, und die Kette war weg.

Die Hüfte der Mutter schmerzt und lässt ihren Gang zugleich unbeholfen und vorsichtig werden. Ansonsten ist sie sehr gesund, die letzten fünf Jahre hatte sie nicht einmal eine Grippe. Ihre Mutter ist gesetzt und zuverlässig, auf nicht-lächelnde und energische Art warmherzig. Sie gehört zu den Menschen, die »Alles in Ordnung« so sagen können, dass es alle glauben. Sie ist immer bereit zu helfen, aber erträgt kein Gejammer. »Was gedenkst du zu tun?«, fragt sie ernst, wenn sich das Klagelied über mehr als drei Sätze erstreckt. Sie empfindet normalen, wohlhabenden Menschen gegenüber Ungeduld, eine Ungeduld, wie man sie oft bei jenen findet, die viel wirkliches Leid bei anderen gesehen haben.

Für sich selbst um Hilfe zu bitten, fällt der Mutter sehr schwer. Mitunter schmerzt ihre Hüfte so sehr, dass sie gezwungen ist, es zuzugeben (»als würde ein Biber am Gelenk nagen«), und ein Glas Wasser, Schmerzmittel oder eine Wolldecke annehmen muss. Katariina stellt sich vor, wie Mauri ihrer Mutter hilft. Vielleicht erlaubt sie es ihm eher, ihr zu helfen, als anderen. Vielleicht presst sie manchmal ihren Kopf gegen Mauris Brust, während er neben ihr sitzt und ihr Schmerzmittel gibt.

Mauri ist ein schlanker, beleidigt aussehender Mann, der immer einen schwarzen Anzug und darunter einen dünnen schwarzen Rollkragenpullover trägt. Er ist Rentner, geschieden und hat keine Kinder, und er wirkt immer, als würden andere ihn durch ihre bloße Anwesenheit kränken. Mauri ist reinlich wie eine Katze, und Katariina hat das Gefühl, als halte ihre Mutter den Mann für genau das, für ein eigensinniges Haustier. Ihre Mutter und Mauri kennen sich bereits seit sieben Jahren, und es hat bestimmt vier Jahre gedauert, bis Katariina begriff, dass die beiden eine Beziehung hatten. Katariina versucht erst gar nicht, die Beziehung zu verstehen oder gar, welche Freude ihre Mutter an Mauri haben könnte. Die Mutter ist freilich nie vorrangig auf Freude aus gewesen. Einmal hat Katariina ihre Mutter gefragt, ob Mauri mehrere gleiche Anzüge und Pullover habe oder nur einen. Katariina findet, dass Mauri nicht so aussieht, als habe er irgendeinen Stoffwechsel oder als müsse er jemals seine Kleidung wechseln. »Er hat zwei«, antwortete ihre Mutter sachlich. »Er zieht abwechselnd den einen, dann den anderen an. Der unbenutzte lüftet in der Zwischenzeit auf dem Balkon aus.« Katariina sagte nichts, und die Mutter fuhr bald darauf fort: »Es gibt auf der Welt keine frischeren Anzüge.« (Helena verrät anderen nie, ob sie ihre Worte ironisch gemeint hat oder nicht. Sie lacht nie über ihre eigenen Geschichten, sie lächelt nicht einmal.) Katariina scheint es, als sei Mauri für ihre Mutter auf eine Art rührend, wie es kein anderer sein könnte.

Alle paar Wochen besucht die Mutter Katariina, und manchmal bleibt sie auch über Nacht. Zu Weihnachten und an Festtagen kauft sie nie die Geschenke, die sich Elina wünscht. Sie fragt nicht einmal, was sie sich wünscht, anders als Anneli, die immer fragt und genau das kauft, wenn der Wunsch angemessen ist (was er immer ist). Ihre Mutter bringt das mit, was Elina ihrer Meinung nach braucht. Die Geschenke sind oft, aber nicht immer, völlig nützliche Dinge, wie Strumpfhosen. Es kann auch ein russisches Opernglas sein, eine Erste-Hilfe-Tasche, ein Aufgabenbuch oder ein Splitter Katzengold in der Größe eines kleinen Fingernagels. Elina nennt Helena nicht Oma, sondern Lelu, wie eine Zweijährige, die sprechen lernt. Elina und Lelu spielen im Hof und haben riesige Rhabarberblätter auf dem Kopf. Bei sonnigem Wetter spritzen sie manchmal mit dem Gartenschlauch Regenbögen in den Hof.

Katariina erinnert sich an einen Spätnachmittag, der fast dreißig Jahre zurückliegt. Sie saß in ihrem Zimmer und machte Hausaufgaben. Es war wohl Herbst, denn draußen war es bereits dunkel, und sie hatten noch nicht gegessen. Die Mutter deckte den Tisch in der Küche. Das große, altmodische Radio lief, und Edith Piaf begann zu singen. Ihre Mutter klapperte mit Tellern und Besteck, öffnete und schloss die Kühlschranktür, deren Geräusche durch die Dichtung gedämpft wurden. Die Piaf setzte ihren Gesang fort, und plötzlich begann die Mutter, das Lied mitzupfeifen, neben dem Ton, aber klar. Katariina hob ihren Blick vom Buch. Während sie das Pfeifen hörte, dachte sie plötzlich: Mutter ist auf ihre eigene Art glücklich, nicht nur in diesem Moment, sondern grundsätzlich. Der Gedanke war für sie so überraschend, dass sie gleich danach eine zweite Sache begriff: Bis dahin hatte sie geglaubt, dass ihre Mutter unglücklich war.

Ein Foto des Vaters: Schuhe, Hosenbeine, eine Mütze.

Eine Erinnerung an den Vater: gibt es nicht. Katariina hat das Gefühl, dass es sie geben müsste, dass es sie bereits hätte geben müssen, als die Polizisten kamen. Während sie da waren, hätte sie in der Lage sein müssen, eine vernünftige Erinnerung an den Toten zu produzieren. Sie sind sicher daran gewöhnt, hinter dem gläsernen Blick der Angehörigen das Aufblitzen einer Erinnerung zu sehen. Ich glaube, dass ich wirklich keine einzige Erinnerung an ihn habe, überlegt Katariina. Schwer zu sagen: Gedächtnis und Erinnerung spielen dem Menschen Streiche. Sie glaubt sich daran zu erinnern, wie sie einmal auf der Spüle saß und ihr Vater danebenstand, bezweifelt aber, dass es eine echte Erinnerung ist. Ihre Mutter hat erzählt, dass sie Kari und sie einmal in dieser Position angetroffen hatte, als sie von einem Klassentreffen zurückkam, und deshalb glaubt sie jetzt, sich daran zu erinnern, obwohl sie es nicht tut. Eigentlich (wird ihr jetzt bewusst) ist die Küche dieser »Erinnerung« nicht die Küche der Wohnung, in der sie damals wohnten. Sie hat keinen blassen Schimmer, wie diese aussah. Die Küche, auf deren Spüle sie sich sitzen sieht, ist die ihrer Freundin Minna Näätä aus Studienzeiten. Die Vorstellung fungiert oft als Makler.

Katariina weiß aus Erzählungen ihrer Mutter, dass ihr Vater ein stattlicher Mann war. Eitel wie Kleopatra. Groß und schlank und mit flachem Bauch. Der Vater hatte zu seiner Kleidung wie Barbie passende Accessoires, Schuhe und Gürtel. Er war angeblich schön. Das kann Katariina nicht beurteilen. Sie hat zwei Fotos von ihrem Vater gesehen. Auf dem einen spricht er mit offenem Mund zur Seite (bei jedem ein besonders unvorteilhafter Eindruck). Auf dem anderen beugt er sich über den Kinderwagen, in dem Katariina liegt, so dass Schuhe, Hosenbeine und Mütze am besten zu sehen sind. Die Erinnerung an den Vater: Der Vater spazierte mit flachem Bauch und klimpernden silbernen Gürtelbeschlägen umher, und es gab keine Frau, die er nicht bekommen hätte.

Schlussendlich ist er also gestorben. Er wird überrascht gewesen sein, als er begriff, jetzt passiert es. Falls er Zeit hatte zum Begreifen. Zu meiner Zeit habe ich ihn für unverwundbar gehalten. Das war natürlich ein kindischer Gedanke, einer unter Tausenden. Aber ich *war* kindisch. Ich war jung. Ich glaubte alles, was er sagte, sowohl über sich selbst als auch über mich.

Auf den Tod hat seine Selbstverliebtheit wohl keinen Eindruck gemacht. Ich kann mir vorstellen, wie er dagegen angekämpft hat, überheblich, selbstgefällig. Oder aber ihm geschmeichelt, all das gesagt hat, was sein Gegenüber hören wollte. Die schlausten Tricks sind simpel. Wenn man sagt, was der andere hören will, ist die Versuchung, es zu glauben, zu groß. Dem kann man nicht widerstehen. Und ihm konnten nicht viele widerstehen.

Diese bedauernswerten Frauen, die hier anriefen und nach ihm fragten! Wo mag er nur sein, hat versprochen zu kommen, hat aber nichts von sich hören lassen, es ist ihm doch wohl nichts passiert? Passiert ist natürlich was, dachte ich, wenn auch nicht das, was du befürchtest. Katariina – ein Jahr alt, zwei – weinte im Hintergrund, und die Frauen sagten: »Sie müssen zu ihr, entschuldigen Sie, dass ich Sie gestört habe, Kari hat natürlich erzählt, dass er mit seiner Schwester und deren kleiner Tochter zusammenwohnt, es ist ja ein wahrer Segen in Ihrer Situation, dass Sie einen so treuen und hilfsbereiten Bruder haben.«

»Die ist verrückt«, schrie Kari später, als er nach Hause kam. (Damals meinte er noch nicht mich damit.) »Die ist verrückt, ist hinter mir her, die leidet an Einbildung! Und wagt es, hier anzurufen, bei meiner Frau! Ich geh sofort da hin und sag ihr, dass ich die Polizei rufe, wenn sie noch mal meine Frau und meine Tochter belästigt. Obwohl sie einem ja vor allem leidtun kann, glaubt, was sie will, hat beschlossen, dass du meine Schwester bist, weil sie die Wahrheit nicht erträgt. Irgendwie ist das ja ganz verständlich, wenn man darüber nachdenkt, wenn man sich in sie reinversetzt. Sie hat dich bestimmt gesehen, wie attraktiv und schön du bist und wie süß Katariina ist, sie selber ist ein Zwerg, bei dem man nicht weiß, wo die Beine aufhören und der Arsch anfängt. Sie würde wahrscheinlich endgültig durchdrehen, wenn sie sich eingestehen müsste, was für eine wunderbare Frau und Familie ich habe und dass ich *sie* für nichts auf der Welt würde haben wollen, weil ich so ein glücklicher Mann bin. Wer weiß, wozu sie dann fähig wäre, vielleicht würde sie euch an die Gurgel gehen, und was sollte ich dann machen? Am besten ist es, wir lassen sie in ihrem Glauben, oder was meinst du, Liebes? Wäre das nicht am besten, damit Katariina nichts passiert? Und was können uns ihre Hirngespinste letzten Endes schon anhaben? Wir wissen ja, wie die Dinge stehen, und wen interessiert es, was irgendeine Verrückte glaubt?«

Man stelle sich vor, dass sich letztlich eine Frau gefunden hat, die ihn an sich binden konnte. Was für einer Frau ist das gelungen? Welche Eigenschaften hat es dafür gebraucht? Solche, von denen ich keine einzige besessen habe, damals noch. Ganz bestimmt Selbständigkeit. Schön musste sie auch sein, das ist klar. Kari war auch mit hässlichen Frauen zusammen, aber nie lange. Nachts sehen alle Frauen gleich aus. Aber die war sicher hübsch, nicht auf die niedliche Art wie ich, als ich jung war, sondern so, dass alle auf sie aufmerksam wurden, wenn sie den Raum betrat. Reich? Nicht arm, aber auch nicht reicher als Kari. Das hätte er nicht ertragen, die Vorteile hätten die Demütigung nicht aufgewogen. Wahrscheinlich eine, die ihn weniger liebte. Ich habe das Gefühl, das wäre das einzige Mittel gewesen, ihn zu halten. Die Macht hat immer derjenige, der sich weniger interessiert.

Wahrscheinlich handelte es sich dabei überhaupt nicht um Liebe. Er verzauberte mich mit romantischen Gesten, ich sah mich selbst durch seinen Blick hindurch und ließ mich verzaubern. Eine schöne Kostbarkeit. Erst machte er mich dazu, dann zu einer wertlosen Nichtigkeit.

Als er ging, weinte ich und schrie und versprach ihm, dass er alleine sterben würde. Das amüsierte ihn. Und er hatte recht. Jahrzehntelang schon habe ich ihm nichts Böses mehr gewünscht. Am Anfang natürlich, als er mich gerade verlassen hatte und ich mit dem Kampf um Unterhaltszahlungen und Schulden zurückblieb und er untergetaucht war. Ich bekam Unterstützung von einer Frauengruppe. Allein das Wissen darum, dass es von uns Alleinerziehenden so unglaublich viele gab, spendete überraschend viel Trost und gab mir Kraft. Die Männer von vielen der Frauen hatten tatsächlich nur schnell den Müll rausgebracht oder waren Zigaretten holen gegangen und nie mehr zurückgekommen.

Lange habe ich diese Gruppe trotzdem nicht ertragen, es wurde so viel gejammert und die Vergangenheit wiedergekäut, man wälzte sich im Selbstmitleid und schimpfte auf die Männer. Alle hatten immerhin ein gesundes Kind und Arbeit und ein sicheres Zuhause, es passiert den Menschen Schlimmeres, als dass der Mann verschwindet, dachte ich, und ich hatte recht. Durch die Gruppe lernte ich Nadja kennen, die in einem Mütterheim arbeitete. Dort gab es viele Frauen, die versuchten, aus ihrer gewalttätigen Ehe zu fliehen. Manchmal verfiel eine ihrem Mann erneut, manchmal waren Küken darunter, Frauen, die noch gar nicht richtig begriffen hatten, was passiert war. Als ich damals als Freiwillige am Krisentelefon anfing, hätte ich am liebsten all die Frauen und Kinder zu mir nach Hause eingeladen, um dort zu wohnen. Es dauerte lange, bis ich gelernt hatte, dass man ihnen nicht einmal befehlen konnte, die Polizei anzurufen oder die Taschen und ihre Kinder zu packen. Am nützlichsten war es, ihnen beizubringen, wo man sich nicht verstecken sollte (auf keinen Fall in der Küche, da sind Messer) und wie man sich schützt, damit man keine Hirnverletzungen oder inneren Blutungen bekommt, wenn es wieder losgeht.

Heutzutage werden Scheidungskinder zur Therapie kutschiert. Davon war damals keine Rede, und ich hätte Katariina auch nie da hingebracht, selbst wenn so etwas Thema gewesen wäre. Dafür schien es keinen Bedarf zu geben, wenn ich gerade versucht hatte, einem achtjährigen Jungen den Rücken zu stärken, der den Alkohol seiner Mutter ins Waschbecken gekippt hatte, und am Telefon war zu hören, wie die Mutter versuchte, die Kinderzimmertür aufzubrechen. Katariina war nie anzumerken, dass sie unter dem Weggang ihres Vaters gelitten hätte. Sie hat kaum nach Kari gefragt oder von ihm gesprochen, obwohl der Vater kein Tabuthema war. Katariina war meiner Meinung nach ein ganz normales Mädchen. In der Schule lief es gut, sie hatte Klavier- und Tanzstunden und einen finnlandschwedischen Freund, alles, was zum Erwachsenwerden dazugehört. Natürlich hätte ich mir gewünscht, dass sie etwas Ordentliches studiert und einen nützlichen Beruf hätte, anstatt sich mit den unnötigsten Arbeiten der Welt abzugeben. Aber auch das ist heutzutage völlig normal, man weiß nicht, was man will, alles ist unklar, außer dass man nicht begierig darauf ist, etwas für andere zu tun. Am liebsten hätte ich es gesehen, wenn sie Ärztin im Gesundheitszentrum geworden wäre, aber sie schadet ja keinem mit diesen Sprechergeschichten, wenn sie auch keinem nützen. Ich hätte mir gewünscht, dass Olli ernsthafter überlegt hätte, Kriegsreporter zu werden, aber wegen Elina ist es so natürlich sicherer. Und Anneli Laakso hat selbstverständlich auch ihren Anteil daran. Das ist völlig klar.

Katariina

Das Studio liegt in der Nähe der Markthalle von Hietalahti, in der Design aus den Siebzigern, alte Schallplatten, Lautsprecheranlagen aus sämtlichen vergangenen Jahrzehnten, Elchköpfe und alte Vogelkäfige verkauft werden. Draußen auf dem Platz bieten die Leute von Flöhen zerfressene Nerzstolen, spirituelle Platten, Ein-Penni-Stücke und Puppenkleider feil. Die Fassade des hundert Jahre alten Gebäudes, in dem sich das Studio befindet, ist wie eine Landschaft, dachte Katariina oft, wenn sie zur Arbeit kam, man wurde nicht müde, sie anzusehen. Der Putz war stellenweise abgeblättert. An manchen Stellen waren breite braunrote Flächen, helle, schmale Streifen, als würde man aus dem Flugzeug auf die Canyons und Berge einer Wüste blicken. (Arizona fiel Katariina immer ein, wenn sie das Haus ansah, das Wort »Arizona«.) Hier und da sah man die Backsteinwand vollständig durch den Verputz hindurch, an anderen Stellen konnte man die Form der Backsteine nur erahnen.

Jetzt hat man begonnen, die Fassade zu renovieren. Die Außenwand ist von einem Gerüst verdeckt. Oberhalb eines Sockels sind Farbproben aufgemalt, zwei Vierecke, das eine eierschalenfarben, das andere mausgrau. Man versucht, das südliche Helsinki instand zu setzen, dem Zerfall rundum Einhalt zu gebieten. Die Gebäude sind veraltet, und plötzlich scheinen alle gleichzeitig renoviert werden zu müssen. Die Häuser sind in dickes, milchiges Plastik verpackt. Die Kinderspielplätze werden in Stücke zerlegt und mit der Zeit wieder neu aufgebaut, ebenso die Fitnessstudios, die Lebensmittelläden und die Cafés. Gelände wird gesprengt, es ist ganz normal, dass sich der Felsgrund unter den Füßen mehrere Male am Tag unzuverlässig anfühlt. Überall wird gebohrt und gehämmert, man ruft auf Polnisch, Russisch und Estnisch.

Katariina erinnert sich immer noch deutlich an das erste Mal, als sie im Studio gewesen ist. Sie stand in einer kleinen, ungefähr sechs Quadratmeter großen Kabine. Der Aufnahmetechniker Marko stellte das Mikrophon auf die richtige Höhe und Entfernung ein und schaltete es an (»Du lernst dann, wie du das selber machst«, sagte er). Katariina erforschte derweil die Stille der Kabine, betrachtete das abgenutzte Polster des Sessels, den auf dem Boden herumliegenden wirren Kabelsalat, das auf zwei Füßen stehende Mikrophon, Text und Stift auf einem Notenständer und die Standleuchte, die ihr Licht daraufwarf und um deren Ständer ein Spezialband gewickelt war. Als sie allein in der Kabine zurückblieb, betrachtete Katariina durch das Glas Marko und den Studiobesitzer Tommi, die sich am Computer niederließen. Sie sah, wie sie sich bewegten und redeten, konnte aber nichts hören. Ihre Anwesenheit erzeugte keinerlei Geräusch. Dann drückte Tommi einen Knopf auf dem Tisch und sprach in Katariinas Kopfhörer: »Gib uns eine Stimmprobe, und dann geht's los.«

Katariina sprach den Text. Sie fand, dass ihre Stimme schön klang (sie wusste noch nicht, dass die Stimme im Kopfhörer viel tiefer und weicher klingt als in Wirklichkeit. Als ihr die Sache klarwurde, dachte sie, dass das der Trick des Studios war, damit einem das Sprechen leichterfiel, so wie man in Kleidergeschäften zum Kauf animiert, indem man Spiegel aufstellt, die einen dünner erscheinen lassen). Tommi aber meinte: »Ziemlich monoton. Etwas mehr Haltung. Lass uns das noch mal machen.«

Katariina korrigierte ihre Haltung und las den Text erneut. »War das besser?«, fragte sie dann. Als keiner antwortete, wiederholte sie ihre Frage. Wieder antwortete niemand. Katariina rief »Hallo« und begriff, dass Tommi und Marko sie nicht gehört hatten. Katariina sah, dass sie redeten (später hörte sie, dass sie überlegt hatten, was man gegen ihren starken S-Laut tun und ob man ihn korrigieren könnte). Dann drückte Tommi den Knopf.

»Ganz okay, lass es uns noch mal machen«, sagte er. »Etwas tantenhafter.«

»Tantenhafter?«, fragte Katariina in der Hoffnung, etwas genauere Anweisungen zu bekommen.

»Genau«, antwortete Tommi. Katariina las erneut und versuchte, richtig tantenhaft zu klingen. Tommi und Marko beratschlagten. Katariina wartete in ihrer isolierten, völlig stillen Kabine. Später lernte sie, ihr Strickzeug mitzunehmen und in den Zeiten der Stille zu stricken. Die Pausen konnten durchaus lang sein, vor allem wenn der Kunde selbst mit dabei war und seine Wünsche Tommis Ansichten widersprachen.

Später sagte Tommi zu Katariina, dass sie sich für

das erste Mal sehr gut geschlagen habe. »Für viele ist das schlimm«, sagte er, »in der Isolation allein zu sein, in der völligen Stille, ohne Kontakt zu anderen, höchstens zufällig, ohne dass man selbst Einfluss darauf nehmen kann, wann man Kontakt bekommt. Und dann, wenn es passiert, ist die Kommunikation unklar und intuitiv, und man weiß nie, kapiert man, was der andere sagen will.«

»Für mich ist das nicht anders als im normalen Leben«, sagte Katariina.

Als Katariina am Montag ins Studio kommt, sind Marko und Tommi schon bereit und über das Mischpult gebeugt. Auf eine merkwürdige Art sehen sie beide jünger aus, als sie sind. Tommi ist ein jungenhafter, fast fünfzigjähriger Mann, nicht jugendlich, nicht gut gehalten, sondern jungenhaft. Tommi ist geschieden, und sein einziger Sohn promoviert in Stanford. Immer wenn Tommi seinen Sohn und dessen Studium erwähnt, überkommt Katariina eine mit Verlegenheit vermischte Wehmut, dieselbe wie die, wenn sie manchmal im Fenster eines Antiquariats »Die strukturelle Semantik« sieht. Tommi ist schlank und groß und hat keine Falten, seine Haare sind leicht grau, und er trägt stets Jeans und T-Shirt. An den Füßen hat er Holzschuhe, die Katariina akustisch gesehen eine geradezu unnatürliche Wahl erscheinen. Marko trägt dunkelbraune, lederne Freizeitschuhe, deren Schnürsenkel er nie öffnet, weil sie gerade so fest gebunden sind, dass man die Schuhe von den Füßen schieben kann, sie beim Gehen aber nicht herunterrutschen. Marko ist hochgewachsen und jung, noch keine dreißig, aber auch er sieht viel jünger aus, als er ist. Nicht direkt wie ein Riesenbaby, sondern vielmehr wie ein zufriedenes, stilles Kleinkind.

Katariina erzählt Marko und Tommi, was am Wochenende geschehen ist. Marko und Tommi hören ihrer Zusammenfassung schweigsam zu.

»Mein Vater ist gestorben, wir standen uns nicht nah, aber ich bin trotzdem durcheinander. Ich denke aber, dass ich in der Lage bin, ganz normal zu lesen.«

Katariina hat sich die Sätze vorformuliert und sagt sie ohne Gefühlsausbrüche, aber auch nicht ganz gefühllos.

»Ach je«, sagt Tommi.

Marko sagt nichts.

»Ist der Text im Voraus gekommen?«, fragt Katariina und weist damit darauf hin, dass die Sache erledigt ist. Der Text ist nicht gekommen.

Der Kunde, ein Mann um die vierzig, kommt zehn Minuten zu spät. Tommi stellt sie einander vor. Katariina Laakso, Jukka Paavilainen (oder so ähnlich, Katariina erinnert sich nach zwei Sekunden nicht mehr an den Namen).

»Ach«, sagt der Kunde überrascht (nicht freudig), als er Katariina sieht. Er hat Katariinas Stimmprobe zugestimmt und auf deren Grundlage deutlich etwas anderes erwartet als das, was er jetzt sieht. Katariina hat den gleichen Gesichtsausdruck unzählige Male gesehen.

Sie schütteln sich die Hand. Katariina kramt ihr Strickzeug aus der Tasche. Sie sieht dem Kunden an, dass das kein einfaches Unterfangen werden wird.

»Ich gehe rein«, sagt Katariina zu Marko, der nickt. Der Kunde beäugt ihr Strickzeug.

Katariina öffnet die erste Doppeltür der Kabine, schließt sie, öffnet die zweite und tritt ein. Nirgends sonst ist es so still. Katariina findet es wunderbar. Es ist, als hätte jemand den Ton der Welt abgestellt oder als wäre sie selbst taub geworden. Sie hat Schuldgefühle, denn viele Menschen sind wirklich taub und finden es sicher nicht wunderbar. Trotzdem, wenn Katariina ein Unglück wählen müsste, sie würde sich auf alle Fälle für Taubheit entscheiden.

Katariina hat recht, was den Kunden betrifft. Viele Kunden kommen überhaupt nicht ins Studio. Sie hören sich die Aufnahme per Telefon oder Internet an und kommentieren sie auch auf diesem Weg. Katariina geht in dieser Zeit Mittag essen, und dann werden die Abschnitte korrigiert, mit denen der Kunde nicht zufrieden ist. Manchmal gibt es Spannungen mit neuen Kunden, vor allem, wenn Tommi und der Kunde nicht das gleiche Ziel im Auge haben. Es ist möglich, *Wie kann ich Ihnen helfen* auf hundert verschiedene Arten zu sagen, und es ist auch möglich, dass keine einzige davon beiden gefällt. Tommi kann äußerst unnachgiebig sein. Er ist dabei so nett und liebenswürdig, dass es den Kunden manchmal schwerfällt zu verstehen, dass Tommi nicht nachgeben wird. Viele glauben, dass seine Nettigkeit dem Wunsch zu gefallen entspringt, denkt Katariina, aber das ist es nicht. Tommi ist nett, weil er nett ist, nicht, weil er jemandem gefallen will. Das Ringen dauert so lange, bis der Kunde versteht und sich ergibt. Einmal hat Katariina beim Warten darauf zwei Decken für Elina gestrickt.

Der Text des Kunden ist miserabel geschrieben, und Katariinas erste Aufnahme ist schlecht. Im Text sind

Wiederholungen (*2008* kommt drei Mal vor), und die Monate sind als Zahlen geschrieben, *Donnerstag, 26. 6.* Normalerweise ist Katariina in der Lage, Zahlen in ihrem Kopf zu Monaten zu machen und direkt »Juni« zu lesen, aber heute kann sie das nicht. Sie liest *»Sechster«.*

Sie sieht die Männer an, die auf der anderen Seite der Plexiglasscheibe diskutieren, und wartet, dass sie sich einigen. Es dauert.

»Mach *Seminar* noch mal neu«, sagt Tommi endlich. »Und sag *Juni.*« Marko beginnt aufzunehmen, aber anstatt dass Katariina liest *Das Klang-und-Wut-Seminar im Restaurant* Klippan *am sechsundzwanzigsten Juni*, sagt sie: »Wenn auf dem Papier steht: *Klang und Wut Leerzeichen Gedankenstrich Leerzeichen Seminar*, dann lese ich, als würde da stehen: *Klang und Wut. Seminar.* Wenn ich *Klang und Wut-Seminar* lesen soll, muss man *Klang und Wut Bindestrich, nicht Gedankenstrich Seminar* schreiben.«

Es ist still. Dann lacht der Kunde auf (nicht freudig) und fängt an zu reden, aber Tommi lässt Katariinas Knopf los, so dass Katariina nicht hört, was er sagt. Tommi und Marko und der Kunde haben eine Auseinandersetzung. Dann drückt Tommi den Knopf und holt Luft, um etwas zu sagen. Er kommt nicht dazu, etwas zu sagen, weil der Kunde, der nicht weiß, dass Katariina zuhört, sagt: »-ßerdem hat dieser Magister in finnischer Sprache einen verdammt grausigen S-Fehler.«

Katariina liest immer wieder von neuem, obwohl alle außer dem Kunden wissen, dass es nicht mehr besser wird. Genau wie es vergeblich ist, jemanden stundenlang zu fotografieren. Die Präsenz schwindet, wenn man dieselbe Sache zu oft macht.

Schließlich geht der Kunde, mit einer CD, auf der er sich alle einhundertsechzig Aufnahmen von Katariina anhören will. (Er wird Tommi anrufen, dass Nummer drei die Beste ist und er die nimmt.)

»Geh nach Hause und ruh dich aus«, sagt Tommi zu Katariina.

Zu Hause ist niemand. Olli ist bei einem Fotoauftrag und Elina in der Chorprobe. Katariina zieht ihre Jacke aus und geht auf die Toilette. Dann geht sie in die Küche, trinkt ein Glas Wasser und wischt die Spüle ab, auf der noch Krümel und Flecken sind, entweder von Apfelsaft oder von Mineralwasser. Katariina ist keine Sauberkeitsfanatikerin, sie kann es auch genießen, zu Hause zu sein, ohne dass es sauber ist. Sie steckt damit vielmehr ihr Revier ab oder vollzieht ein Ritual des Heimkommens, bevor sie das Zuhausesein beginnt. Wenn man nicht krank ist, ist es unnatürlich, sich direkt zum Sofa zu begeben, sobald man die Schuhe ausgezogen hat.

Katariina ist nicht krank, aber sie verschanzt sich trotzdem auf dem Wohnzimmersofa. Sie zieht die Babyschlafdecke über sich (sie hat die Decken zusammengenäht, die sie damals in der Aufnahmekabine für Elina gestrickt hat) und schließt die Augen. Sie ist gerade dabei einzuschlafen, als das Telefon klingelt.

»Katariina«, antwortet sie.

Am anderen Ende der Leitung ist man sich einen Moment lang unschlüssig.

»Hallo«, sagt dann eine fremde Stimme. »Hier ist … Hier ist deine Halbschwester.«

Katariina weiß nicht, was sie sagen könnte.

Auch die Halbschwester sagt nichts.

Die geliebte Tochter.

»Hallo?«, sagt die geliebte Tochter.

»Hallo«, antwortet Katariina.

Schweigen.

»Das war wohl keine gute Idee«, sagt die Halbschwester. »Am besten, wir vergessen die ganze Sache.«

»Nein«, sagt Katariina, obwohl es nicht ganz der Wahrheit entspricht. Natürlich würde sie am liebsten die ganze Sache vergessen, aber gleichzeitig ist sie auch neugierig. Sie muss weinen. Es sollte eigentlich unmöglich sein, eine unbekannte Person auf diese Weise zu beneiden und zu hassen, und es ist nicht einmal eine ganze Person, nur eine Stimme.

»Ich wollte schon öfter anrufen, aber ...«, sagt die geliebte Tochter.

»Ich wollte euch noch nie anrufen«, sagt die verlassene Tochter. »Ich hätte euch nie belästigt.«

»Wen?«, fragt die geliebte Tochter.

»Euch. Dich und deine Geschwister. Und eure Mutter.«

Die geliebte Tochter schweigt.

»Ihr braucht meinetwegen nichts zu befürchten«, verspricht Katariina. Sie fühlt sich edel und heldenhaft. Ihr steigen die Tränen in die Augen, so einsam und ehrenhaft ist sie.

»Ich habe keine Geschwister«, sagt die Stimme am anderen Ende. »Ich bin Einzelkind. Oder das dachte ich zumindest. Jetzt weiß ich, dass ich zwei Halbschwestern und einen Halbbruder habe. Du bist die Älteste von ihnen. Ich komme nach dir.«

Die Information blüht für Katariina auf und verbreitet einen wohlriechenden Duft, wie eine Lilienblüte, die in ein ehrbares Trauerhaus getragen wird.

Der Vater ist auch nicht bei dieser Schwester geblieben, begreift sie. Grenzenlose, unangemessene Freude erfüllt sie.

Dich hat er auch nicht geliebt. Vielleicht auch die anderen nicht.

»Hast du mit den anderen gesprochen?«, fragt sie dann.

»Ja.«

»Sind sie richtige Geschwister? Ganze Geschwister?«

»Nein. Wir haben alle eine andere Mutter.«

Unglaublich, denkt Katariina. Eigenartig. Sie würde am liebsten laut loslachen. »Unglaublich«, sagt sie. Auch ihre Stimme lächelt.

»Ja, nicht wahr«, sagt die andere trocken. »Und das ist noch nicht alles.«

»Was denn noch?«, fragt Katariina. Die Sache wird immer besser.

»Ich heiße auch Katariina.«

Katariina stockt der Atem. Ihre Lungen funktionieren nicht, sie braucht sie nicht mehr. Sie braucht keinen Sauerstoff, denn sie ist Glas, Luft, Schale. Sie steigt in die Luft.

»Wie auch die dritte«, fährt die Stimme fort.

Katariina schwebt in der Luft, sieht von dort nach unten auf ihren Schreibtisch, auf die Fliederbüsche im Hof.

»Wir sind drei Katariinas und ein Markus.«

Katariina

Drei Katariinas.
Drei Katariinas.
Drei Gleiche.
Drei Versuche.
Drei verbesserte Versionen.
Und keine ist gelungen.
Ist Markus besser gelungen?
Oder ging die Zeit nur zwischendrin aus?

Das polnische Wort »sama«, das im Finnischen »gleich« bedeutet, heißt »allein«, erinnert sich Katariina plötzlich, wenn sie auch nicht weiß, was dieser Gedanke bedeutet.

Drei Kamele, vier Kamele.

Nach dem Telefonat macht Katariina eine Flasche Rotwein auf, obwohl sie nicht sicher ist, ob es spät genug dafür ist. (Was ist spät genug? Mittagessen, ein Uhr? Vier Uhr? Sechs Uhr?) Sie ruft auf der Polizeiwache an. Jetzt kann sie auch gleich alles andere erfahren.

Sie darf ziemlich oft anrufen. Polizisten sind ein vielbeschäftigtes Volk, denkt sie. Müssen Alkoholiker auf der Straße aufwecken und am Bahnhof auf Streife gehen, und dauernd stirbt jemand, und sie müssen zu den Angehörigen rennen, um es ihnen zu sagen. Klingeln, warten, dass wieder eine Schale mit Glasblick im Schlafanzug an die Tür geistert, im Gedächtnis eine Serie von Bildern ihres Vaters abspult (von den Jämmerlichsten von allen abgesehen, hinter deren Blick kein einziges Bild erscheint), die Sache berichten, und dann weiter.

Katariinas Glieder sind bereits schwer, als sie endlich Oberwachtmeister Pasi Nurminen erwischt. Einen Augenblick spielt sie mit dem Gedanken zu fragen, ob er jemals in die Unternehmungen seines Namensvetters eingegriffen hat, als der noch Kioske ausraubte. Sie fragt nicht.

»Hier ist Katariina Laakso, geborene Saarinen«, sagt sie. »Eine von mehreren Katariina Saarinens, aber immerhin die erste, zumindest in der chronologischen Reihenfolge, in anderen Reihenfolgen, der gefühlsmäßigen zum Beispiel, würde ich das wirklich nicht beschwören wollen.«

Dann fragt sie, ob Oberwachtmeister Nurminen die Details zum Tod ihres Vaters erläutern könne.

Oberwachtmeister Nurminen raschelt mit Papier.

»Ja, natürlich«, sagt er mit der Stimmmelodie von jemandem aus der Region Häme. »Selbstverständlich, hier ist es. Soll ich anfangen?«

»Natürlich, fangen Sie nur an«, sagt Katariina, »mich schockiert nichts mehr.«

Oberwachtmeister Pasi Nurminen beginnt damit, dass Kari Saarinen nicht auf einer Reise, sondern quasi zu Hause starb.

Katariina wird nervös. Der erste Satz, und ihre Hände fangen an zu zittern.

»Wie ist das möglich?«, fragt sie. »Er ist doch im Hotel gestorben. Und wie, ›quasi starb‹? Man kann doch nicht ›quasi sterben‹.«

»Er starb quasi *zu Hause*, in dem Sinn, dass er in diesem Hotel wohnte.«

»Wohnte? Wie?«, fragt Katariina. »Warum?«

»Das wissen wir nicht. Aber er hatte keine Wohnung.«

»Er hatte also seinen Wohnsitz im Hotel? Das Hotel war sein Zuhause?«

»Es scheint so.«

»Ein recht feines Zuhause«, stellt Katariina fest.

»Sehr fein war das nicht«, antwortet Nurminen. »Es ist ein kleines Hotel.«

»Wie klein?«

»Zirka zehn Zimmer.«

»Eine Absteige?«, fragt Katariina. »Ein Wohnheim für arbeitslose Alte?«

»Nein, es ist schon ein richtiges Hotel. Geschäftsleute und andere, die eine Unterkunft für eine Weile brauchen, aber keine feste Wohnung.«

»Wie heißt das Hotel?«, fragt Katariina.

»Abendstern«, antwortet Nurminen.

Katariina nimmt einen Schluck Wein.

»Das haben Sie jetzt natürlich erfunden«, sagt sie. »Mein Vater ist nicht allein in einem Hotel mit dem Namen *Abendstern* gestorben.«

»Vielleicht sollten Sie den Korken auf die Flasche machen«, schlägt Pasi Nurminen vor.

»Sie haben recht«, sagt Katariina. »Entschuldigen Sie.«

»Das ist immer schwer«, sagt der Wachtmeister.

»Gibt es noch etwas, das ich wissen müsste?«, fragt Katariina.

»Nur, dass Sie die nächste Angehörige sind –«

Katariina bekommt diesen merkwürdigen Gedanken kaum in ihren Kopf. Die trostlose Einsamkeit, die diese belanglosen Worte beinhalten. Gleichzeitig fühlt sie sich unbegreiflich geschmeichelt. Dieser Beamte sagt, dass sie die nächste Angehörige ihres Vaters ist. Man sollte meinen, dass sie solche Dinge weiß.

»– und die Sachen müssten aus diesem *Abendstern* abgeholt werden.«

Eine recht abrundende Idee, denkt Katariina. Die persönlichen Sachen des Vaters abholen, die dort wie lose Glieder herumliegen. Ein Zeh, ein Ohr, eine Hand, ausdrücklich seine, nicht die von jemand anderem. Das kann ich niemals tun, denkt sie, traut sich aber nicht, es laut zu sagen, weil Oberwachtmeister Nurminen sie gerade getadelt hat.

»Wenn das mit Ihnen und Ihren Geschwistern nicht klappt, muss man den Kram unter den Verwandten aus Ostbottnien aufteilen.«

»Aus Ostbottnien?«

»Ja. Kari Saarinen kam aus Ostbottnien.«

»Bin ich zur Hälfte Ostbottnierin?«, fragt Katariina.

»Ja, scheint so«, sagt Nurminen.

»Seltsame Information«, sagt Katariina, nachdem sie die Sache einen Moment lang bedacht hat. »Wirklich seltsam, als hätte ich erfahren, Ausländerin zu sein oder zur Hälfte ein Mann.«

»Wie sieht es aus, passt es Ihnen, dort hinzugehen?«, fragt Nurminen.

»Muss ich?«, fragt Katariina.

Olli

Ich habe versucht, mit Katariina zu reden, nachdem sie mit der Polizei und dieser Katariina Airaksinen gesprochen hatte, aber daraus wurde nichts. Sie hat nur an mir vorbeigestarrt oder durch mich hindurch, in ihren Augen der Blick eines verdurstenden Kamels.

Die Sache hat durchaus phantasievolle Züge. Drei Töchter mit demselben Namen, die nichts voneinander wussten. Der Name ist ja keineswegs ausgefallen, weshalb das natürlich möglich ist. Und am Ende ein Sohn. Hat er vielleicht die ganze Zeit versucht, einen Sohn zu zeugen? In diesem Fall ist er sicher bei ihm geblieben. Oder auch nicht.

Er traf eine Frau, heiratete (verliebte sich?), bekam ein Kind und beschloss, das Kind Katariina zu taufen. Darauf folgten Alltag, Streit, Affären, und er beschloss zu gehen. Er traf eine Frau, heiratete (verliebte sich? Die Wahrscheinlichkeit wird immer geringer), bekam ein Kind und beschloss, das Kind Katariina zu taufen. Darauf folgte der Alltag, und er beschloss zu gehen. Als hätte er das Licht in einem Zimmer ausgemacht und das nächste betreten. Das alte Zimmer hörte nicht auf zu bestehen, aber es verdunkelte sich. Keiner sah, was sich darin befand. Er traf eine Frau, heiratete, bekam ein Kind, taufte es Katariina. Der Alltag trat ein. Er machte das Licht aus und ging ins nächste Zimmer. Traf eine Frau, bekam ein Kind, machte das Licht aus.

Am Ende hatte er sich ein großes Haus gebaut, in dem alle Zimmer dunkel waren. Er wohnte dort ganz alleine. Und starb.

Katariina

In der Nacht träumt Katariina von ihrem Vater. Sie erinnert sich nicht, dass sie jemals zuvor von ihm geträumt hätte. Der Vater sitzt mit dem Rücken zu Katariina mitten im Nebel, dreht sich halb zu ihr um, und die dunkelblauen Zipfel seiner Jacke flattern im Wind. Im Traum denkt Katariina: Der Vater hat nicht die Jacke bekommen, die er wollte.

II

An mir kommst du nicht vorbei

Katariina

Als Olli Katariina damals gestand, dass er eigentlich erst dabei sei, seine Beziehung zu beenden und dass Kirsi noch nicht einmal davon wisse, schenkte Katariina dieser Information keine große Aufmerksamkeit. Nur sie beide waren wichtig. Es gab niemanden sonst, nicht deren Unwissenheit, deren Leid, deren Zukunft, deren Umzugskisten.

»Wie kannst du den Mut haben, mit einem Mann zusammen zu sein, der betrogen hat?«, fragte ihre Mutter, als sie von der Sache erfuhr.

»Er hat Kirsi betrogen«, antwortete Katariina.

»Aber nicht dich«, sagte die Mutter.

Zu Beginn stand Katariina der Möglichkeit, dass Olli sie betrügen könnte, lethargisch gegenüber. Sie wusste, dass so etwas immer möglich war, aber sie glaubte im Grunde nicht, dass es sie treffen würde, genauso wie sie nicht glaubte, dass sie an Krebs erkranken würde. Obwohl es viele Krankheiten auf der Welt gibt, so ist der größte Teil der Menschen trotzdem gesund, und wenn man anfängt, darüber nachzudenken, ist es doch ein wahres Wunder, dass überhaupt jemand auch nur einen Moment lang lebt. Aber man lebt dennoch so ohne weiteres.

Ihre Einstellung änderte sich, als Elina geboren wurde. Katariina denkt auch weiterhin nicht darüber nach, ob Olli sie betrügen würde, aber sie hat Angst, dass er Elina betrügen könnte. Zum Beispiel, indem er seinen Traum verwirklicht, Höhlentauchen geht und dabei stirbt. Oder sich endlich von diesem Foto erholt und Kriegsreporter wird.

Katariina hat nicht vor, das zuzulassen.

Katariina ist im Allgemeinen die Nachgiebigere von beiden und die Nüchternere. Sie ist weder süchtig nach Zärtlichkeit noch begeistert sie sich für Romantik oder Vorspiele. »Du brauchst mich nicht zu verführen, ich bin deine Frau. Ich bin eine sichere Bank«, sagt sie zu Olli, wenn er Kerzen anzündet oder anfängt, ihre Zehen zu küssen. Das heißt nicht, dass Katariina es lieber auf die harte Tour hat. Das mag sie nicht, und sie bekommt schnell blaue Flecken. Sie kommt nur am liebsten gleich zur Sache.

In ihrer Jugend hatte sie Talent dazu, sich zu verlieben, aber nicht für eine feste Beziehung. Mit sechzehn hatte sich Katariina in einen Jungen verliebt, der vergeben war. In diesem Alter erschien eine Beziehung, die ein paar Monate hielt, wie eine seit Jahrzehnten bestehende Ehe, und der Junge (Katariina kann sich leider überhaupt nicht mehr an seinen Namen erinnern) und seine Freundin waren ein solches Pärchen. Katariina war eine Ewigkeit in den Jungen verliebt, und am Ende hatte er sie wahrgenommen. Der Junge trennte sich von seiner Freundin und ging mit Katariina. Er war überhaupt nicht so, wie Katariina ihn sich in den vorangegangenen Monaten vorgestellt hatte. Die Beziehung hielt eine Woche. Dann sagte Katariina, dass die

Sache ein Irrtum gewesen sei und dass ihr das ganze Durcheinander, das sie verursacht hatte, sehr leidtue, aber dass die Sache nun geklärt sei und dass der Junge und seine Freundin wieder zusammenkommen und ihr Leben fortsetzen könnten, als sei nichts passiert. Sie war tatsächlich überrascht zu hören, dass das nicht so einfach wäre. Sie konnte absolut nicht glauben, dass die beiden diese unglückliche Woche nicht vergessen könnten, wie sie es selbst beabsichtigte.

Katariina gehörte in der Schulzeit nicht zu den beliebten Mädchen. Sie selbst störte es nicht, in den Pausen allein zu sein, aber die anderen störte es, und so bekam sie den Ruf, sonderbar zu sein. Um diesen halbwegs passablen Ruf zu bewahren, gesellte sie sich oft genug pflichtgetreu zu den anderen, um mit ihnen Seil zu hüpfen oder Fangen zu spielen. Keiner verbot ihr dazuzustoßen, aber sie wurde auch nicht aufgefordert mitzumachen, wenn sie nicht von selbst kam.

Eines Tages kam Tiina, die nie mit ihr gespielt hatte, und bat sie mitzumachen. Es war ein trostloser Tag Ende Herbst, der Asphalt des Schulhofs war nass und voller Steinchen, die sich ins Profil der Turnschuhe gruben, und es machte Spaß, sie mit dem Bleistift herauszubohren. Es war ein genau solch trister und undefinierbar beängstigender Tag, wie es sie in der Kindheit gibt, wenn es noch lange dauert, bis die Mutter von der Arbeit nach Hause kommt und man bis dahin in der Welt bestehen muss. Und plötzlich stand Tiina vor Katariina, und es winkte ein Spiel mit einer neuen Freundin, eine völlig unerwartete Sache, und das erfüllte sie mit blitzschneller, erstickender Freude. Der Tag war genauso düster wie zuvor, aber es war, als wäre auf das

Spiel von Tiina und Katariina ein Lichtkegel gerichtet, ein heller, warmer Kringel. Katariina war so glücklich, dass sie Tiina ganz spontan eine Spange aus ihrem Haar schenkte, eine orangegoldene runde Spange, so groß wie ein Kreis, den man mit Daumen und Zeigefinger formt. Katariina verschenkte die Spange aus reiner Großzügigkeit, die eine solche Freude erzeugen kann. Sie gab sie eigentlich nicht Tiina, die war nur zufällig gerade anwesend. Genauso gut hätte Katariina ihr Taschengeld für den Monat einem Straßenmusiker geben oder sich hinknien und beten können.

Tiina hatte Katariina einfach so zum Spielen aufgefordert, aus einer Laune heraus. Sie hatte kein besonderes Interesse an Katariina. Sie hatte sich überlegt, eine Weile mit ihr zu spielen, weil gerade niemand anderes da war. Sie hatte nicht geplant, etwas dafür zu wollen, aber als Katariina ihr die Haarspange gab, hielt sie das für eine Bezahlung ihrer Gesellschaft. In diesen wenigen Sekunden, als Katariina die Hand zu den Haaren führte, die Spange nahm und sich aufrichtete, um sie Tiina zu geben, formte sich in deren Kopf der Gedanke, dass Katariina ihr unterlegen war. Sie hätte nicht angefangen so zu denken, hätte Katariina ihr die Spange nicht gegeben. Eine Geste, und eine ganze Beziehung verändert sich, unwiderruflich.

Am nächsten Tag lief Katariina in der Pause zu ihr und schlug vor, Seil zu hüpfen. Tiina sagte nichts, lehnte weder ab, noch stimmte sie zu. Sie bemerkte wohl selbst kaum, dass sie Katariinas Haare ansah, die andere orangefarbene Spange, die Katariina an diesem Tag trug – es war ein Paar gewesen. Katariina spürte den Blick, hob die Hand und löste die Spange. Sie gab sie

Tiina, aber nicht mehr aus Freude. Jetzt war es Bezahlung. Sie spielten die nächsten drei oder vier Tage zusammen, und jeden Tag erwartete Tiina ein Geschenk, eine Bezahlung für ihre Freundschaft. Und Katariina gab es ihr. Sie fingen nicht an zu spielen, bevor Katariina ihr eine Haarspange, ein Glanzbild oder 50 Penni gegeben hatte. Zwischendurch war Katariina versucht zu testen, was Tiina gesagt hätte, wenn sie ihr nichts gegeben hätte, aber sie traute sich nicht. Abends durchsuchte sie ihre Sachen und überlegte, was sie noch weggeben könnte, ohne dass ihre Mutter etwas bemerkte.

Dann hatte Tiina genug. Auch die Entlohnung lockte sie nicht mehr. Als Katariina fragte, ob sie zusammen spielen wollten, flüsterte sie den anderen Mädchen etwas zu, und diese kicherten. Katariina schloss die Augen, und als sie sie wieder öffnete, sah sie, wie Tiina, ihre Haarspange auf dem Kopf, mit den anderen Mädchen spielte und mit ihnen ihre Glanzbilder tauschte.

Eine Woche später gründete Katariina den Geisterklub. Er hatte nur ein Mitglied, sie selbst. Katariina ernannte sich selbst zur Vorsitzenden des Klubs. Sie schrieb Aufsätze über Geister und malte eine Karte über das Aussehen der Geister für diejenigen, die Geistergesichter und deren Botschaften nicht verstanden. *Überraschter Geist, Müder Geist, Fröhlicher Geist*, schrieb sie über die Bilder. Katariina bat niemand anderen mitzumachen und erzählte nur zwei Mädchen von dem Klub. Das genügte. Bald wusste die ganze Klasse, dass Katariina die Vorsitzende eines geheimnisvollen Geisterklubs war. Sie wurde dadurch nicht weniger einsam, bekam aber ein gewisses Ansehen, das ihr bis dahin völlig gefehlt hatte.

Olli hatte in der Anfangszeit die Angewohnheit, Katariina zu fragen: »Worüber denkst du nach?« »Über nichts«, antwortete Katariina, weil es einfacher war, als anzufangen, eine lange Kette von Gedanken zu erklären. »Was schmollst du?«, fragte Olli auch oft, obwohl Katariina ihrer Meinung nach bester Laune war. (Zu dieser Zeit war Olli nicht mehr der Meinung, dass man die Gefühle eines Menschen aufgrund der Aktivität ihrer Gesichtsmuskeln nicht unterschätzen darf.) Olli sagte, Katariina habe ein schwer zu lesendes Gesicht. Katariina durchwühlte ihre alten Unterlagen und brachte Olli eine vergilbte Zeichnung, über der stand: *Gesichtsausdrücke von Geistern.*

»Vielleicht hilft das«, sagte sie.

Als Elina auf die Welt kam, füllte sich Katariinas geruhsames Leben mit Arbeit und ihr Herz mit Elina. Das erste Jahr wirkt im Nachhinein nebelhaft, doch damals war ihr nicht bewusst, wie müde sie war oder dass es überhaupt möglich war, sich nicht die ganze Zeit schläfrig zu fühlen. Sie war wie ein kurzsichtiger Mensch, der sich noch keine Brille besorgt hat und so daran gewöhnt ist, schlecht zu sehen, dass es ihm gar nicht in den Sinn kommt, dass er deutlicher sehen könnte. Es kam ihr auch nicht in den Sinn, ins Studio zu gehen. Ihr Instinkt ließ sie nur das tun, was das Baby am Leben und gesund hielt und es wachsen ließ. Sie spülte Fläschchen, ging spazieren, fütterte das Baby und aß selbst, damit das Baby Milch bekam. Und schlief immer, wenn es ihr möglich war.

Mit dem Kochen fing Katariina an, als Elina so alt war, dass sie bereits andere Dinge als Muttermilch und Kartoffelbrei zu sich nahm. Bis dahin hatte Katariina sich nie für Essen interessiert. Sie aß, was es gab, ohne sich darüber zu beklagen, wenn das Essen nicht schmeckte, und ohne sich zu freuen, wenn es gut war. Bevor sie Olli traf, hatte Katariina die Angewohnheit, manchmal, wenn sie hungrig war, eine Wok-Mischung aufzumachen, die eigentlich dafür gedacht war, sie zusammen mit frischem Gemüse und Geflügel in der Pfanne anzubraten. Sie aß den Inhalt, so wie er war, beim Fernsehen auf dem Sofa, wie Chips oder gesalzene Nüsse. Das hatte nichts mit Faulheit zu tun. Essen interessierte sie einfach nicht.

Zu Anfang ihrer Beziehung führte Olli sie zum Essen aus und kochte für sie. »Meine Mutter hat mich zum Gentleman erzogen«, sagte Olli, und in seiner Stimme lag ein nur schwerlich auszumachender ironischer Ton. (Als sie Anneli das erste Mal traf, erkannte Katariina sofort den gleichen Ton in deren Sprechen.) Nachdem Olli und Katariina einige Monate zusammen gewesen waren, stopfte Olli sie wie eine Weihnachtsgans, um zu sehen, ob sie zunehmen würde. Olli machte Pasta mit Sahnesoße und kaufte Pizza, Berliner und Schokolade. Sie aßen ganze Abende lang und tranken Wein. Nach einer Woche wog Katariina genauso viel wie zuvor, aber Olli hatte vier Kilo zugenommen. Der Test war damit vorbei. »Du hast den Stoffwechsel eines Kamels«, sagte Olli zu Katariina, als er zum zweiten Mal an einem Tag laufen ging. »Er ist dein bester Verbündeter. Er lässt dich nie im Stich, komme, was wolle. Er schmeißt die Sache auch dann, wenn du zwangsernährt wirst. Du bist die letzte Überlebende im Bunker.«

Elina hätte Katariina nie mit einer Wok-Mischung

gefüttert. Elina ist ein wählerisches Kind und mag weder Kichererbsen noch Schwarzaugenbohnen oder Brokkoli, nicht einmal, wenn sie auf libanesische Art zubereitet sind. Als sie in den Kindergarten kam, bettelte sie zu Hause um gekochte Kartoffeln und Regenbogenforelle. Einige Male fing Olli in Lappland einen Lachs. Für Olli und Katariina war das, als würde in ihrem Ofen ein Phönix- oder ein Einhornbraten gar werden. Doch Elina aß nur Kartoffeln, denn sie wollte Regenbogenforelle.

Rezepte bekommt Katariina von Silja, der Mutter von Elinas Spielkamerad Rasmus. Silja ist eine große, blonde Frau mit breiten Schultern und dem lockeren Gang eines Astronauten. Sie spricht langsam, wägt ihre Worte ab und betont sie, weshalb alles, was sie sagt, auch das Alltäglichste, feierlich klingt, wichtiger als die unbedeutenden Dinge, die andere von sich geben. Silja bewegt sich gemächlich von einem Ort zum anderen, von der Tür in den Hof, von zu Hause in den Laden, ihrem eigenen Rhythmus folgend, ohne sich der (unnötigen) Eile und den Anforderungen anderer zu beugen, und deshalb wirken ihre langsamen Bewegungen respekteinflößend, wie auch ihre Verspätungen, die zu beanstanden Katariina nie in den Sinn käme. Bei Silja findet Katariina Entschiedenheit, die keinen Zweifel zulässt, und Rückhalt, will aber bald wieder in ihre eigene unsichere Welt zurück, in der das Atmen leichter fällt. Silja und Rasmus' Vater haben sich getrennt und verstehen sich gut. Silja lädt ihren Exmann und dessen neue Verlobte hin und wieder zu sich zum Essen ein, und sie behauptet, es seien gesellige Abende. »Ist die neue Verlobte derselben Meinung?«, hat Katariina einmal gefragt. Silja hat mit den Schultern gezuckt und gesagt: »Wieso sollte sie das nicht sein.« Das war keine Frage, weshalb Katariina keine Antwort geben musste.

Silja und Katariina sind ziemlich eng befreundet, was darauf beruht, dass sie sich täglich unterhalten. Würde eine der Familien von Suomenlinna wegziehen, würden sie vereinbaren, in Kontakt zu bleiben, dies aber nicht tun. Ein Jahr später würden sie sich zufällig treffen und könnten sich nicht vorstellen, was sie sich einmal zu sagen hatten. Katariina weiß das (sie ist sich nicht sicher, ob Silja das weiß), hängt aber trotzdem aufrichtig an Silja und fühlt sich einsam, wenn sie weg ist. Olli und Silja gehen sich gegenseitig auf die Nerven. Olli bleibt nicht im Hof, um sich mit ihnen zu unterhalten, und wenn er doch bleibt, sucht er im Allgemeinen Streit. Vielleicht sagt Olli deshalb, dass ihr Vorratsschrank wie ein Bunker auf Spitzbergen sei, in dem man die Samen von Tausenden von Nutzpflanzenzüchtungen konserviert. Dank Katariina und Olli Laaksos Küche würden Kichererbsen und Schwarzaugenbohnen nie aussterben, selbst dann nicht, wenn eine Neutronenbombe explodieren sollte. Der Rest von Ollis und Katariinas Haus ist nicht so geordnet. Ihr Zuhause balanciert auf der Grenze zwischen gemütlich und unfreundlich, und wenn es in Richtung Gemütlichkeit tendiert, dann liegt das allein an der von Olli entworfenen Beleuchtung sowie an den Wänden in Küche und Wohnzimmer, die türkis beziehungsweise dunkelrot gestrichen sind. Sie halten das Haus aus zwei Gründen asketisch. Erstens, weil Katariina meint, sie könnten jederzeit umziehen müssen. Olli scheint das äußerst unwahrscheinlich, solange sie nicht ernsten Schaden an dem unter Denkmalschutz stehenden Gebäude anrichten. Katariina weiß das, aber es hat keine Wirkung. Eigentlich befürchtet sie nicht, umziehen zu müssen. Der Gedanke ruft in ihr keine Angst hervor. Sie hat nur das Gefühl, als könne es jederzeit passieren.

Der zweite Grund ist der, dass Katariina nicht gerne einkaufen geht. Der einzige Luxus (ein wenig wie die blauen Schals und Pullover ihrer Mutter), den sie sich gönnt, ist eine Putzfrau. Katariina mag weder Läden noch Dinge. Manchmal hat sie Lust, Blumen zu kaufen, tut es aber nicht, weil sie ja sowieso eingehen. Sie ist immer überzeugter davon, dass man in Läden so gehen sollte wie in Museen. Wenn man in der Stimmung ist, schöne Dinge anzuschauen, kann man dort hingehen und sie sich ansehen, aber man muss sie nicht mit nach Hause nehmen, wie man auch aus dem Museum keine Tonscherben oder Katzenmumien mit nach Hause nimmt. Katariina hat Schuldgefühle, weil sie nicht an der Bereicherung der Welt teilnimmt, indem sie konsumiert, und fürchtet, egoistisch zu sein, wenn sie sich nur ihre eigenen Wünsche erfüllt. Silja würde einen solchen Lebensstil nie in Frage stellen. Silja recycelt alles und ist davon überzeugt, dass der Mensch nur mit Bioprodukten wohlauf sein kann. Katariina glaubt das nicht, erwähnt es Silja gegenüber aber nie. Sie hört sich ein Rezept an und kauft dann die entsprechenden industriell hergestellten Zutaten.

Manchmal schmeichelt sich Katariina selbst, indem sie sich für feinfühlig hält, aber in Wirklichkeit ist sie sich nicht ganz sicher, ob das stimmt oder ob sie nur gleichgültig ist. Diese Feinfühligkeit (ob sie nun Faulheit ist oder Gleichgültigkeit oder echt) und Ernsthaftigkeit lassen eine gewisse Gedämpftheit entstehen, wie eine Opalglasoberfläche, die das Bild von Katariina verdunkelt. Dahinter ihre wahre Persönlichkeit auszumachen, ist schwer. Katariina passiert es oft, dass man ihren Humor nicht versteht. Vor einiger Zeit hat sie zufällig drei Tage hintereinander an der exakt selben Stelle den Vater von Elinas Freundin Selma getroffen. Katariina hatte Elina zur Schule gebracht, und Selmas Vater war auf dem Weg zur Fähre, und sie begegneten sich immer am selben Ort, an einem Straßenabschnitt, der im Schatten dichter Ahornbäume liegt und an dem kein einziges Haus steht. Zwei Mal grüßte Katariina Selmas Vater nur, aber am dritten Tag sagte sie aus der Laune des Augenblicks heraus zu ihm: »Wir sollten aufhören, uns auf diese Weise zu treffen.«

Vielleicht lag es an der schattigen Stelle, vielleicht an Katariinas Stimme und daran, dass sie nicht lächelte, als sie sprach, dass Selmas Vater (Rastas, Sonnenbrille im Gesicht, den Träger der Schultertasche über der Brust wie ein Sicherheitsgurt) antwortete: »Ich bin verheiratet.«

Katariina hätte sagen können: »Das bin ich auch«, aber auch das hätte er unterschiedlich interpretieren können, zum Beispiel so, dass sie das auch bisher nicht gehindert habe. Sie hätte sagen können: »Das war ein Scherz!«, was Olli auf jeden Fall gesagt hätte, und Silja, aber nicht Katariina. Auch ihre Mutter hätte das nicht gesagt, aber sie hätte Selmas Vater auf jeden Fall für einen Idioten gehalten. Katariina war stattdessen peinlich berührt und sagte nichts. Es war ihr für Selmas Vater peinlich, weil er keinen Sinn für Humor hatte, für

Selma, weil deren Vater keinen Sinn für Humor hatte, und für sich selbst, weil sie anscheinend den Eindruck machte, eine Frau zu sein, die versucht, den Vater der Freundin ihrer Tochter auf deren Schulweg anzubaggern.

Elina ist ein ruhiges, großgewachsenes Mädchen, sie hat dünne Beine, aber einen stämmigen Körper, wie ihn Kinder haben können. Von ihrem Vater hat sie die dunkelbraunen, dicken Haare geerbt, aber sie schmückt sich damit nie und lässt sie auch nicht offen, weil sie »im Weg sind«. Elina ist ungeduldig, wenn die Dinge nicht funktionieren, wie sie will, aber zäh. Ein ernstes Mädchen, dessen selten zu hörendes Lachen wie ein Bach ist, lang, sich schlängelnd und rieselnd. Elina hat etwas Stoisches an sich, das Talent zu akzeptieren, dass nicht alle sie mögen, oder vielleicht bemerkt sie es nur nicht. Als Dreijährige war sie sehr emotional. Wegen eines auf die Straße geplumpsten Marienkäfers konnte sie tagelang weinen, oder wegen eines Luftballons, der in den Himmel entflohen war. Sie trauerte nicht darum, dass sie ihn verloren hatte, sondern sie betrauerte den einsamen, verirrten Luftballon. »Was, wenn er Angst hat, dass ihn seine Mutter nie wiederfindet?«, fragte sie Katariina mit Tränen in den Augen. Abends betrauerte sie Katariinas kommenden Tod und war nicht zu trösten. Damals dachte Katariina, dass aus Elina eine gute Schauspielerin werden würde, dass sie in ein Gebiet passen würde, in dem überschwängliche Gefühle kein Grund zur Sorge sind, sondern von Nutzen, unentbehrlich sogar. Inzwischen glaubt Katariina nicht mehr, dass Elina Schauspielerin wird. Elina ist vernünftig und resolut geworden, wortkarg und direkt. Es scheint, als hätte sie mit ungefähr fünf Jahren die Trauerarbeit fürs Leben abgeleistet und könnte nun den Rest ihrer Zeit relativ heiter, aber zwangsläufig ein wenig gefühllos weitermachen. Katariina findet, dass aus Elina eine gute Krankenschwester werden würde. Sie sieht ihre Tochter als Frau mittleren Alters, die durchs Kinderkriegen ein bisschen in die Breite gegangen ist und in drei Schichten arbeitet. Keine unnötige Gefühlsduselei, wir sollten uns auf das konzentrieren, worauf wir Einfluss nehmen können!

Elina hat schon mit vier lesen gelernt, aber buchstabieren erst in der Schule, die sie ein Jahr früher als üblich begann, mit sechs. Wenn sich Elina heute über ihre Mutter (allein die Stimme der Mutter, den Anblick der Mutter) ärgert, spricht sie in Sätzen mit einem Wort und sagt alle Buchstaben des Wortes nacheinander auf. Ha uu än ge ee err. Te ess zeh ha üü ess ess. Err aa es emm uu ess. Err aa uu es. Warum muss man Elina die Antworten so aus der Nase ziehen? Warum kann sie nicht einfach sagen, tschüss, sie geht mit Rasmus raus? Dieses Aus-der-Nase-Ziehen nervt Elina sicher umso mehr. Katariina kann es kaum glauben, dass Elina noch vor kurzem zu jedem ihrer Worte aufgeblickt hat, zu jeder Entscheidung, sie für ein sicheres, unfehlbares, göttliches Wesen gehalten hat.

Olli

Ich erinnere mich gut daran, wie Katariina sich körperlich veränderte, als Elina geboren wurde, und ich meine damit nicht nur, dass sie sich zunächst aufblähte und dann flach wurde wie die Luftballons vom 1. Mai. Die vorher so tollpatschige und unpraktische Frau war plötzlich allem gewachsen. Katariina trug Elina wie eine Geige, sicher zwischen Kinn und Schulter, so dass sie mit den Händen etwas anderes tun konnte, den Bogen bewegen, die Saiten herunterdrücken, das Fläschchen spülen. Wie kann sie das durchstehen, dachte ich.

Schwangere Frauen sind auf die gleiche grausame Art schön wie Männer, die in den Krieg ziehen. Als sie mit Elina hochschwanger war, habe ich Nacktfotos von Katariina gemacht. Sie lag ganz still auf einem weißen Laken auf dem Bett. Die Bilder haben nur eine geringe Tiefenschärfe, eigentlich ist nur der Bauchbereich scharf, der zur Seite gestreckte Arm schon nicht mehr. Die Beleuchtung ist mutig, die Rippen auf der linken Seite sind reichlich überbelichtet. Die Fotos sind schön, aber schmerzhaft. Katariina ist eine Landschaft, ihre Hüfte eine Klippe, unterhalb des Bauches das dunkel gewordene Moos des Winters. Der Bauch ist auch gar nicht rund. Er sieht aus, als hätte Katariina einen Steinblock verschluckt. Er ist riesig, eckig und stumpf, eine runde Erhöhung, wo Elinas Hintern war, eine Ecke, wo sie ihre Fersen dagegenstemmte. Die Bewegungen sah man deutlich mit dem bloßen Auge. Zwei vollständige Menschen ineinander, unmöglich, dass sich das nicht äußerst unangenehm anfühlt. Das eine Bein von Katariina krümmte ich, das andere war gestreckt, ein Arm zeigte nach oben, der andere nach unten. Katariina ließ mich machen. Manchmal verschob ich irgendein Gliedmaß in eine weniger offensive Position. Zwischendurch fotografierte ich sie im Dunkeln, denn ich finde, dass die Seele eines Menschen dann am besten sichtbar wird. Auch Studioporträts mache ich mit sehr wenig Licht. Manchmal sieht man von der fotografierten Person nichts außer einem Auge richtig, alles andere ist mehr oder weniger dunkel, Abstufungen von Schatten.

Ich habe gewissermaßen eine weibliche Fotografie-Ausbildung. Mit zweiundzwanzig hatte ich Tausende Fotos gemacht, hatte Fotokurse besucht und Meister nachgeahmt und es zum Fotoassistenten gebracht. Die ersten drei Fotografen waren Männer. Die Arbeit war körperlich anstrengend. Männliche Fotografen haben Dutzende von Kilos an Ausrüstung, sieben verschiedene Kameras und Objektive und Stative und Reflexschirme und Beleuchtungsutensilien. Die vierte war eine Frau, die ein Licht und eine Kamera hatte, die sie in die Handtasche warf, wenn die Aufnahme vorbei war. Das wiederum war mir körperlich zu einfach, psychologisch hingegen war es äußerst anspruchsvoll. Man musste die ganze Zeit blitzbereit sein, wissen, was die Fotografin und die fotografierte Person fühlten, die im Millimeterbereich schwankenden Launen und Stimmungen verstehen. Die Aufnahmesituation ist sensibel, egal, ob die zu fotografierende Person ein Bild von sich will oder nicht. Bei manchen Menschen muss man in der Lage sein zu plaudern, bei anderen still sein, eine angenehme Stille schaffen, sie zum Lachen bringen. Wissen, wie lange man weitermachen kann. Der Moment der Präsenz ist äußerst kurz. Wenn man zehn Bilder von einem Menschen macht, sind die ersten fünf schlecht, weil der Fotografierte sich seiner bewusst ist und posiert. Auf den zwei Bildern danach ist er präsent, ohne sich selbst Beachtung zu schenken. Das sind die besten Fotos. Dann wird er müde, und der Blick verschließt sich. Er geht dem Fotografen verloren.

In meiner Freizeit habe ich viele Schnappschüsse auf der Straße gemacht. Das war eine ganz andere Art des Fotografierens. Es verbanden sich Zufall und Risiko darin, auch die Form der Kamera ist wie eine Waffe, und wenn man sich aufmacht, um auf der Straße Bilder zu machen, kann man in Schwierigkeiten geraten. Alkis werden manchmal böse, wenn man ihren erniedrigenden Zustand fotografiert, oder sie wollen dafür bezahlt werden, sie haben ihre verpissten Hosen nicht umsonst vorgeführt. Das ist ganz richtig, und oft habe ich lieber gezahlt, als dass ich meine Filmrolle weggegeben hätte. Ich habe ein wenig gestritten, erst mal gewartet, bis der Typ brummend näher kam, He, du Wichser, was zum Teufel machste Fotos von mir, verdammt, rück die Kamera raus, und mein Adrenalinspiegel stieg und ließ die Gedanken klar und den gesamten Körper wachsam werden. Aber viele Obdachlose schauten friedlich und begannen zu plaudern und ihre Lebensgeschichte zu erzählen. Frauen und Schnaps, mehr Frauen und wahrscheinlich auch ein Kind, ein noch größerer und haltloserer Schaden als die vorherigen. Vielleicht gab es damals noch ein bisschen Hoffnung, dass sich das Leben ändert, Hoffnung vielleicht, aber den Wunsch nicht, keinen wirklichen Wunsch. Oft war die erste der Frauen auch die, die in der Geschichte zuletzt kam, die, zu der sie in ihrer Erzählung zurückkehrten, wenn die ganze Erbärmlichkeit auf der Parkbank ausgebreitet war. Die Erinnerung an die erste Frau ließ sie einen Moment lang die Augen schließen und sie erst wieder öffnen, wenn das Bild, das sie lange Zeit nicht gesehen hatten und das plötzlich im wackligen Innern ihres Gedächtnisses aufschien (ein bestimmter Nachmittag? ein Blick? eine Hüfte?), vorbei war und sie die Augen wieder aufmachen und den Park und seine Bänke und einen unbekannten Wichser mit einer Kamera um den Hals sehen mussten.

Businesstypen sind spannender: Von einem im Fitnessstudio geformten Wesen, von italienischen Lederschuhen und Kamelhaarjacken würde man eine solche Tobsuchtsreaktion nicht erwarten, wenn man kommt und eine Linse auf sie richtet, auf ihr Leben oder ihre Intimsphäre – manchmal scheint es, als sei das genau dasselbe. Jeder hat etwas zu verheimlichen, und auch wenn das Geheimnis oberflächlich nicht sichtbar ist, befürchtet man, dass es sich auf dem Foto zeigt. Vielen Fotografen, vor allem den sensibleren, ist das unangenehm, aber mir normalerweise nicht. Heutzutage mache ich Schnappschüsse meist mit der Canon, aber als ich jünger war, protzte ich noch und nahm die Hasselblad, wenn ich auf die Straße ging, eine Mittelformatkamera, die schwer ist wie sonst was und bei der man ein richtiges »Klack« hört, wenn man abdrückt. Mit der kleineren, leichteren Rolleiflex hätte man ziemlich unbemerkt Schnappschüsse machen können, sie macht eigentlich keine Geräusche außer einem matten »Tsk«. Und trotzdem nahm ich immer die Hasselblad, wenn ich auf die Straße ging. Schade, dass ich mich nicht mit der Horseman oder der Sinar abgeschleppt habe.

Fotojournalismus ist so alltäglich, dass ihm keiner einen Gedanken schenkt. Es ist völlig natürlich, täglich Dutzende, Hunderte Bilder von den Ereignissen in jedem Winkel der Welt zu sehen, von Kriegen, Börsen, dem Alltag der Armen, Taten der Menschen in all ihren Formen. Kaum einer versucht sich vorzustellen, wie es vor der Zeit der Fotografie war. Die bildenden Künstler malten jahrhundertelang vorwiegend biblische oder antike Themen, Symbole für was auch immer. Erst im 19. Jahrhundert begannen die Künstler, Zeitgenössisches darzustellen, und das war ein Schock für die Betrachter. Théodore Géricaults Gemälde *Das Floß der Medusa* war ein solcher. Es stellte den Schiffbruch einer französischen Fregatte an der senegalesischen Küste dar. Von hundertfünfzig Menschen wurden fünfzehn gerettet und berichteten in Frankreich von den dreizehn Tagen in der Hölle. Die Restlichen waren vor Hunger und Durst verrückt geworden und hatten sich gegenseitig aufgegessen. Endlich sah man das Bild einer Tragödie, die in der Gegenwart geschehen war. Géricaults Gemälde wurde sehr berühmt, und es wirkte auf die Menschen auf die gleiche Art wie auf uns das Foto von Lynndie England, der Soldatin, die irakische Kriegsgefangene mit obszönen Gesten verspottet.

Ich hatte immer das Gefühl, dass der Fotojournalismus meine Berufung war, und als ich auf die dreißig zuging, war ich immer mehr davon überzeugt, dass besonders die Kriegsfotografie meine Sache ist. Der Aufenthalt in Krisengebieten ist ein Extremzustand, den auszuhalten aufreibend ist, aber wenn man dazu fähig ist, fühlt sich alles andere nach nichts mehr an. Als wäre man überhaupt nicht am Leben, wenn man nicht in Gefahr ist. Viele Kriegsreporter ziehen von einem Krisengebiet ins nächste, denn wenn man so etwas gesehen hat, wirkt alles andere unbedeutend. Und das ist es eigentlich auch. In Kriegsgebieten muss man in der Lage sein, ein Wurstbrot zu essen, wenn zwanzig Meter weiter jemand auf eine Mine tritt oder unter einen Panzer kommt. Ich bildete mir ein, so jemand zu sein. Ich war völlig bereit. Ich hatte sogar (was jetzt etwas erbärmlich klingt) geübt, mit beiden Augen offen zu fotografieren, denn an manchen Orten empfiehlt es sich nicht, das eine Auge zu schließen, man muss möglichst nach allen Seiten alles gut im Blick haben.

In Finnland ist es schwierig, beinahe unmöglich, als Zeitungsjournalist in ein Krisengebiet zu gehen; Fotografen, die es dorthin schaffen, gibt es in diesem Land ungefähr zwei, und auch die nur zweimal im Jahr, dann, wenn sich die Lage beruhigt hat und das Fotografieren sicher ist. Aber ich hatte nicht vor, den klassischen Weg zu gehen. Das reichte mir nicht. Ich beschloss, auf eigene Faust nach Pakistan zu gehen, an die afghanische Grenze, dorthin, wo der Opiumschmuggel stattfindet und wo es zu dieser Zeit Konflikte gab. Ich plante, die Bilder internationalen Fotoagenturen wie Moment Agency, Contrasto oder Photo Seven anzubieten. Auch

Magnum, immerhin gibt es in Finnland einen Magnum-Fotografen, zumindest hat es den gegeben, wenn auch keiner zu wissen scheint, wo er sich derzeit aufhält. Ich vertraute darauf, Erfolg zu haben.

Zwei Tage vor meiner Abreise ging ich zum Marktplatz, um mit meiner Systemkamera Bilder von Leuten zu machen, denen die Möwen ihre Fleischpiroggen klauen. Das dauert genau acht Sekunden nach dem Kauf der Pirogge, wenn man sie nicht mit beiden Händen festhält. Die Frauen kreischen und lassen ihren Blumenstrauß und die Tüte mit den Tomaten fallen, die Männer kippen mit ihrem Hocker fast um und stoßen dabei noch ihre Kaffeetasse um. Manchmal bricht zwischen Paaren ein Streit aus, wenn die Fleischpirogge des Manns schon weg ist und die Frau mit ihrer eigenen die Flucht ergreift, den gesamten Oberkörper drübergebeugt, als schütze sie ihr neugeborenes Kind. Es liegt etwas furchtbar Lächerliches darin, wenn eine Möwe eine Pirogge stibitzt, und noch peinlicher ist es, dass man darüber so bestürzt ist. Man verschwindet dann entweder, oder man bekommt einen Wutanfall, zunächst gegen die Ehefrau gerichtet, dann gegen den Piroggenverkäufer, der sich weigert, einem das Geld zurückzugeben. Mit der Automatik bekam ich den ganzen Bogen des Geschehens auf den Film: Entspannung, Schrecken, Verlegenwerden, Wut.

Vom Marktplatz aus setzte ich meinen Weg am Eteläsatama vorbei fort. Es war ein selten warmer Herbsttag, und ich bog, dem Licht folgend, aus einer Laune des Augenblicks heraus in den Innenhof eines Mehrfamilienhauses ab. Das Haus war auf der Hofseite fast vollständig von Planen und Gerüsten verdeckt. Es war

Samstag, aber trotzdem waren Arbeiter am Werkeln. Im Radio lief ein estnisches Programm. Tallinn ist so nah, dass das Handynetz manchmal auf Pihlajasaari automatisch ins estnische Netz wechselt. Ich stand da und betrachtete durch die Linse meiner Kamera das Licht, das auf die Wand fiel, als plötzlich ein metallenes Geräusch zu hören war, so, als würde jemand mit einem Rohr an einer Steinwand kratzen. Als ich nach oben blickte, sah ich einen Mann herunterfallen.

Es schien lange zu dauern, bis ich begriff, was ich sah, obwohl es nicht lang sein konnte, vielleicht zwei Sekunden. Aber damals schien es wie eine Ewigkeit, in der ich verwundert dagestanden und versucht hatte zu verstehen, was ich da eigentlich sah. Arme und Beine des Mannes waren in der Luft weit offen, und für einen Moment sah es so aus, als würde er wie ein Rad nach unten kreisen. Ich glaube, ich habe fotografiert, bevor ich überhaupt begriff, was ich sah. Ich habe den herunterfallenden Mann fotografiert. Ich lief nicht unter ihn, ich schmiss nicht meine Kamera auf den Boden, ich streckte nicht die Arme aus, ich schrie nicht einmal. Ich drückte auf den Auslöser, und noch einmal, und ein drittes Mal und ein viertes Mal.

Die Dinge passieren so unvermutet, sie passieren mitten in einem Satz. Die Dinge, die das Leben verändern.

Dann lief ich schon auf den Mann zu, aber da war er kein Rad mehr, sondern ein Sack, ein Sack, der auf den Asphalt prallte, und bevor ich es zu ihm hinschaffte, lag er bereits auf dem Boden. Es war ein junger Mann, ein paar Jahre jünger als ich, vielleicht fünfundzwanzig. Er hatte sandfarbene Haare, die schnell vom Blut dunkel wurden, und an einem Finger trug er einen Verlobungsring. Er lag in einer so verdrehten Stellung, dass ich mir nicht vorstellen konnte, dass man ihn wieder repariert bekommen könnte (*repariert*, das dachte ich tatsächlich, als wäre er irgendein Gerät gewesen). Wahrscheinlich hätte ich ihn in keiner Weise retten können, auch wenn ich keine Bilder gemacht hätte. Aber wissen kann ich das nicht.

Schnell scharten sich die Arbeiter um die Stelle, alle estnischsprachig, und ich rief die Ambulanz. Als die Erstversorgung eintraf, berichtete ich, was passiert war – bis darauf, dass ich Fotos von ihm gemacht hatte. Ich hinterließ meine Kontaktdaten, auch wenn ich nicht weiß, warum, und ging. Ich empfand nichts, alles, was ich tat, tat ich mechanisch. Ich brachte den Film zum Entwickeln und ging etwas essen, während ich auf meine Bilder wartete. Hätte ich bis zum nächsten Tag gewartet, hätte ich den Film wahrscheinlich in den Müll geworfen, aber meine Gefühle waren schlicht und einfach vollkommen taub. Ich funktionierte wie ein Roboter. Die Bilder holte ich wenige Stunden später ab.

Die Bildstrecke war exzellent. Obwohl ich nur Teile der Situation erfasst hatte, hatte ich richtig gesehen, dass der Mann wie ein Rad fiel. Auf dem ersten Foto sah er aus wie die Gestalt in Leonardo da Vincis Proportionsschema, völlig symmetrisch, wie das Modell oder der Prototyp eines Menschen. Im nächsten Bild zerfiel die Symmetrie, der Mann schmetterte gegen das Gerüst (und erst, als ich das Bild sah, hörte ich das Geräusch ganz deutlich, das bei dem Zusammenprall entstanden war, als wären zwei metallene Gegenstände, zwei Autos, aufeinandergeprallt). Auf dem dritten Foto hatte sich die Konstruktion des Mannes bereits aufgelöst, und im letzten war er nur noch ein Bündel. Von der perfekten Kreation zum zertrümmerten menschlichen Bündel. Ich war mir ganz sicher, dass das erste der Bilder mein Bild war, das Bild, das mich auf die Liste jeder Agentur bringen würde. Das wusste ich. Der Mensch mag unsicher sein, was die meisten seiner Arbeiten angeht, aber er irrt sich niemals, wenn er einen Volltreffer sieht. Und auch mir war es klar, auch wenn ich das Foto nie irgendwo hingeschickt habe.

In einem Fotografen liegen Mensch und Beobachter stets im Kampf, und es ist nicht leicht, ein Kampfplatz zu sein. In der entscheidenden Situation war ich mehr Beobachter als Mensch gewesen. Ich wusste jetzt, dass ich dazu fähig war, wenn ich in die Situation kam, völlig intuitiv. Ich hatte es in mir. Aber die Folgen ertrug ich nicht. Nach dem Ereignis war ich wieder mehr Mensch, und dieser Mensch ertrug die Taten des Beobachters nicht. Ein Kriegsreporter muss in der Lage sein, auch nach dem Fotografieren zu existieren, die ganze Zeit, als Beobachter. Ich hatte erreicht, was ich wollte. Ich hatte es geschafft. Aber glücklich war ich nicht, ich hatte höllische Angst. Ich vertraute mir überhaupt nicht mehr. Es schien, als konnte alles erdenklich Schreckliche passieren, wenn ich zugegen war. Menschen würden ausrutschen und unter die Straßenbahn kommen, Balkone einstürzen. Und ich würde nichts tun.

Ich bin nie nach Pakistan gegangen. Ich trank einige Monate lang, ging mitten am Tag in die Kneipe, wenn mir danach war, und das war es oft, und unterhielt mich mit Alkoholikern, bis ich mich irgendwann am Abend nach Hause verkroch. Nachts träumte ich wirres Zeug, und tagsüber hatte ich Halluzinationen. Fielen tote Blätter auf die Straße und ein Auto fuhr darüber, dachte ich, es seien Spatzen. Als ich nach Kopenhagen flog und mit den anderen Reisenden den Gang zur Maschine entlangging, dachte ich plötzlich: Vielleicht wird gerade diese Maschine in ein Vernichtungslager geflogen, wer weiß das schon, das kann man nie wissen, und auch nicht, ob das die einzige Maschine ist oder die erste. Ich weiß nicht, woher diese Gedanken kamen. Sie flogen in mein Gehirn wie Spatzen vor ein Auto.

Mit dem Trinken hörte ich aus demselben Grund auf, wie ich auch damit angefangen hatte: wegen der Träume und Visionen, von denen ich schließlich loskam. Unfreiwillig kehrte ich wieder zur Arbeit zurück, zum normalen, sichereren Fotojournalismus. Der Anfang war mühsam, es war schwer, die Menschen und ihre alltäglichen Situationen zu ertragen, Dinge, die in Städten wie Helsinki groß und bedeutend sind. Eine Zeitlang hatte ich vor, zur Naturfotografie zu wechseln. Mir schien es vom Standpunkt der Erde aus betrachtet viel wichtiger, Eichelhäher oder Wüsten zu fotografieren als die belanglosen Ereignisse einer Stadt. Die Naturfotografie ist allerdings eine ganz eigene, von der restlichen Fotografie getrennte Welt; die Fotografen sind im Allgemeinen ganzheitliche Naturliebhaber, und in diesem Umfeld sah ich mich auch nicht: dass ich mir irgendwann eine Tarnausrüstung übergezogen hätte und in einen Unterstand gezogen wäre, um am Ende meiner Karriere einen Vielfraß zu fotografieren.

Dass ich allmählich einem Vielfraß geähnelt hätte, wie es Naturfotografen überraschend oft passiert. Bärenfotografen sehen aus wie Bären, Vogelfotografen wie Vögel. Ich hätte fünf Jahre lang ein Elchrudel begleitet und gelernt, mit ihnen zu kommunizieren, und mich am Ende in einen Elch verliebt. Das war kein besonders verlockendes Zukunftsbild, weshalb ich es sein ließ.

Ein paar Monate später traf ich Katariina, und ich erzählte ihr von dem Bild, in diesen ersten Tagen, die keinen Anfang und kein Ende hatten; wir schliefen, wenn wir schliefen, und aßen, wenn wir aßen. Als ich ihr davon erzählte, fing ich an zu weinen, ich heulte laut neben ihr und wandte mich von ihr ab, um sie wenigstens ein bisschen zu schonen und mich selbst auch.

Katariina sagte nichts, kam nur ganz dicht neben mich und weinte selbst, still, aber aus dem Grunde ihres Herzens, sicher auch um den jungen Arbeiter, den Mutter und Freundin zu Hause erwartet hatten, aber vor allem um mich.

»Ach du«, flüsterte sie gegen meinen Rücken, feucht, klebrig, Lippen und Mund voller Tränen. »Ach du.«

Ich sagte nichts, aber ich wusste, dass ich genau das brauchte. Ich wollte keinen Trost, kein Entsetzen, kein Philosophieren. Ich wollte nur mit jemandem zusammen weinen, mit jemandem, der um dieselbe Sache weinte wie ich. Das war das Einzige, was half.

Allmählich ging es mir besser. Ich hatte keine Halluzinationen mehr. Ich fing an, eigene Projekte zu planen, unter anderem eine Suomenlinna-Geschichte, in der ich Soldaten und Bohemiens Seite an Seite fotografierte, und ich interessierte mich zum ersten Mal für Porträts.

Und dann wurde Elina geboren und veränderte endgültig alles.

»Hab sie mehr als alles andere lieb«, sagte Katariina zu mir. Die Sanftheit dieser Bitte war reine Oberfläche, glitzerndes Packpapier, eine Sahnetorte, in die ein Revolver gebacken war.

Katariina

Am Dienstag machen sich Katariina und Olli auf den Weg nach Tampere, um das Hotel *Abendstern* zu suchen. Anneli hat versprochen, Elina von der Nachmittagsgruppe abzuholen und sie bei sich übernachten zu lassen. Katariina fällt es schwer, mit Anneli über ihren Vater zu reden, noch schwerer als mit Olli, weil sie Anneli nicht mal anschnauzen darf. Am liebsten hätte sie ihr nicht einmal erzählt, dass ihr Vater gestorben ist, aber sie musste ja. Sie hat es Anneli am Telefon erzählt, als sie sie gebeten hat, Elina abzuholen. Soll es Anneli dann Seppo erzählen. Seppo will allerdings sicher nichts so Intimes von Katariina hören, genauso wenig wie er über ihren Monatszyklus Bescheid wissen will.

Katariina hat sachlich von den Ereignissen berichtet, Zeitpunkt, Ort, Alter des Vaters.

»Wann ist es passiert?«, fragte Anneli,

Katariina antwortete, dass es am Samstag passiert sei.

»Am Samstag schon«, sagte Anneli.

Katariina verstand die Anklage, die in der Feststellung mitschwang, Annelis Erstaunen darüber, dass man ihr das nicht früher erzählt hatte. Die Versuchung, es falsch zu verstehen, war groß – zu fragen, wann es denn besser gepasst hätte mit dem Sterben, am Montag vielleicht?

»Ich habe es keinem Außenstehenden erzählt«, sagte Katariina.

Anneli schwieg. Katariina versuchte schnell, ihre Worte zu korrigieren.

»Es ist schwer, darüber zu reden«, sagte sie.

Anneli verzieh ihr.

»Ach, wie furchtbar«, sagte sie zu Katariina.

»Ich komme schon zurecht«, sagte Katariina energisch. Sie wollte keinen Trost, zumindest nicht von Anneli.

Olli fährt sie nach Tampere. Während der Fahrt schweigt Katariina, sie ist in Gedanken versunken, die an die wiederkehrenden Träume erinnern, die sie dann und wann hat. Es sind eigentlich nicht einmal Träume, sondern Gedanken, Sätze, Wörter, die sie in ihren Träumen festhält, an ihnen klebt, damit sie nicht verlorengehen. Aber beim Aufwachen erkennt sie dann erschöpft, dass sie keinen Sinn haben. Sie bedeuten nichts, sie hat sich völlig umsonst gequält. Auch ihre momentanen Gedanken, an denen sie festhält, haben keinen Sinn. Sie denkt: Wir fahren nach Tampere. Wir fahren nach Tampere. Außerhalb dieses Gedankens ist nichts.

Als sie sich der Stadt nähern, wird Katariina wacher. Das Adrenalin beginnt zu fließen. Sie sieht ununterbrochen aus dem Fenster, wie auf den Fahrten an dunklen Sommerabenden, wenn sie nach Elchen Ausschau hält. Wenn sie die ganze Zeit aufpasst, kommt keiner. Sobald sie nachlässig wird, laufen sie direkt vor das Auto.

Jetzt hält sie nach dem Hotel *Abendstern* Ausschau. Die ganze Zeit über hofft sie, dass es nicht vor das Auto läuft. Sie hofft, dass sie es nicht finden. (Natürlich finden sie es. Das Navigationsgerät sorgt dafür.) Katariina hofft, dass der *Abendstern* verschwunden ist, geschlossen hat, umgezogen ist. Aber das ist er nicht. Sie sieht das schlichte Schild von weitem, zwischen zig anderen Schildern und Texten.

Die Hotelwirtin schaut sie beschäftigt, aber freundlich an.

»Tag«, sagt sie, zieht die Augenbraue als Fragezeichen nach oben.

Katariina sucht die passenden Worte, ihre Zunge bewegt sich hinter den geschlossenen Lippen, schreibt Buchstaben hinter den Zähnen, aber Wörter formen sich nicht. Es ist nichts zu hören. Ollis Hand drückt wie eine Tragestange auf ihre Schultern, ein kantiger, harter Druck im Nacken, an beiden Haken ein schwerer Wasserkübel.

Olli nimmt die Zügel in die Hand.

»Tag«, sagt er, »Olli Laakso, und das ist meine Frau Katariina.«

Die Hoteldame wendet ihren fragenden Blick Katariina zu.

Katariina ist nicht imstande zu antworten. Es ist, als würde sie tauchen. Von der Wasseroberfläche her hört sie nur ein undeutliches Dröhnen. Sie kann ihren Mund nicht öffnen, weil sonst Wasser eindringen würde.

»Wir sind hergekommen, um das Zimmer von Kari Saarinen durchzusehen«, sagt Olli.

Der Gesichtsausdruck der Hotelwirtin verändert sich, von einem allgemein freundlichen zu einem persönlicheren, schmerzlicheren. Sie nimmt die Schlüssel, bittet Olli und Katariina, ihr zu folgen. Sie gehen durch die Hotelhalle, ein schäbiger, aber sauberer Raum, Plastikblumen (wegen der Allergiker, glaubt Katariina durch das Wasser hindurch zu hören, aber trotzdem gibt es Teppichboden, das ergibt keinen Sinn, denkt sie). Ein enger Flur, die Wirtin und Olli sagen etwas zueinander, aber Katariina hört nicht, was. Vielleicht kommentieren sie das Wetter, vielleicht wird Beileid ausgesprochen und entgegengenommen. Dann öffnet die Wirtin eine Zimmertür, sagt etwas Mitleidvolles und geht. Katariina steigt an die Oberfläche, saugt Luft in die Lungen.

Sie betrachtet das kleine, trostlose Zimmer. Ein gelblicher Sessel (kann es eine unbestimmtere, unangenehmere Farbe geben?), ein Beistelltisch, ein Bett. Kein Fernseher, keine Videos, kein CD-Spieler. Es gibt ein Radio mit Kassettenrekorder. Katariina schaltet das Radio an, und rauschende klassische Musik strömt daraus hervor. (Ob das wohl die Musik ist, die lief, als der Vater starb? Hat sie zur gleichen Zeit aufgehört wie der Vater, genau an dieser Stelle?)

Katariina denkt: Was für ein miserabler Klang. Die schlechte Qualität des Radios ist niederschmetternd. Mit einem solchen Gerät hat der Vater klassische Musik gehört. Etwas Besseres konnte er sich nicht leisten. Katariina will dieses Gefühl nicht fühlen. Sie weiß, dass Olli dasselbe aufgefallen ist und er es nicht unkommentiert lassen kann.

Olli sagt: »Was für ein miserabler Klang.«

Für einen Moment stellt Katariina sich vor, dass der Vater am Leben wäre, dass der Vater Ollis Bemerkung hören würde. Was würde er tun? Den Kopf hängenlassen? Sich im nächsten Satz rächen? Würde er sagen: »Kümmer du dich um meine Tochter. Oder um sonst was.«

Hier hat der Vater seine letzten Jahre verbracht. In diesem Bett dort schlief er und träumte, lag ungefähr sieben Stunden pro Tag darin. Katariina ist versucht, das Bett auszuprobieren, traut sich aber nicht. Sie weiß nicht, wo der Vater sich befand, als er starb, aber es scheint natürlich, anzunehmen, dass er im Bett lag. Sie hätte die Hotelchefin fragen können, hat sich aber nicht getraut. Sie hat befürchtet, die Frage könnte für die Erlaubnis gehalten werden, auch die Fragen zu beantworten, die sie nicht stellen würde. Katariina sieht die Toilette und die Dusche, in der sich der Vater morgens gewaschen hat. (Sind in der Wanne vielleicht noch Haare von ihm? Sicher unzählige, wie sehr feine, für das Auge unsichtbare Asche.) Im Badezimmer riecht es leicht nach Rasierwasser. Einen Blick ins Waschbecken zu werfen traut sie sich nicht, als könnte ein Haar, das dort möglicherweise liegt, die DNA darin, sich plötzlich in einen Mann verwandeln.

Der gesamte Besitz des Vaters setzt sich aus Kleidungsstücken zusammen. Viele sind es nicht, ein paar Hemden, Krawatten, Socken. Olli packt sie zusammen. Ein Aschenbecher auf dem Nachttisch, darin Kippen. Leere Flaschen, Arzneidöschen.

Was für eine erbärmliche Grabkammer. Erbärmliche Töpfe mit erbärmlichem Inhalt.

Olli sammelt alles in einem Plastiksack, bis auf die Klamotten, das Radio und *Sinuhe, der Ägypter*, und bringt ihn raus. Katariina sieht in der Zwischenzeit aus dem Fenster und überlegt, ob das wohl – ein einzelner Baum, drum herum ein Schutzzaun – der letzte Anblick des Vaters war. Sie betrachtet den Baum hinter der schmutzigen Fensterscheibe, versucht, sich das Bild einzuprägen. Sie hofft, dass der Baum das letzte Bild in den Augen des Vaters war. Dann hätte sie dasselbe gesehen. Der geteilte Anblick würde sie mit ihrem Vater verbinden, auch wenn es keine gleichzeitige Erfahrung wäre. So scheint es ihr. Sie ist überrascht, als sie bemerkt, wie inständig sie sich das wünscht.

Die Leiterin des Hotels *Abendstern*

Heute kam die Tochter von Kari Saarinen. Ich hatte mich schon gefragt, ob wohl jemand kommen wird oder ob ich die Sachen wegwerfen soll. Obwohl er ja nicht viel besessen hat. Eigentlich nichts als Kleider. Bücher und Platten hat er in den letzten Jahren in der Bibliothek ausgeliehen. Was die Rückgabe anging, war er sehr genau. Ich erinnere mich, wie er einmal irgendwo hingereist ist (Wohin war das noch mal? Nach Vaasa? Irgendwo nach Ostbottnien), es war Sonntag, und er fragte, ob ich ihm vielleicht einen großen Gefallen tun und ein Buch zurückbringen könne, die Rückgabe sei am Montag, und er habe es schlicht und einfach vergessen, wie dumm. Ich habe gesagt, natürlich, das würde keine Umstände machen und er müsse sich überhaupt nicht dafür entschuldigen. Und selbst wenn es Umstände gemacht hätte, hätte ich es getan. Das habe ich ihm nicht gesagt, weil ich es im Allgemeinen nicht mag, zusätzliche Dienste für die Gäste anzufangen. Das bringt nur Probleme. Man macht ein paar Kleinigkeiten, und plötzlich soll man Mietnachlass oder Aufschub beim Bezahlen geben oder ihnen erlauben, eigenen Alkohol mit aufs Zimmer zu nehmen. Aber Kari Saarinen war ein bisschen besonders. Und immer so genau beim Zahlen der Miete. Nie musste ich nachfragen. Schlicht und einfach ein anständiger und korrekter Mann, und angenehm. Und immer so charmant, dass es einem gar nicht erst einfiel, nein zu sagen, wenn er um etwas bat. Und das tat er selten, ich kann mich nicht erinnern, dass es außer dieser Büchereigeschichte noch etwas anderes gegeben hatte. Vielleicht noch die Sache mit der Reinigung, als er mich bat, seinen dunkelblauen Kaschmirmantel hinzugeben. Und vielleicht habe ich es einige Male übersehen, als er Besuch mit auf sein Zimmer nahm. Und hin und wieder ist sein Badezimmerschrank kaputt gegangen, und ein paarmal habe ich auch Cognacflaschen in seinem Zimmer gefunden, aber ein Gentleman hat seine Gewohnheiten, und wer bin ich, dass ich so etwas unterbinde? Ein Tropfen Cognac bekommt einem sicher am Abend beim Lesen oder Opernhören. Aber um Vorzugsbehandlung hat er nie gebeten. Der letzte Monat, klar, das war etwas anderes. Da wusste ich einfach nicht, was um Himmels willen ich getan haben könnte. Aber was soll man da machen.

Ins Herz geschlossen. Ich hatte ihn ins Herz geschlossen. Das immerhin kann ich sagen, und was ist schon dabei zu gestehen, dass mein Herz manchmal (vor allem am Anfang) etwas schneller geschlagen hat, wenn ich ihn am Empfangstresen sah. Mehr war es nicht, und ich habe es sehr gut verstanden und war auch genau derselben Meinung, als er meinte, dass eine derartige Beziehung nicht in Ordnung wäre, weil er ja mein Kunde sei, und dass das ein bisschen so wäre wie eine Beziehung zwischen Arzt und Patient, denn wir standen uns nahe und wussten das eine oder andere voneinander. Ich fand das sehr gesittet, und ich war deshalb kein bisschen gekränkt, im Gegenteil. Wenn jemand mit Frauen umgehen konnte, dann war es Kari Saarinen. Er war so feinfühlig. Wie damals, eines Abends, als ich versehentlich ein bisschen zu viel getrunken hatte und ihm erzählte, welches Kreuz ich zu tragen habe, dass ich nicht weiß, warum, aber dass ich immer auf bestimmte Männer reinfalle. Und dass das wohl trotzdem mein Fehler ist, weil ich, ohne es mir bewusst zu machen, so bin, dass man sich nicht scheut, mich zu schlagen und dergleichen. Ich suche es mir also aus, warum bloß, wenn ich doch genau das von Kindheit an zu fürchten gelernt habe. Das ist eine ziemliche Sache, so etwas einem fast Fremden zu gestehen, und ich hätte es nie getan, wenn ich Kari Saarinen nicht in den frühen Morgenstunden bei einem Drink Gesellschaft geleistet hätte, als er aus irgendeinem Nachtklub zurückkam. Er schien damals nur Schweppes-Russchian zu trinken, aber ich nahm einen ordentlichen Schnaps, ich hatte eine Sechzehn-Stunden-Schicht hinter mir und war völlig kaputt. Ich wollte nur einen Augenblick plaudern, und dabei offenbarte ich plötzlich meine tiefsten Geheimnisse und weinte auch. Kari hörte ganz still zu, ließ mich in Ruhe alles loswerden, und das Schönste war, dass er, als ich mich im Nachhinein furchtbar schämte und Angst vor dem hatte, was er sagen könnte, mit keinem Wort auf das Gespräch zurückkam. Nie mehr, nicht am nächsten Tag und auch nicht später. Er war ein so perfekter Gentleman, dass er sich, als ich viel später in irgendeinem Zusammenhang auf die Sache anspielte – wenn ich es nun schon einmal erzählt hatte, wieso sollte ich dann noch ein Geheimnis daraus machen –, so verhielt, als würde er zum ersten Mal davon hören. Er war richtig entsetzt und fragte, wie eine Frau wie ich so ein Pech haben könne. So, als hätte er das nicht bereits gewusst, wie auch manches Schlimmere. Er spielte wirklich überzeugend. Ein wahrer Gentleman, wie man so schön sagt, der versehentlich die Damentoilette betritt, eine Frau auf dem Klo sieht und nicht »Entschuldigen Sie, die Dame«, sagt, sondern »Entschuldigen Sie, der Herr«. Ein solcher war Kari Saarinen.

Einmal war er hier bereits ausgezogen, er war lange auf der Warteliste gewesen und hatte endlich eine Mietwohnung von der Stadt bekommen. Ich war natürlich überrascht, als er wenige Monate später wieder hier stand und Guten Tag, wie geht es meiner Lieblingswirtin sagte. Ich sagte, ach, du lieber Himmel, unser Dressman ist hier? Alles war immer Ton in Ton und sehr stilvoll. Das ist ja einfach, wenn man viel Geld hat, aber wenn wir auch nie direkt darüber gesprochen haben, weiß ich, dass Karis Arbeitslosenhilfe schon lange nicht mehr an ein früheres Einkommen angepasst war, denn Jahre zählen kann ich. Weshalb er nicht viel Geld haben konnte, und in Zeiten von wenig Geld kann man sehen, ob jemand wirklich Stilbewusstsein besitzt oder nicht. Kari Saarinen besaß es, und er kleidete sich jeden Morgen sorgfältig und akkurat, als würde er zur Arbeit gehen. Außer an den Wochenenden, wenn er Vögel beobachten ging. Nun, da stand er jedenfalls, in seinem dunkelblauen Jackett und einem weißen Hemd und fragte, ob denn ein Zimmer frei sei, er habe sich in der Mietwohnung nicht wohlgefühlt und wolle hierher zu uns zurück. Und natürlich ließ sich das einrichten. Hier hat man immer Gesellschaft, viele ausländische Geschäftsleute, die für einige Wochen oder Monate im Dienst einer Firma kommen, und für uns ist es einfach angenehm, wenn ein so kluger Mensch wie Kari Saarinen zu unseren Gästen gehört. Er unterhielt sich gerne mit den Gästen, sprach auch so gut Englisch und konnte über Geschäftliches reden. Er schien keine kaufmännische Ausbildung zu haben, glaube ich einmal verstanden zu haben, als im Glas etwas anderes als Schweppes war (ich blieb wohlweislich auf der anderen Seite der Theke). Kari war Autodidakt und sehr gebildet. Sicher hätte er gerne noch gearbeitet, das hätte gut zu ihm gepasst, aber mit fast sechzig stellt einen niemand mehr ein. Irgendwie glaube ich nicht, dass er von sich aus seine Arbeit aufgegeben hätte, er war zu ... unruhig. Das sah man an kleinen Dingen, oder vielmehr sah man es nicht, das spürte man nur. Dass er trotz all dieser Höflichkeit und Wohlerzogenheit nie richtig ... präsent war. Ich hätte ihm nie hinterhergeschnüffelt, es steht den Gästen zu, ihr Privatleben zu bewahren, andernfalls fühlen sie sich nicht wohl, aber einmal schien er irgendwie auf den Stolz anzuspielen, diesen Teufel, und dass viele Dinge im Leben einfacher gewesen wären, hätte er nur ein bisschen den Kopf einziehen können. Weshalb ich mir dachte, dass er sicher von einer Entlassung sprach, aber wie gesagt, ich habe nicht weiter nachgefragt. Deshalb wusste ich sicher auch nichts von dieser Tochter. Zu ihr habe ich nichts gesagt, denn sie hatten ganz klar keine gute Beziehung, und ich rede nicht schlecht über Tote, schon gar nicht über Kari Saarinen. Auch deshalb nicht, weil sich diese Tochter nicht sonderlich fürs Reden interessierte. Sie hatte sicher nicht geschlafen, und dem Mann hätte man vorsichtig zu verstehen geben können, dass ein warmes Essen, ein ordentliches Hühnerfrikassee mit Kartoffeln und süßem Schwarze-Johannisbeer-Gelee, der Frau bestimmt nicht schaden würde. Ein netter Mann war das, hielt seine Frau im Arm und so (obwohl sie darüber nicht besonders erfreut schien, sie wand sich darunter hervor), aber Männer denken nicht immer an alles.

Lange sind sie nicht geblieben, und beim Gehen haben sie sich nur höflich verabschiedet. Ich war ein wenig nervös und hatte mir schon im Voraus überlegt, was ich eigentlich über diese letzten Monate erzählen sollte, wenn die Tochter anfing zu fragen. Aber sie hat überhaupt nichts gefragt, und so habe ich auch nichts gesagt. Vielleicht hätte ich das tun sollen, aber man soll einem Menschen keine Informationen aufdrängen, wenn er sie nicht haben will. Trotzdem ist das etwas komisch. Ich würde schon fragen, wo und wie mein Vater gestorben ist. Aber die Menschen sind verschieden. Wenn ich etwas in all den Jahren hier gelernt habe, dann das.

Katariina

Später am selben Abend sitzt Katariina in der Stille ihres Zimmers. Die Stille bringt Geräusche zutage, die sonst gar nicht existieren. Das nächtliche Knarren der Dielen, wie ein Schnarchen des Hauses. Das Schlagen des Apfelbaumzweigs gegen das Fenster. Der eigene Herzschlag, der wie die Schritte von jemand anderem klingt. Das Radio steht vor Katariina auf dem Tisch, aber sie traut sich nicht, es einzuschalten. Sie öffnet den braunen Briefumschlag, den Olli aus dem Hotel *Abendstern* mitgenommen hat und in dem einige Fotos sind. Eigentlich fürchtet sie die Gefühle nicht, die die Fotos oder die Musik auslösen könnten. Sie glaubt nicht, dass welche aufkommen. Sie hat nur Angst vorm Weinen, sie würde dieses tiefe, empfindungslose Weinen nicht mehr ertragen. Der Briefumschlag raschelt in der Dunkelheit. Katariina nimmt die Bilder in die Hand und legt sie sorgfältig eins nach dem anderen in einer Reihe auf den Tisch, wie eine Weissagerin die Tarot-Karten. Sechs Bilder.

Bevor sie Olli kennenlernte, wollte Katariina nie fotografiert werden, und wenn sie Fotos ansah, dann suchte sie entweder Bekannte darauf oder Fehler bei sich. »Fotos machen« bedeutete für sie etwas ganz anderes. Es bedeutete das Gefühl, außerhalb des eigenen Lebens zu stehen. In jüngeren Jahren hatte Katariina ständig das Gefühl, nicht anwesend zu sein, als würde sie sich selbst von außen betrachten und die Situation fotografieren. Noch als sie Olli traf, rückte sie oft an einen Ort außerhalb von ihnen beiden, in erster Linie genau dann, wenn alles so perfekt war, dass es schien, als sei es nur inszeniert. »Machst du Fotos?«, fragte Olli manchmal, wenn Katariina abwesend schien. Oft machte sie welche. Hier liegen Olli und Katariina. Klick.

Katariina stützt die Ellbogen auf den Tisch und betrachtet die Bilder. Sie weiß nicht, wer sie gemacht hat. Kein Profi, nicht einmal ein leidenschaftlicher Amateur. Fünf der sechs Bilder sind völlig unzumutbar. Sind das die einzigen Fotos, die man von ihrem Vater gemacht hat, ist das hier seine bebilderte Lebensgeschichte? Das muss so sein, ansonsten ist es schwer nachvollziehbar, warum der Vater gerade diese Bilder aufgehoben hat. Es sind Schnappschüsse, unscharfe Hintergründe, die Hälfte der Bilder leer, die Person im Bild – der Vater – ganz an der Seite oder im unteren Bereich. Eines wurde an einem Sommertag gemacht, ein anderes an einem Abend (dem Licht nach zu urteilen), drei andere drinnen bei elektrischem Licht. Der Vater sieht auf jedem anders aus. Es gibt Menschen, die auf jedem Bild so anders aussehen, dass man sie schwer als dieselbe Person erkennt. Zwischen den Fotos können zehn Jahre vergangen sein, wenn nicht sogar mehr. Es ist unmöglich abzulesen, ob es auf jedem Bild dieselbe Wohnung ist. Gab es irgendeinen Menschen, der zehn Jahre im Leben des Vaters geblieben ist? Hat er jemals so lange in einer Wohnung gewohnt?

Das sechste Foto ist anders. Es ist alt, kein Sepiabild wie das Hochzeitsbild der Großeltern, nur ein bisschen ins Rötliche spielend, so wie Farbfotos, die in den Sechzigern gemacht wurden, heute aussehen. Auf dem Foto sitzt der Vater im Sonnenschein auf einem Felsen. Der Fels ist von grauen Flechten und Moos bedeckt. Der Vater ist auf dem Bild um die dreißig. Ungefähr fünf Jahre vorher hat er mich verlassen, rechnet Katariina.

Als ich geboren wurde, war er 23, nimmt Katariina zum ersten Mal wahr. Dreiundzwanzig. Furchtbar jung. Fünfzehn Jahre jünger als ich jetzt.

Auf dem Bild trägt der Vater ein weißes Hemd und dunkle Hosen, die Hemdsärmel sind über die Ellbogen hochgekrempelt. Der Vater stützt die Arme nach hinten, seine Augen sind geschlossen. Sein Gesichtsausdruck – Katariina beugt sich näher heran, was hat er für einen Gesichtsausdruck? Um seine Augen herum sind Fältchen, die Stirn ist ein wenig gerunzelt. Es ist schwer zu sagen, ob er lächelt oder geblendet ist oder ob er über etwas nachdenkt, was ihm Sorgen macht.

»Traurig«, sagte Elina als kleines Kind immer, wenn sie einen solchen Ausdruck auf einem Foto sah.

Katariina spürt, dass das furchtbare Weinen bald wieder anfangen wird. Sie packt die Bilder in den Umschlag und steht auf. Sie schiebt den Umschlag in die Schublade. Sie drängt das Weinen in das merkwürdig geformte Organ zurück.

Im Bett vergräbt sie ihren Kopf an Ollis Schulter.

Ich habe vielleicht nie den Herzschlag meines Vaters gehört, denkt sie.

Für einen Moment schließt sie die Augen.

In der Dunkelheit klingen alle Herzschläge gleich.

Olli legt ihr die Hand auf den Rücken. Katariina erstarrt (»miserabler Klang«), rollt auf ihre eigene Seite des Betts und dreht Olli den Rücken zu.

Katariina

Am nächsten Morgen geht Katariina in den Lebensmittelladen. Raili kommt zum Putzen, und Katariina kocht ihnen Kaffee. Wahrscheinlich erzählt sie Raili die ganze Geschichte von ihrem Vater, alles das, was sie Anneli nicht erzählen wollte.

Katariina hat Raili vor einem Jahr in der Akademischen Buchhandlung kennengelernt, wo Raili als Buchhändlerin arbeitet. Katariina suchte James Salters Roman *Lichtjahre* im Original, und Raili bediente sie. »Genau den Roman haben wir gerade nicht«, sagte Raili mit Blick auf den Computer, »aber ich kann ihn bestellen.« Katariina bestellte das Buch, und Raili schlug vor, dass sie sich in der Zwischenzeit die Werke von Richard Ford ansehen sollte, sofern sie sie nicht schon kannte. Katariina kannte sie nicht und kaufte eine Kurzgeschichtensammlung von Ford. Sie sagte, dass sie Bücher gerne in der Bibliothek ausleihe, obwohl man das einer Verkäuferin in der Buchhandlung, Entschuldigung, einer Buchhändlerin, vielleicht nicht sagen sollte, aber in den Bibliotheken gebe es nur eine kleine Auswahl englischsprachiger Bücher, und sie versuche, ihre Sprachkenntnisse irgendwie aufrechtzuerhalten. Sie sagte, dass es sie wurme, Bücher zu kaufen, weil sie zu Hause furchtbar Staub fingen und sie nicht gerne putze. Zwei Wochen später rief Raili an, um ihr zu sagen, dass der Roman von Salters angekommen sei. Katariina holte ihn ab, und als sie ihre Meinungen zu Richard Ford ausgetauscht hatten, erwähnte Raili vorsichtig, dass sie gelegentlich bei Bekannten und entfernten Bekannten putze, um ihr Hobby, das Reisen, zu finanzieren.

Die Freundschaft zwischen Katariina und Raili erinnert irgendwie an einen dauerhaften Seitensprung zwischen einem verheirateten Mann und einer verheirateten Frau, an eine Beziehung, die darin besteht, dass man einmal die Woche Sex in einem Hotelzimmer hat. Ansonsten hat man keinen Kontakt. Katariina und Raili treffen sich einmal die Woche, immer am selben Ort, in Katariinas Küche, wo sie Kaffee trinken und sich unterhalten. Sie kommen immer gleich zur Sache, die Zeit ist knapp, denn Raili muss auch noch putzen, und deshalb können sie nicht über alles Mögliche reden. Jede weiß schon vorher, worüber sie mit der anderen reden will, und fängt damit fast aus dem Stand heraus an. Dazwischen haben sie keinerlei Kontakt und vermissen einander auch nicht. Dann treffen sie sich wieder und kommen zur Sache. Sie machen sich zwar ungeniert intime Geständnisse, aber der Beziehung fehlt es an der Tiefe, die gemeinsam verbrachte Zeit und sonstiger Kontakt bringen. Sie ist losgelöst von ihrem restlichen Leben.

Heute will Katariina etwas Gehaltvolles kochen, das lange Vorbereitungszeit braucht, etwas mit Bohnen und Nüssen und Pilzen, den Anfängen eines Lebens, das in wenig Raum gepackt ist. Katariina hat einen Einkaufszettel geschrieben, auf dem die Einkäufe in der Reihenfolge angeordnet sind, wie sie im Laden in den Regalen stehen: zuerst das Gemüse, dann die Getreideprodukte, am Ende die Milchprodukte. Katariina streckt den Arm aus, um eine Gurke von der Gemüsetheke zu nehmen, aber zieht ihn dann wieder zurück. Elina wird an einer Gurke ersticken, denkt sie plötzlich. Dumm, denkt sie dann. Elina isst jeden Tag Gurken, sie mag sie sehr gern. Noch nie ist etwas passiert. Warum eigentlich nicht, wundert sich Katariina jetzt. Wie schnell es passieren könnte, an einer Gurke zu ersticken. Sie denkt an das vergänglich grüne Fleisch der Gurke, ihr beinahe geleeartiges Inneres. Dünne Scheiben, weich, schmierig und warm. Katariina stellt sich vor, wie das klebrige Fruchtfleisch der Gurke in Elinas Luftröhre gleitet und dort stecken bleibt. Katariina stellt sich diesen Moment vor, und ihr schnürt sich die Kehle zu. Ich sterbe, denkt sie. Dann bemerkt sie, dass es nur Einbildung ist. Sie kann atmen, wenn sie will. Sie atmet tief, aber abgehackt ein, wie wenn man sich nach langem Weinen beruhigt. Sie geht aus dem Laden und kauft nichts.

Zu Hause ärgert sie sich darüber. Jetzt ist nichts Essbares im Kühlschrank. Was muss ich auch herumspinnen, jammert sie.

Als sie sich daran erinnert, wie sie sich im Laden gefühlt hat, weiß sie, dass sie nicht anders hätte handeln können. Sie kann nicht in den Laden zurück. Sie weiß nicht, warum. Sie weiß nur, dass sie nicht dazu in der Lage ist.

Raili

Heute habe ich mein Leben zurückbekommen. Das ist ein schrecklicher Gedanke, denn es zu verlieren, lag so nah. Ich weiß nicht, ob es tatsächlich so war, aber es fühlte sich so an.

Heute Vormittag war ich auf Suomenlinna bei Katariina putzen. Das ist eine erstaunlich harte Arbeit, wenn man bedenkt, wie wenig Sachen sie haben. Klar ist putzen einfacher, wenn man nicht vorher das ganze Zimmer leer räumen muss, und den Keller putze ich natürlich nicht, auch im Wohnzimmer ist so gut wie nichts, da dürfte ich nicht einmal rein, so besorgt ist Katariinas Mann immer um diesen Leuchttisch, der dort steht. Als würde ich den beschädigen! An Katariinas Stelle würde ich ja sagen, dass das kein Möbelstück fürs Wohnzimmer ist, ein derartiger Apparat gehört ins Arbeitszimmer, wenn man schon eins im Haus hat. Aber Katariina scheint er nicht zu stören, weshalb der Leuchttisch dort steht, mitten im Wohnzimmer. Ich habe ihr schon ein paarmal gesagt, dass ihre Daunendecke Federn lässt, und dass Decken, im Gegensatz zu Vögeln, keine neuen nachwachsen. Aber das stört sie nicht. Auf Ollis Kissen ist auch kein Kissenbezug, sondern ein T-Shirt! Einmal habe ich gefragt, ob das T-Shirt auf dem Kissen auch in die Wäsche kann, und Katariina hat geantwortet, das könne es, sie mache ein neues drüber. Ollis Kissen ist angeblich so groß, dass sie keinen passenden Kissenbezug dafür haben. Ich habe erwähnt, dass es im Laden welche gibt, aber auf dem Kissen ist keiner aufgetaucht.

Unordentlich sind sie eigentlich nicht, die Sachen sind meistens an ihrem Platz, von Elinas Zimmer abgesehen, aber die Oberflächen sind staubig, und in den Ecken sind Staubflocken, als würde dort keiner wohnen. Wie eine Sommerwohnung nach dem Winter, fällt mir ein. Beim ersten Mal habe ich mich umgesehen und angenommen, dass Katariina sicher Architektin ist, so ungemütlich war es meiner Meinung nach, als würde dort überhaupt keine Frau wohnen. Ich habe mehrere Wohnungen geputzt, die von Innenarchitekten geplant waren, und die sind oft furchtbar kahl, überhaupt nicht schön oder gemütlich. Ich habe Katariina gefragt, ob sie Innenarchitektin sei, und das hat sie unheimlich zum Lachen gebracht. Ich begriff, dass sie keinerlei Interesse an Einrichtung hat und dass das Haus deshalb so aussieht. Deshalb habe ich mich getraut, ihr zu erzählen, warum ich so etwas gefragt hatte, und das brachte sie noch mehr zum Lachen.

Es stört mich überhaupt nicht, dass Katariina zu Hause ist, wenn ich putze. Normalerweise sage ich den Leuten, dass es am praktischsten ist, wenn sie weg sind, wenn ich komme. Aber bei ihr habe ich überhaupt nicht das Gefühl, dass sie mich überwacht oder kritisiert oder mich für eine Dienstbotin hält. Sie verhält sich immer, als würde ich ihr einen großen Dienst erweisen. Ihre Anwesenheit ist auf eine Art wenig fordernd. Zuerst kocht sie Kaffee, und ich bringe Gebäck aus der Stadt mit. Wir reden oft über Musik oder Filme und fast immer über Bücher, die wir gelesen haben. Katariina hat einen ausgezeichneten Geschmack, wenn sie auch Richard Ford für trocken (trocken!) hält, während ich seine Prosa absolut charmant finde. Manchmal kann ich schlicht und einfach nicht ihrer Meinung sein, aber die Uneinigkeit führt nie zu einem Streit. Ich lasse ihr ihre Meinung und sie mir meine.

Nun, heute habe ich Berliner mitgebracht, die schwer und klebrig und süß und fettig waren. Und tröstend, sagte Katariina. Ihr Vater sei vor kurzem gestorben, und sie sei deshalb überraschend mitgenommen. Nie zuvor habe sie an ihren Vater gedacht, aber jetzt könne sie an nichts anderes denken, sagte sie. Sie war gerade dabei, mir von den Hemden ihres Vaters zu erzählen, als ich ein Stück vom Berliner und dessen dicker rosafarbener Glasur in die Luftröhre bekam.

Ich hustete und hüstelte, aber der klebrige Brocken bewegte sich nicht. Ich versuchte, Luft in meine Lungen zu saugen, aber es schien nichts durchzukommen. Ich sprang vom Tisch auf und ging ein wenig umher, doch nichts passierte. Winselnd holte ich Atem. Es war, als würde ich versuchen, dicken, zähen Teig einzuatmen. Ich bekam Panik.

Katariina sah mich an, ohne etwas zu sagen, und stand auf. Ich nahm wahr, wie ich auf ihre Reaktion wartete. Wenn sie anfängt zu schreien und mir auf den Rücken klopft, gerate ich in Panik. Dann stehe ich das nicht durch, dachte ich.

»Keine Luft einsaugen«, sagte Katariina. »Atme in kleinen, leichten Zügen. Kleine – leichte – Züge. Jedes

Mal nur ein bisschen. Einen Teelöffel Sauerstoff. So. Ein Teelöffel Sauerstoff, dann der nächste.«

Ich gehorchte, und es funktionierte. Ich bekam jedes Mal ein bisschen Luft. Es kam Hoffnung in mir auf: Vielleicht ist das nicht das Ende. Der Sauerstoff strömt am Berlinerstückchen vorbei, jedes Mal ein kleiner Tropfen. Das hält mich am Leben.

»Du weißt doch«, fuhr Katariina fort, »wie man Kleinkindern Flüssigkeit zuführt, wenn sie brechen. Jeweils ein Teelöffel Wasser. Das können sie einsaugen, und es kommt nicht gleich wieder raus. Der nächste Teelöffel. Nichts Schlimmes passiert. So. Gut. Hervorragend geht das. Jetzt kannst du bestimmt deinen Hals entspannen. Lös ihn ganz entspannt, nicht um den Brocken herum zusammenziehen. Da ist noch Platz.«

Und so war es auch. Ich hörte Katariinas Stimme und tat, wie sie sagte. Und plötzlich rührte sich der Brocken, ich schluckte ihn, und die ganze Situation war vorüber.

Katariina sah merkwürdig aus, irgendwie unnatürlich ruhig. Fast, als würde sie gleich einschlafen.

»Woher wusstest du, dass man das so machen muss?«, fragte ich.

»Ich habe heute Morgen plötzlich Angst bekommen, dass Elina an einem Stück Gurke erstickt«, sagte sie, irgendwie vom Thema abweichend.

»Wenn du angefangen hättest, mir auf den Rücken zu klopfen, wäre ich erstickt«, sagte ich.

Katariina antwortete nicht.

Am nächsten Tag rief Katariina an. In ihrer Stimme waren kleine Einstürze zu hören, wie das Knirschen von Kies, wenn er unter den Schritten zurückweicht.

Ich dachte, dass der Schock erst im Nachhinein auf sie gewirkt hätte (ich selbst begann erst am Abend zu weinen, als ich Liisa anrief und erzählte, wie haarscharf es gewesen war). Aber nein, Katariina sagte, dass es nicht das war. Sie hatte Post vom pathologischen Institut bekommen. Die Todesursache ihres Vaters wurde darin bestätigt, und es war nicht die, die sie angenommen hatte. Katariinas Vater war an einem Fleischbrocken erstickt.

Katariina

Ist es möglich, dass man eine Verbindung zu einem Menschen spürt, den man nicht kennt und der zudem tot ist? Kann man instinktiv fühlen, wie er gestorben ist? Das ist schwer zu glauben, es scheint ein lächerlicher Gedanke zu sein, und Katariina will nicht esoterisch werden.

Katariina hat die Todeserklärung geöffnet, in der *Herzinfarkt* oder *Gehirnblutung* hätte stehen müssen, aber es stand *Ersticken* darin. Ihre Beine sind schwach geworden, und sie hat sich auf den Boden im Flur sinken lassen. Sie las die Passage wieder und wieder und dachte: Ich sehe nicht richtig. Ich lese die falsche Sprache.

Sie hat sofort Raili angerufen. Raili war über die Nachricht bestürzt. Sie hatte am Abend ihre Tochter Liisa angerufen und angefangen zu weinen, erst viele Stunden nach dem Vorfall mit dem Berliner, und die ganze Nacht habe sie von der Sache geträumt, sagte sie.

Nach Raili hat Katariina Olli angerufen und ihm von den Erstickungserlebnissen erzählt: von der Gurke, dem Berliner, der Todeserklärung. Katariina rief an, damit Olli sagen würde, komischer Zufall, entschuldige,

Schatz, aber wenn es nichts Wichtigeres gibt, dann muss ich jetzt auflegen. Aber Olli war einen Moment lang still und sagte dann: »Ich krieg Gänsehaut.«

Das war schlecht. Sehr schlecht. Katariina sagte: »Ich muss Schluss machen«, und brach das Gespräch ab. Jetzt fühlt sie sich, als habe sie etwas gesehen, was sie nicht hätte sehen sollen oder wollen. Als würde der Vater sie manipulieren, sie irgendwohin mitnehmen, was er sein ganzes Leben lang vermieden hat. Katariina verstimmt der Gedanke, durch etwas so Nichtiges eine Verbindung zu ihrem Vater zu spüren.

Dann bemerkt sie, dass sie *durch etwas so Nichtiges* gedacht hat. Für sie ist der Tod etwas Nichtiges. Er ist keine Heldentat, nicht einzigartig, nicht kühn, nicht freiwillig, nicht reuevoll. Er ist eigentlich gar keine Tat. Der Vater hat ihn nicht getan. Im Sterben gibt es nichts, mit dem der Vater hätte gutmachen können, was er ihr angetan hat. Und dennoch ist es die einzige Tat, die Katariina jemals akzeptiert hätte. Sie hätte keine einzige kühne, einzigartige, freiwillige, reuevolle Tat akzeptiert. Nichts wäre genug gewesen. Nichts anderes als das. So einfach ist es.

Und einfach für ihn, fügt Katariina in ihren Gedanken hinzu. Der Vater musste letztendlich überhaupt nichts tun. Nur loslassen.

Die Leiterin des Hotels *Abendstern*

Heute ist Kari Saarinens Tochter noch einmal gekommen. Ich habe mich für Kari gefreut, aber nichts gesagt, es ist nicht meine Sache, mich einzumischen. Sie fragte, ob ich einen Moment Zeit hätte. Eigentlich hätte ich keine gehabt, denn die beiden indischen Ingenieure sollten jeden Augenblick ankommen, und ich war noch mitten in den Vorbereitungen. Inder sind schwierig mit dieser Vegetariergeschichte, man hat immer das Gefühl, es wäre schlimm, Rindfleisch anzubieten, wenn Inder unter den Gästen sind – deren heiliges Tier! –, aber was soll man machen, auch sie wohnen drei Monate hier, ich kann ja wohl keine drei Monate kein Fleisch anbieten! Und sie sagen nie etwas, das sind gebildete Leute, und sie verstehen natürlich, dass man für Gäste nicht seine ganze Lebensweise ändern kann. Ich versuche natürlich, es meinen Möglichkeiten entsprechend zu beachten, nahrhafte Salate anzubieten – mit Schinkenstreifen, Thunfisch, Eiern extra – und anderes, aber die anderen Gäste haben natürlich das Gefühl, nicht genug für ihr Geld zu bekommen, wenn sie Salat essen müssen, auch wenn der noch so nahrhaft ist. Von kaltem Essen geht der Hunger nicht weg. Obwohl ich in der letzten Zeit sowieso keine Lust hatte, Fleisch zu machen, vor allem keinen Karelischen Fleischtopf. Wenn auch mein Karelischer Fleischtopf nicht schuld war. Auch andere haben den gegessen und sind nicht gestorben, da waren ganz andere Dinge schuld. Und besonders wegen dieser anderen Dinge war ich ein bisschen nervös, als seine Tochter noch mal kam. Ich war nämlich nicht darauf vorbereitet, sie wiederzusehen, und hatte nicht darüber nachgedacht, wie ich ihr dann von der Sache erzählen würde oder ob ich überhaupt davon erzählen würde. Aber ich war so froh, dass sie kam, weil das eine Ehrerweisung ihrem Vater gegenüber war, und sagte daher, dass ich für die Tochter von Kari Saarinen natürlich einen Moment Zeit hätte.

Fast zwei Jahre lang hat ihr Vater hier gewohnt, habe ich ihr erzählt. Anfangs hat sie eigentlich nichts gefragt, aber dann haben mein Geplauder und meine Alltagsschilderungen sie allmählich interessiert, und sie hat angefangen, alles Mögliche zu fragen. Ist der Vater morgens hierhergekommen, um mit den Gästen zu reden, haben sie ihn gemocht? Sie haben ihn sehr gemocht, erzählte ich, und ihr Vater sprach viele Sprachen, Deutsch und Englisch fließend, und meiner Meinung nach auch Schwedisch ausgezeichnet, obwohl er sich immer ein wenig zierte, es zu sprechen, weil er kein Reichsschwedisch konnte. Die Tochter erzählte, dass sie Englisch und Französisch studiert habe, und ich sagte, das sei ja natürlich, Sie haben das Talent für Sprachen bestimmt von Ihrem Vater geerbt! Ihr Gesicht wurde ernst. Meiner Meinung nach ist sie eher schüchtern, aber sie wirkte kaltherzig. Ich bin froh, dass mein erster Eindruck falsch war. Wegen ihrer Schüchternheit hatte ich sie sicher auch am Anfang jünger geschätzt als sie ist, denn Schüchternheit ist meist eine Eigenschaft von jungen Leuten. Mit dem Alter wird man entspannter. Die Jungen denken, dass die Fünfzigjährigen lügen, wenn sie sagen, jetzt erst genieße ich das Leben, dass sie sich nur neidisch bemühen, im Verschrumpeln etwas Gutes zu finden, aber es ist wahr.

Zwischendurch habe ich sie ausgefragt, nichts sehr Persönliches, aber Dinge, über die ich in Bezug auf Kari nachgedacht hatte, wie Enkelkinder. Die Tochter erzählte, dass sie eine siebenjährige Tochter habe und dass keine weiteren Kinder geplant seien, aber dass man es auch nicht ganz ausschließen könne. Dann hat sie wieder mehr gefragt, hat Kari morgens lange geschlafen oder war er Frühaufsteher? Was hat er gerne gegessen? Ich antwortete auf alles, erzählte, dass ihr Vater sich in der letzten Zeit für Vögel begeistert hatte, oft früh aufgestanden und Vögel beobachten gegangen war. Nicht in den letzten Monaten natürlich, aber ich habe keine Veranlassung gesehen, das zu betonen. Die Tochter hat ja nicht so genau nachgefragt. Und ich hatte noch im Gedächtnis, wie er das letzte Mal zum Beobachten losgegangen war, und dachte, es wäre gut, wenn die Tochter nun die Erinnerung an den Vater ehrt. Ich weiß ja eigentlich nicht einmal, was dort im Zimmer passiert ist, weil ich ja nicht dabei war und es gesehen habe. Und bis dahin hatte Kari immer so gut auf seine Gesundheit achtgegeben, nahm jeden Morgen Vitamin B und C und trank ein Glas Wasser, das Zimmertemperatur hatte. An jedem einzelnen Morgen, gewissenhaft. Er war gut in Form, so schlank, wenn auch der Magen ein bisschen anfing, Probleme zu machen, dagegen kann man nichts tun, mit dem menschlichen Körper ist das so. Auf viele Fragen konnte ich nicht antworten, und dann überzog eine enttäuschte Miene das Gesicht der Tochter. Aber hier haben immerhin zu Karis Zeit mehrere Dutzend, wenn nicht hundert Gäste gewohnt, ich konnte mich nicht nur auf ihn konzentrieren, auch wenn er der Besonderste von allen war.

Olli

Katariina bleibt im Flur stehen. Sie wollte nicht, dass ich mitkomme, um die Sachen ihres Vaters in Tampere abzuholen, aber sie hat sich auch nicht allein hingetraut, deshalb durfte ich mit. Jetzt ist sie erneut im Hotel gewesen, allein. Noch hat sie nicht gesagt, dass sie mich nicht bei der Beerdigung dabeihaben will, aber ich weiß, dass das noch kommt. Als ich gefragt habe, ob wir für Elina einen Babysitter besorgen oder ob wir sie zu ihrer Oma bringen sollen, sagte sie: »Das sehen wir dann.« Sie weiß noch nicht, wie sie mir sagen soll, dass sie mich nicht dabeihaben will. Mal sehen, wie lange vor der Beerdigung es ihr beliebt, mir Bescheid zu geben.

Ich versuche, mich nicht aufzuregen. Nach fast zehn gemeinsamen Jahren nimmt man so etwas nicht ganz so persönlich wie früher. Beständige Nähe, sowohl geistige als auch körperliche, ist unmöglich. Die Finnen wären innerhalb von einem Monat gestorben, hätten sie in Stalins Kommunen wohnen müssen, Seite an Seite mit zwanzig anderen Menschen. Wir würden alles und jeden denunzieren, um alleine leben zu dürfen. Katariina und ich finden uns normalerweise immer wieder. Wir sind im Blutkreislauf des anderen, ein bisschen wie Herpes: Es ist nur eine Frage der Zeit, wann es wieder ausbricht.

Die Annäherung liegt immer in meiner Verantwortung. Katariina könnte auf unbestimmte Zeit weit weg von mir und Elina bleiben, wie ein Astronaut, der außerhalb seines Mutterraumschiffs schwebt. Sie würde nicht einmal bemerken, dass sie allein ist. Trotzdem habe ich das Gefühl, ihr Gewalt anzutun, wenn ich sie von dort zurückzerre. Einmal, als Elina zwei war, entwickelte ich alte Fotos von Katariina. Wärme wirkt auf das Negativ genau wie Licht, und ich habe Katariinas Hüfte belichtet, indem ich sie in einer Wanne mit Entwicklerflüssigkeit mit dem Finger massierte, langsam und entschlossen. Als ich das Bild anfasste, erinnerte ich mich, wie schön es war, mit Katariina zu schlafen, und ich spürte Trotz in mir, weil sie mich hier nicht davon abhalten konnte, sie zu berühren. Am Abend zeigte ich ihr das Bild und erzählte, was ich damit gemacht hatte. Sie kuschelte sich an mich und küsste mich, als hätte sie versucht, sich ihren Weg zu mir durchzuboxen, und ich wusste, dass ich richtig gehandelt hatte, als ich gewaltsam in ihre Sphäre eingedrungen war.

Hin und wieder überlege ich, ob ich irgendwann aufhören werde, sie zu lieben, oder ob ich bereits aufgehört und es nur nicht bemerkt habe. Oder ob sie aufgehört hat, wobei dann auch ich letztendlich aufhören würde, sie zu lieben, weil es keine andere Alternative gäbe. Was würde dann passieren? Würden wir uns trennen? Wie würde ich mich fühlen, wenn ich sie danach sehen würde? Hätte ich Sehnsucht, oder würde sie wie eine völlig fremde Frau wirken?

Es gibt keinen Begriff für das, was man für einen

Menschen fühlt, den man einmal geliebt hat, aber nicht mehr liebt. Es ist nicht das Gleiche, als hätte man ihn nie geliebt. Liebe verändert den anderen, wie Vogeleier sich verändern, wenn jemand sie anfasst. Man sieht nicht, dass jemand sie berührt hat. Die Eierschale ist haargenau dieselbe wie vorher, wie ein gesprenkelter, bläulicher Stein, verräterisch zerbrechlich. Aber die Mutter riecht, dass sie angefasst worden sind, und brütet sie nicht aus. Verschwindet mit ihren warmen Federn und ihrem heißen Bauch. Die Eier bleiben im verlassenen Nest und sterben. Außen Marmor, im Innern Tote. Schöne Schalen für die Schatzsammlung kleiner Jungen.

Katariina

In der folgenden Nacht träumt Katariina erneut von ihrem Vater. Sie sind in einem großen Haus (Katariina weiß nicht, in wessen): sie selbst, die Mutter, der Vater sowie eine Gruppe unbekannter Menschen. In der Nähe ist Wasser, vielleicht ein See, vielleicht das Meer. Die Stimme des Vaters ist schrill, ein bisschen selbstgefällig, und die Mutter macht sich hinter seinem Rücken über ihn lustig. Katariina tut er leid, denn der Vater meint es gut und scheint zu glauben, dass er gemocht wird.

Dann wechselt der Vater plötzlich seinen Ort – wie man im Traum Orte verändert, als würde man ein Dia wechseln –, vor eine Gewölbetür zum Bügeln. Er trägt ein Hemd, eine Krawatte, Boxershorts und Socken. Katariina geht gerade aus dem Gewölbe in den nächsten Raum, als ihr der Vater plötzlich mit einem Bügelbrett den Weg versperrt. Katariina bleibt stehen. Der Vater lächelt schelmisch. Er sagt: »An mir kommst du nicht vorbei.«

Katariina Airaksinen

Über den Wolken scheint die Sonne.

Der junge Mann, der neben mir sitzt, ist bereits eingeschlafen, bevor wir in Zürich gestartet sind. Sein Arm ruckelt auf der Armlehne, und er ist immer noch so müde, dass er das Frühstücksbrötchen, das die Flugbegleiterin bringt, mit geschlossenen Augen isst, den Kopf nach hinten gelehnt. Zwischendurch schläft er mit dem Brötchen im Mund ein. Ich mache mir Sorgen, dass er erstickt, aber bisher ist er immer aufgewacht, um den Mund leerzukauen. Seine Freundin, die den Sitz daneben hat, kann stolz auf ihn sein.

Ich schalte den Computer ein, obwohl ich nicht arbeiten müsste. Ich schalte ihn ein, damit niemand anfängt, mit mir zu reden. Wenn man zwanzig Minuten geflogen und der erste Drink angenehm in den Bauch geflossen ist, hofft die Person, die neben einem sitzt, normalerweise auf Unterhaltung. Ein Buch hält keinen davon ab, ein Gespräch anzufangen. Lesen ist keine so bedeutende Beschäftigung, da kann einen jeder unterbrechen, auch wenn es nichts zu sagen gibt. Kopfhörer sind schon effizienter, aber wenn man sie abnimmt, um zur Toilette zu gehen, hat der andere genug Zeit zu fragen, was man denn hört. Ein Computer ist immer gut, aber sicher ist auch der nur, wenn man eine Excel-Tabelle öffnet. Keiner traut sich, jemanden zu stören, der eine Excel-Tabelle vor sich hat.

Das Flugzeug ist ein Ort, der die Menschen dazu einlädt, sich zu öffnen. Es ist ein im Himmel schwebender Beichtstuhl. Man sitzt auf engem Raum nebeneinander, ohne etwas zu tun zu haben. Man kann nirgends hin, und die eigenen Gedanken werden schnell langweilig oder bedrückend (komisch, wie wenig Menschen sich mit ihren eigenen Gedanken wohlfühlen, sie mögen!). Normalerweise interessiert sich keiner für den anderen, die Leute fangen ein Gespräch an, um erzählen zu können, wohin sie selbst unterwegs sind und welche Lebensphase sie dahingeführt hat. Weil man den anderen nie mehr treffen wird, und weil man im Flugzeug im Prinzip nirgendwo ist, entsteht die Versuchung, Dinge zu bekennen, die man sonst nirgends bekennen würde (die schon Jahre andauernde Unlust der Ehefrau, das Doppelleben des Mannes). Als höre das Geständnis auf zu existieren, sobald man auf den Erdboden aufsetzt. Aber ich will mich nicht unterhalten. Ich bin nicht imstande zu erzählen, dass ich Bilanzbuchhalterin bin, und nein, Bilanzbuchhalter sind keine schäbigen Onkel, die in Zehn-Quadratmeter-Büros im Untergeschoss eines mehrstöckigen Hauses zwischen Ordnern sitzen, mit kurzärmeligem Hemd, dunkelbraunen Polyesterhosen und fettigem Kurzhaar. Die gibt es schon, aber daneben eben auch andere, solche, die aus einem anderen Erdteil eingeflogen werden wie Spitzenchirurgen, um einen zweiwöchigen Auftrag für eine Firma mit einem Milliardenumsatz zu erledigen und mehrere hunderttausend Dollar oder mehr zu retten. Vor zehn, noch vor sieben Jahren konnte ich das allen erklären, die fragten, aber jetzt nicht mehr. Ich würde auch niemandem etwas Persönlicheres erzählen. Nicht, dass ich auf dem Weg zur Beerdigung meines Vaters bin. Dass er plötzlich gestorben ist, dass die Beerdigung am Samstag in einer Woche stattfindet, dass ich ihn überhaupt nicht kannte, meine Mutter und er sich trennten, als ich zwei war, und dass ich danach nicht ein Mal von ihm gehört habe. Und dass ich nun aus irgendeinem Grund meine Stiefschwester angerufen habe, von deren Existenz ich noch vor einer Woche nichts wusste, und hier bin ich nun, auf dem Weg zu ihr.

Die Flugbegleiterin bringt Tonic (»ohne Gin, bitte; ja, nur Tonic«). Ich sehe aus dem winzigen Fenster, und für einen Augenblick ist da eine Gedankenstörung: Die Wolken sind Schnee, mit Schnee bedecktes Eis; ich gehe an einem Wintertag auf dem Eis, und plötzlich öffnet sich in der Wolkendecke eine Eisspalte, und ich falle, stürze auf die Erde zu, auf den Meeresgrund. Ein Fall von acht Kilometern. Der Blickwinkel eines Vogels, nein, eines Engels. Und keine Flügel.

Zurück in Helsinki. Zu meiner Mutter gehe ich gar nicht, dort bin ich nur an Weihnachten. Das Zuhause meiner Kindheit ist in meiner Vorstellung eine einzige perfekt organisierte Weihnachtsmaschinerie, deren sämtliche Bestandteile meiner Mutter blind gehorchen. Keiner ist bereit, die Gereiztheit meiner Mutter zu akzeptieren, ihre sarkastische Missbilligung. Meine Mutter hat Spitzen wie der Sturz einer Kirchentür, Spitzen, die verhindern, dass sich Tauben dort hinsetzen, denn meine Mutter hat keinerlei Absicht, die Scheiße von jemand anderem wegzuputzen.

Mutter war mit Anerkennung immer knauserig. Das hat auf die Menschen unterschiedliche Auswirkungen. Die einen fliehen aus ihrer Reichweite. Die anderen kommen nicht von ihr los, bevor sie nicht ihre Anerkennung bekommen haben, also nie. Auch ihre Patienten kommen Jahr für Jahr zu ihr, um zu beweisen, dass sie gesünder und besser in Schuss sind als je zuvor. Mutter ist eine gründliche und gefühllose Gynäkologin. Es gibt keine Öffnung oder Falte, die sie nicht untersuchen würde, völlig kompromisslos, wie unangenehm oder demütigend dies für die Patientin sein mag, und so findet sie Krankheiten oft schon in ihrem Anfangsstadium. Aus diesem Grund behält sie ihre Patienten ewig und bekommt immer neue dazu.

Man hätte meinen können, dass sie im Alter sanftmütiger werden würde. Im Gegenteil. Nach ihrer zweiten Trennung, als ich zwölf war, machte sie es sich zur Haltung, jedem alles ins Gesicht zu sagen. Ohne Ausnahme, als hätte sie sich nicht nur getrennt, sondern als ginge ihr Leben dem Ende zu oder als wäre es bereits zu Ende, als sei Verbitterung eine Krankheit, die zum Tode führt (was sie auch ist), und als interessiere es sie folglich nicht mehr, was jemand über sie denkt oder wie sehr sie andere verletzt. Als wäre sie über jede Kritik erhaben. Immer musste man im Laden oder bei Elternabenden Angst haben, was sie sagen könnte. Sie beurteilte die Leute auf der Straße danach, wie sie ihr Leben lebten oder mit ihr umgingen oder Auto fuhren. Mutters tödliche Waffe war »Schon gut«. Zwei Worte, mit denen sie ihre anhaltende Enttäuschung über die

Menschen ausdrückte. »Hast du Milch mitgebracht?«, mochte sie fragen, wenn ich nach Hause kam. Ich hatte keine mitgebracht, weil ich es vergessen hatte. »Schon gut«, sagte sie. »Sollen wir im Mai nach Kreta fahren?«, fragte sie meinen Stiefvater, der erst im Juli Urlaub hatte. »Schon gut.« Sie verwendet ihre Waffe genauso sorgfältig wie ihre Instrumente und an genauso empfindlichen Stellen. Sie hat ein unfehlbares Auge, was Bekannte betrifft. Gegen Fremde stichelt sie ganz unvermutet, ohne dabei stehen zu bleiben oder sie anzusehen, wirklich ganz im Vorbeigehen. Sie geht zweifellos davon aus, dass niemand es ihr in gleichem Maße zurückgeben wird, und die Menschen spüren das und tun es auch nicht. Hätte ich Mutter von der Abtreibung erzählt, hätte sie geschnaubt (»hthh«), als habe sie die dümmste Sache der Welt gehört. Sie hätte nicht gefragt, wie es mir geht und ob ich traurig bin, wahrscheinlich nicht einmal, wer der Vater war. Sie hätte nicht auf den Egoismus der Tat verwiesen oder auf deren Morallosigkeit. Sie hätte nur geschnaubt, als hätte sie gehört, dass ich vom Balkon aus Leute mit Eiern beworfen hatte. Auf dieselbe Art würde sie schnauben, wenn ich betrunken Auto fahren oder ertrinken würde, weil ich keine Lust gehabt hatte, eine Rettungsweste anzuziehen. Oder wenn ich erzählen würde, dass ich etwas genommen habe. »Hthh.«

Ich bereue es, meine Stiefschwester angerufen zu haben. Ich hätte in Zürich bleiben, nicht zur Beerdigung kommen, niemals meine Stiefgeschwister treffen sollen. Alles war vollkommen in Ordnung. Ich hätte es so lassen sollen.

Vom Hotel aus gehe ich zur Haltestelle und fahre

mit der Straßenbahn zum Marktplatz, wo die Fähre nach Suomenlinna ablegt. Die 3B kommt aus Kallio und Hakaniemi, sie bringt eine Fracht mit sich, deren Gesichtern man den jahrzehntelangen Kater ansieht und auch anderes. Schräg vor mir sitzt eine dicke Frau, dick auf eine Art, die von schlechtem Essen kommt, nicht von gutem, keine rosigen Wangen, kein weiches, glänzendes Gesicht wie das von Feinschmeckern. Schlaffes Fleisch, matte Haut, viele Male erhitztes altes Fett, dieselben Pommes wieder und wieder aufgewärmt, bei jedem Mal wächst die Anzahl der Karzinogene exponentiell. Die dicken, fettigen Strähnen sind von beiden Schläfen aus mit einer roten Haarnadel nach hinten gesteckt. Seit Vaters Tod sehe ich mir die Menschen genau an. Auf der Straße, aus dem Fenster der Straßenbahn, in der Supermarktschlange, die Fahrer von vorbeifahrenden Autos. Ich versuche zu erkennen, welche Männer sechzig sind, und stelle fest, dass das ziemlich schwierig ist, ebenso schwierig wie bei einem Kind zu erkennen, ob es drei oder fünf ist. Wenn man keine Menschen in diesem Alter kennt, kann man die Erkennungsmerkmale nicht lesen. Manchmal schaue ich heimlich hin, als fürchtete ich, dass einer von ihnen mein Vater ist und mich am Blick erkennt. Manchmal wiederum kommt es mir vor, als sähe mich jemand heimlich aus einem vorbeifahrenden Auto an, und ich erschrecke: Vielleicht ist er gekommen, um mich zu holen (wohin denn?). Merkwürdig. Als er noch am Leben war, habe ich mir nie eingebildet, ihn zu sehen. Und jetzt, wo er tot ist, suche ich ihn in den Gesichtern der Entgegenkommenden und habe Angst, dass er mich erkennt.

Vor der Frau mit den fettigen Haaren wird ein Sitzplatz frei. Ich drängele mich ein bisschen vor, fast unmerklich, genau so viel, dass die junge Frau mit den türkisfarbenen Fäustlingen und dem roten Schal nicht sicher sein kann, ob ich sie sehe oder nicht, ob ich unhöflich bin oder nur in Gedanken. Sie bleibt hinter mir stehen. Der Mann neben mir lacht mit sich selbst, dann ein zweites Mal, dann bellt er etwas, ich kann nicht ausmachen, was. Ich vergewissere mich schnell, ob er eine Freisprecheinrichtung im Ohr hat. Hat er nicht. Schlimme Sache. In England verteilen sie bereits Freisprechanlagen an Schizophrene, ohne Telefon, so dass es den Anschein hat, als sprächen sie mit einer anderen Person. Leitungen im Ohr, stumme Leitungen, die nichts nirgendwohin leiten.

Wenn sie mich doch nur nicht eingeladen hätte. Warum habe ich zugesagt? Ich will nicht hingehen, ich will sie nicht sehen. Und trotzdem will ich, perverse Neugier, ich will sie nicht sehen und will sie sehen, auf die gleiche Art wie eines dieser abstoßenden Tiere im Korkeasaari-Zoo, die man mit den Händen vor dem Gesicht und gespreizten Fingern anschaut.

Ich bin unruhig. Absolut unruhig.

Ärgerlich, dass wir schon an Stockmann vorbeigefahren sind.

Wieso ärgerlich? Besser so. Viel besser.

Umdrehen kann man ja immer. Man kann aufstehen, den Knopf drücken, aussteigen und zurückgehen.

Aber das mache ich nicht. Nein.

Ich stehe auf und drücke den Knopf. Die Frau mit den fettigen Haaren sieht mich an. Das Mädchen mit den türkisfarbenen Fäustlingen setzt sich auf meinen Platz. Ich steige ein paar Stufen nach unten und bin draußen.

Katariina

Katariina wacht um halb sieben auf. Sie hat sofort im Kopf, dass ihre Halbgeschwister heute kommen; es ist, als hätte sich das Wissen darüber im Schlafzimmer niedergelassen, um zu warten, dass sie aufwacht, und sie zu begrüßen, noch bevor sie überhaupt ihre Augen geöffnet hat.

Alle drei Geschwister haben sie angerufen, nachdem sie bei der Polizei waren. Lustig, denkt Katariina, dass sie in chronologischer Reihenfolge angerufen haben. Zuerst Katariina Airaksinen, dann Katariina Saarinen und dann Markus. Es war (natürlich) Ollis Idee, sie hierher einzuladen. »Dann ist die Beerdigung weniger dramatisch«, hat er beteuert. Olli konnte Katariinas Widerstreben schwer nachvollziehen. »Bist du überhaupt nicht neugierig, wäre es nicht schön für dich, sie zu treffen?«, widersprach er.

Katariina hat eingewilligt, aber sie ist nicht neugierig und findet den Gedanken, sie zu treffen, nicht schön. Es ist ihr zu früh. Es könnten Jahre vergehen, vielleicht zehn Jahre, bevor Katariina bereit wäre, sie zu treffen. Das liegt nicht an ihnen persönlich, aber ihre Existenz macht aus Katariina jemand anderen. Als hätte sie irgendwann als Kind ihre Identität gewechselt und dadurch ein relativ glückliches Leben geführt. Und jetzt hätte jemand angerufen und gesagt: »Hallo, ich kannte dich, als du noch eine gewisse andere warst.« Diese andere ist eine viel wahrhaftigere, viel besorgniserregendere Person, eine mit vielleicht tiefen Leiden, eine, die man nicht beeinflussen kann und die sich nicht selbst entworfen hat. Als wäre man eine Zeitlang, die man sich stibitzt hat, relativ zufrieden mit sich gewesen, und als wäre diese Zeit nun zu Ende.

Katariina steht vorsichtig aus dem Bett auf, damit Olli nicht wach wird. Sie muss allein sein, diese Unruhe ist nur mit angehaltenem Atem erträglich, und das gelingt nicht, wenn Olli aufwacht. Diesen Moment muss sie sich stehlen, wie die Momente, wenn sie heimlich in die Kirche geht, in die Uspenski-Kathedrale, wenn sie Olli sagt, sie müsse in die Stadt, Dinge erledigen, aber nur allein in die Kirche geht und in die Stille. Sie kehrt mit dem Duft von Weihrauch in der Jacke nach Hause zurück, wie heimlich in die Kneipe geflohene Männer, deren Zigarettengeruch sie bei der Ehefrau verrät. Katariina weiß nicht, warum sie sich wie ein Teenager benimmt, warum sie nicht einfach sagt, dass sie allein in die Kirche will, muss. Sie sagt es einfach nicht. Olli würde sich sofort für den Ausflug begeistern, würde seine Kamera holen und mit in die Kathedrale kommen und Fotos machen. Olli macht überall Fotos, wo man nicht darf, bei Elinas Tanzvorführung, in der Nationaloper, in Museen, in Kirchen.

»Weißt du nicht, dass Blitzlicht die Ikonen angreift«, zischt Katariina Olli an.

»Mit der Zeit, aber unvermeidlich, wie Galle den Zahnschmelz bei Bulimikern«, antwortet Olli mit der

Kamera vor den Augen. Beim Frühlingsfest antwortet er: »Wenn ich es will, dann mache ich Fotos von unserer Tochter im Kürbiskostüm.« Katariina schämt sich furchtbar, und gleichzeitig ist sie stolz auf Olli.

Katariina geht in die Küche und zieht die Vorhänge zurück. Sie macht Kaffee und gießt die Kräuter. Sie dreht den Wasserhahn auf, lässt das Wasser einen Moment laufen, damit es kühl wird, und nimmt ein Glas aus dem Schrank. Sie lässt Wasser ins Glas fließen und hat es schon an die Lippen gesetzt, als sie plötzlich innehält. Sie stellt das Glas auf den Spültisch und öffnet den Gewürzschrank. Sie schiebt die Gewürzdosen umher, bis sie die Dose mit Vitamin C in die Hand bekommt. Sie nimmt zwei Tabletten aus der Dose. Dann schüttet sie das Wasser weg, nimmt die Gießkanne und gießt das Wasser daraus ins Glas. Wasser mit Zimmertemperatur. Sie nimmt das Glas hoch und schluckt die Tabletten wie die Kommunion.

Während sie das Lamm mariniert und auf ihre Mutter wartet, die versprochen hat, mit Elina ins Kiasma und ins Ateneum zu gehen, versucht Katariina, sich auf das Lesen des Rezepts zu konzentrieren und keine Zeile zu überspringen. Das ist überraschend schwer. Es misslingt ihr, nicht über die Gäste nachzudenken, obwohl es nichts nachzudenken gibt, sie weiß ja gar nichts über sie. Und trotzdem sind sie die ganze Zeit in Katariinas Kopf. Sie schiebt sie weg, alle drei gleichzeitig, aber als sie bald darauf aufschreckt, wird ihr bewusst, dass sie weiter über sie nachdenkt. Sie hat nicht einmal bemerkt, dass sie im selben Moment wieder zurückgekehrt sind.

Katariina hat nicht vor, den Halbgeschwistern vom

Lamm anzubieten. Sie bekommen Kaffee und sind dann hoffentlich so klug und verschwinden wieder. Katariina verlangsamt ihre Tätigkeit, als ob es helfen würde, aber es hilft nicht, sie ist an Ort und Stelle gefangen, kann nur hoffen, dass die Gäste trödeln. Vielleicht verpassen sie die Straßenbahn und die Fähre und verirren sich. Vielleicht stürzen sie vom Felsvorsprung auf Kustaanmiekka ins Meer.

Die Zeit schreitet unbarmherzig voran, und von ihrer Mutter ist nichts zu sehen. Katariina wird allmählich nervös. Sie will Elina nicht erklären müssen, wer die Gäste sind, vor allem, weil sie nicht vorhat, sie nach der Beerdigung jemals wieder zu treffen. Olli hat angeboten, Elina in die Stadt zu bringen, aber Katariina wollte das Risiko nicht eingehen, dass er sich irgendwo beim Fotografieren verliert und nicht zu Hause ist, wenn die Halbgeschwister eintreffen. Sie hat in keinem Fall vor, sie allein zu empfangen. Doch jetzt wünscht Katariina sich bereits, dass sie Olli hätte gehen lassen. Wenn die Mutter sich verspätet, muss sie alle einander vorstellen, ihre Tochter, ihre Mutter, ihre Halbgeschwister. Sie will nicht, dass Elina vor ihnen buchstabiert. Sie würde ihnen eine glückliche, entgegenkommende, liebende Tochter vorstellen wollen, und das wird heute nicht gelingen, so viel steht nach einem kurzen Zusammentreffen mit Elina fest.

Katariina passt auf, dass Elina ihren Rucksack rechtzeitig packt und startbereit ist, wenn die Oma kommt. Sie ist nervös und leidet gleichzeitig unter ihrem schlechten Gewissen, weil sie es so eilig hat, ihre Tochter aus dem Haus zu bekommen. Sie versucht, besonders liebevoll zu Elina zu sein, bevor sie geht.

»Willst du Proviant mitnehmen, ich kann welchen machen, wenn du willst?«, fragt sie.

»Än ee ii än«, antwortet Elina.

»Was?«, fragt Katariina mit lauter Stimme, als würde sie nichts hören.

»Lelu macht«, antwortet Elina. Es wirkt, als würden die Wörter nur unter ungeheurem Zwang aus ihr herausbrechen, als müsste sie eine Freundin verraten. Gott sei Dank geht sie.

An der Tür klingelt es, und Katariina rennt fast, um sie zu öffnen.

»Ach, hallo«, sagt sie nachdrücklich.

»Hallo«, sagt die Mutter. Ihre Hüfte schmerzt deutlich, sie setzt den linken Fuß vorsichtig über die Schwelle. Katariina betrachtet die Gestalt ihrer Mutter, die sie gewöhnlich für heldenhaft, totemartig hält, wie ein für die Mutter selbst errichtetes Ehrenzeichen. Katariina betrachtet ihre Mutter und denkt: Sie ist zu ihrem eigenen Sarkophag geworden, groß, klobig, die lose Form einer Frau. Würde man ihn öffnen, fände sich darin eine junge, zierliche Frau, völlig unverändert.

Nur Katariina sieht in den Sarg hinein. Sie stellt sich vor, dass die Halbgeschwister nun kämen, im Hof auftauchten, bereits im Flur stünden, ihre Mutter ansähen und sie mit ihrer eigenen verglichen. Überlegten, was ihr Vater an dieser klobigen Alten gefunden haben könnte, die nicht einmal begreift, dass sie ihre langen Haare abschneiden sollte, die ihr vielleicht vor dreißig Jahren gestanden haben, aber jetzt nur noch merkwürdig wirken.

Elina läuft in den Flur.

»Lelu«, ruft sie und lächelt. Als sie das Lächeln sieht, bemerkt Katariina, dass sie es lange nicht gesehen hat. Ihr war nicht einmal bewusst, dass sie es vermisst hat. Elina umarmt die Oma. Katariina reicht ihr den Rucksack.

»So«, sagt sie, »den Rucksack auf den Rücken.«

Elina löst sich von der Großmutter und setzt ihren Rucksack auf. Katariina kniet sich hin, öffnet ihre Arme, um sie zu umarmen. Elina lässt zu, dass Katariina sie von hinten umarmt, aber sie erwidert die Umarmung nicht. Katariina steht auf.

»Was hast du als Proviant gemacht?«, bedrängt sie ihre Mutter.

»Karotte, Apfel, Gurke«, listet die Mutter auf.

»Bleib neben ihr sitzen, wenn sie isst. Ich will nicht, dass sie im Museum erstickt«, sagt Katariina, als wäre das Ersticken gerade im Museum der Gipfel von allem.

Um drei treffen sie ein, die Halbschwestern und der Halbbruder. Sie kommen fast gleichzeitig, zuerst Katariina Saarinen, dann Markus, zuletzt Katariina Airaksinen. Katariina stellt sich vor, wie sie sich auf der Fähre umgeblickt haben, ein abgeschlossener Ort, 14.20 Uhr, wenn man um drei ankommen will, muss man diese Fähre nehmen. Da gibt es noch Alternativen. Sie gehen von der Fähre, durchqueren Mustasaari, die Alternativen werden immer weniger. Auf der Sandstraße von Susisaari knirschen ihre Schritte auf dem Kies. Sie gehen jeder vorwärts, als würden sie nichts hören.

Und hier sind sie nun. Sie schütteln sich gegenseitig die Hand, außer Katariina Saarinen, die alle umarmt.

Markus zu sehen ist ein Schock. Er sieht genauso aus wie der Vater als junger Mann. Die Ähnlichkeit mit dem Foto, das an einem sonnigen Tag gemacht wurde, ist verblüffend. Für Katariina ist es furchtbar und faszinierend, ihn anzusehen. Markus ist viel besser als ein alter, selbstgedrehter Film. Er existiert wirklich, ist nicht nur ein Schatten an der Wand. Katariina sieht sich an, wie der Vater ging, wie er die Hand bewegte.

Markus trägt Anzug und Krawatte, sicher seine normale Kleidung, er sagt, er käme von der Arbeit, sieht aber dennoch irgendwie zu feierlich angezogen aus. Der Anzug sitzt fast zu gut, und die Krawatte ist aus besonders behandelter, ziegelroter Seide, aufgeplustert wie ein Schal. Die Schuhe sind genau einen Tick zu modisch, um elegante Businessschuhe zu sein. Als würde er versuchen, seine Unerfahrenheit zu verdecken, überzeugender zu sein, als er ist.

Katariina kann es nicht lassen, sich und ihre Halbschwestern zu vergleichen, sie kann es nicht lassen darüber nachzudenken, wie sehr die Version sich jedes Mal verbessert hat. Zumindest sind die beiden letzten Ausgaben schöner als sie selbst. Die Zweitälteste ist groß, wie Katariina auch. Sie hat braune Haare, nur ein wenig heller als Katariina selbst, und ein schmales Gesicht. Die Haut ist hell und klar, mit einem Hauch von Sommersprossen, aber dennoch nicht richtig sommersprossig. Das Kinn ist lang und steht in einem Missverhältnis zu den restlichen Gesichtsproportionen. Sie hat tiefe Grübchen, jedes Mal, wenn ihre Mundwinkel sich nach oben bewegen, sieht man eine Andeutung davon, sie zeigen sich, auch wenn sie gar nicht lacht und das sicher auch nicht vorhat. Die Grübchen machen sie hübsch, was im Gegensatz zum Kinn steht, gleichzeitig hübsch und unfreundlich.

Die jüngere Katariina hat blonde Haare, und ihre Gesichtszüge sind regelmäßig, aber nicht sehr eigen. Eigentlich sieht sie nicht nach furchtbar viel aus, aber sie ist sehr ausdrucksvoll, und ihre Augen haben einen intensiven, fordernden Blick. Ein Gesicht, aus dem man alles Mögliche machen kann, und das ist eben das Besondere an ihr, sie ist Schauspielerin, bemerkt Katariina sofort, als sie sie sieht, sogar eine recht bekannte, es fühlt sich komisch an, dass sie nun hier sitzt.

Katariina Saarinen lächelt strahlend, zu strahlend in Anbetracht der Situation. Olli nimmt ihre Jacke und hängt sie an die Garderobe, und die kleine Halbschwester bedankt sich bei ihm.

»Das ist so überraschend und sonderbar«, sagt sie und nimmt die Handtasche vom Boden, während sie strahlend lächelt. Auch sie wusste nicht, dass sie Geschwister hat.

»Ich finde«, sagt Katariina, »es zeugt von monumentaler Einsamkeit, dass Vater keinem davon erzählt hat. Kein einziger Mensch in der Welt hat gewusst, dass er vier Kinder hat. Kein einziger. Er hat mit vier Frauen jahrelang zusammengewohnt, gegessen, in einem Bett gelegen und hatte Sex mit ihnen. Sie haben seine Socken gewaschen, ihm Essen gekocht, gewusst, wie er sich anhört, wenn er schläft, und geglaubt, dass er *ein* Kind hat, ihr gemeinsames. Wie einsam muss ein Mensch sein, der so etwas geheim halten kann?«

Alle anderen schweigen, Olli, die Katariinas, Markus. Eine so pathetische Rede sollte man nie im Flur halten. So etwas sollte man auf alle Fälle erst im Wohnzimmer sagen, erst, wenn das Lamm allmählich zu Ende gegessen ist, das Katariina nicht vorhat anzubieten. Katariina hat nicht geplant, so etwas zu sagen, aber sie hat es trotzdem gesagt. Schließlich ist sie nicht nur die Gastgeberin und Älteste der Geschwister, sondern auch Vorsitzende eines Geisterklubs.

Tee und Kaffee. Das bietet Katariina an. Katariina Airaksinen trinkt ihren Kaffee schwarz. Katariina Saarinen nimmt Tee und versichert, dass sie genauso gut Milch wie Zitrone nehmen kann und auch Zucker, und bittet, dass man ihretwegen keinerlei Umstände macht. Katariina hatte nicht vor, ihretwegen Umstände zu machen, aber jetzt hat sie das Gefühl, dass sie es hätte tun sollen. Markus trinkt seinen Tee mit Milch und Zucker wie die anderen, rührt um und stellt die Tasse an den Tischrand, ohne sie noch einmal anzufassen. Katariina versucht, nicht auf seine Hände zu starren, lange Finger und irgendwie steife Handgelenke. Sie findet, dass Markus' Art, sich zu bewegen, irgendwie unbekümmert und gleichzeitig sehr bedacht ist. Als wäre er selbstsicher und entspannt und würde keinen Gedanken an seine Bewegungen verschwenden, aber wenn man genauer hinsieht, sieht man, dass diese Unbekümmertheit eine sorgfältig herbeigeführte Illusion ist.

Katariina will ihn nicht ansehen – keinen von ihnen –, und gleichzeitig kann sie es nicht lassen, sie zu betrachten. Die Geschwister sind wie eine spiritistische Sitzung, der sie gezwungenermaßen zugestimmt hat, weil sie denkt, dass eigentlich nichts passieren kann. Und dann plötzlich laufen ihr die Dinge aus der Hand, das Glas rutscht über den Tisch, und sie kann es mit Mühe und Not mit der Hand erhaschen, die Vorhänge bewegen sich, es klopft auf den Tisch, und der Geist verkündet, ein Toter namens Nikolai zu sein. Dann ist die einzige Bitte, erzähl bloß nichts, sag wenigstens nicht, wann ich sterbe, und dass es hoffentlich nicht jetzt gleich hier passiert. Katariina fürchtet sich vor dem, was die Geschwister sagen werden, was zum Vorschein kommt, was sie selbst mit ihnen zusammen begreifen könnte. Gleichzeitig ist sie bodenlos gelangweilt. Das ist ein komisches Gefühl. Sie gähnt, sie könnte jeden Moment einschlafen, sie kann dem nicht zuhören, was sie sagen. Auf keinen Fall schafft sie es, von sich selbst auch nur irgendetwas zu erzählen.

Katariina Airaksinen nimmt die Kaffeetasse in die Hand.

»Was machst du?«, fragt sie.

Katariina denkt, dass Katariina Airaksinen genau wie jemand aussieht, der das zuerst fragt, der alle danach beurteilt, womit sie ihr Geld verdienen.

»Dies und das«, antwortet Katariina.

Dieses Dies-und-das-Tun scheint für die mittlere Katariina ein unangenehmer Gedanke zu sein. Vielleicht denkt sie an Flaschensammeln und In-Mülltonnen-Wühlen. Katariina Airaksinens Blick huscht schnell durch den Raum, zum Kachelofen und den abgetretenen Teppichen.

»Ich arbeite als Sprecherin«, sagt Katariina dann, um die Unhöflichkeit mit ihrer Antwort zu kaschieren. »Werbung, Fahranweisungen für Navigationsgeräte.«

»Das habe ich auch manchmal gemacht«, sagt Katariina Saarinen und lächelt strahlend. »Natürlich schon seit Jahren nicht mehr, kein Schauspieler macht so was gerne, wenn er andere Arbeit hat.«

Es kommt für einen Moment Stille auf.

»Und was machst du?«, fragt Katariina dann die ältere Halbschwester.

»Ich bin Bilanzbuchhalterin«, antwortet Katariina Airaksinen.

»Interessant«, sagt Katariina. Sie ist selbst überrascht, wie ironisch die Antwort klingt, obwohl sie nur höflich sein wollte.

»Hast du Kinder?«, fragt sie dann.

»Nein«, antwortet Katariina Airaksinen, als wäre sie gefragt worden, ob sie Flöhe habe. Sie trinkt einen Schluck Kaffee und wendet sich dann an Markus. Weil alle wissen, was Katariina Saarinen macht, ist sie vom Gespräch ausgeschlossen. Olli hat sich in die Küche zurückgezogen, aber Katariina fühlt sich sicher durch seine Anwesenheit, auch wenn sie ihn nicht sieht.

»Na, und was machst du?«, fragt Katariina Airaksinen Markus, der die Information nicht freiwillig anbietet.

»Ich mache auch dies und das«, antwortet Markus. »Ich bin Geschäftsmann.«

Die Antwort klingt so kindisch, so aufgeblasen und unwissend zugleich, dass Katariina und Katariina Airaksinen einander ansehen. Markus bemerkt es und beeilt sich zu präzisieren.

»Ich habe verschiedene Projekte«, erklärt er. »Immobilien, Zeitungen, Sponsorenaktivitäten.«

Katariina Saarinen lächelt wieder. Katariina findet es

allmählich beängstigend, als sei die andere nicht ganz zurechnungsfähig.

Dann ist es still.

»Was hat Vater eigentlich beruflich gemacht?«, fragt Katariina überraschend.

Sie begreift im selben Augenblick, wie demütigend diese Frage ist. Sie muss die Einzige sein, die den Beruf des Vaters nicht kennt. »Ich meine, was später aus ihm geworden ist«, korrigiert sie sich. »Damals, als er und meine Mutter verheiratet waren, studierte er noch.«

Katariina Saarinen und Markus antworten mit einer Stimme.

»Leiter einer Bäckerei«, sagt Katariina Saarinen.

»Logistikchef«, antwortet Markus.

Alle sehen einander an.

»Damals, im Studium, hat er im Straßenbau gearbeitet«, sagt Katariina.

»Na, später ist er im Leben weitergekommen«, sagt Katariina Saarinen. »Die Bäckerei war eigentlich eine Kette. Da wurden 10 000 Berliner pro Woche hergestellt.«

»Berliner«, wiederholt Katariina.

»Und ich erinnere mich nicht mehr, wie viele Lochbrote«, fährt Katariina Saarinen fort. »Das war eine furchtbare Verantwortung.«

»Und das hat er nicht ertragen«, sagt Katariina Airaksinen. »Er ist gegangen und nie mehr zurückgekehrt.«

Für einen Augenblick ist Stille.

»Vater war so stolz«, sagt Katariina Saarinen dann.

»Stolz?«, sagt Katariina Airaksinen. »Stolz ist die andere Seite von Scham. Eigentlich dasselbe, aber es klingt besser.«

»Ein pathologischer Lügner war er«, sagt Katariina.

Markus fängt plötzlich an zu lachen. Katariina denkt zuerst, dass er hustet, aber dann begreift sie, dass Markus versucht, das Lachen zu unterdrücken.

»Vater hat mal zwei Jahre lang Biologie an einem Gymnasium unterrichtet«, sagt Markus, und das Lachen schäumt zurückgehalten in seinem Hals. »Dann hat man seine Lehrerpapiere für irgendwas gebraucht, und der Rektor hat sie von der Uni angefordert. Es gab sie nicht. Er hatte nie Biologie studiert!«

Markus lacht laut, so eine großartige Geschichte ist das seiner Meinung nach.

»Schrecklich«, sagt Katariina Airaksinen und schüttelt den Kopf. Sie trinkt aus ihrer Tasse und schüttelt wieder den Kopf, wie eine alte Tante bei einer Teegesellschaft, bei der man darüber klagt, dass der Sohn von Frau Suominen wieder einen Frosch in der Schule hat explodieren lassen.

Markus hört auf zu lachen. Er sieht verletzt aus.

»Mutter hat erzählt«, sagt Katariina Saarinen, als hätte sie kein Wort gehört, »dass Vaters Lehrer zu ihm in der Volksschule gesagt hat: ›Was muss euch Saarinens passieren, bis ihr euch fügt?‹ Vater *war* stolz, er hätte mich nie angerufen, nachdem ich berühmt geworden war. Er hätte nie gewollt, dass ich glaube, dass er deshalb anruft.«

Niemand sagt etwas.

»Ich fühle mich schuldig«, sagt Katariina Saarinen.

Alle sehen sie fragend an.

»Natürlich ist es nicht sicher«, fährt Katariina Saarinen fort, »dass ich etwas mit seinem Tod zu tun gehabt haben könnte. Ich hoffe, dass es nicht so ist. Es scheint mir nur so ein hässlicher Zufall, dass er sechzig geworden ist, allein war, im Hotel lebte, und gerade dann kam diese Filmgeschichte. Ich muss ihm von allen Seiten erschienen sein, aus jeder Zeitung, jedem Frühstücksfernsehen, jeder Talkshow. Viele Wochen lang. Ich hoffe wirklich, dass ihn das nicht zum Trinken gebracht hat. Das wäre zu tragisch. Ein verschenktes Leben, und der Beweis dafür ständig vor Augen.«

Die anderen schweigen.

Markus

Es schaudert einen, wenn man die drei ansieht. Sie sehen alle ganz unterschiedlich aus. Man würde nie glauben, dass in uns auch nur ein Tropfen gemeinsames Blut fließt. Die Älteste ist ein verlebter Prachttaucher, dunkle, glatte Haare, die runterhängen, wie sie das bei Familienmüttern immer tun. Dann die Zweite, braunes Haar, verhalten, kalt. Total verkrampft, ich hätte Lust ihr zu sagen, dass ich schon wüsste, was sie mal brauchen könnte. Die Dritte ist natürlich hübsch, blond (von Natur aus, glaube ich, bei Zeitungsfotos weiß man nie, aber aus der Nähe sieht man das), blauäugig, und hat ein wirklich außergewöhnlich schönes Lächeln. Ich versuche, sie nicht anzusehen, das ist ja dann doch zu schaffen. Ein Mann aus Helsinki starrt keine Prominenten an, dazu wird man erzogen wie anderswo zu guten Tischmanieren. Aber eingebildet ist sie. Arrogant.

Schreckliche Weiber. Kein Wunder, dass Vater sie nie getroffen hat. Sie nicht einmal erwähnt hat, nie. Die hat er nicht mit dem Auto von zu Hause abgeholt, am Vatertag oder bei der Abschlussfeier und auch nicht an Geburtstagen. Sie wissen nicht, wie toll es war, sich in Vaters neues Auto zu setzen, sich anzuschnallen und zum Essen ins Restaurant zu fahren.

Wie lange muss man denn hier aushalten? Das Pokerspiel fängt bald an. Ich verschwinde, sobald ich kann.

Katariina Saarinen

Als ich heute hierhergekommen bin, habe ich mich genauso gefühlt wie in dem Moment, kurz bevor ich auf die Bühne gehe. Ich habe gespürt, dass ich nicht mehr warten kann, und gleichzeitig hatte ich solche Angst, dass ich fast aufgehört hätte zu atmen. Was, wenn sie mich nicht mögen? Ich fürchte, dass sie mich nicht mögen, aber gerade deshalb ist es schwierig, das einzuschätzen. Vielleicht versuchen sie, feinfühlig zu sein, weil ich berühmt bin. Manche fangen dann an, sich unnatürlich sachlich zu verhalten. Oder sie mögen mich nicht. Bestimmt habe ich wieder die ganze Zeit gelächelt! Als ich mich an der Schauspielschule bewarb, haben die Lehrer gemeint, ich solle dieses bescheuerte Lächeln endlich lassen, du siehst völlig idiotisch aus. Ich erzählte ihnen, dass ich jahrelang Eiskunstlauf gemacht hatte, und, nachdem ich mir den Oberschenkel gebrochen hatte und nicht mehr springen konnte, zum Formationslauf gewechselt war, wo es Lächelübungen gab. Man saß eine Stunde im Kreis und lächelte, denn man musste während der gesamten Darstellung auf natürliche Art lächeln können, ohne dass die Wangenmuskeln krampfen. Vor dem Wettkampf war man natürlich furchtbar angespannt, aber das durfte man sich nicht ansehen lassen, im Gegenteil, man musste noch strahlender lächeln als zuvor. Darauf bin ich immer noch konditioniert. Wenn ich nervös bin, fange ich an zu lächeln, und ich kann eine Stunde lang lächeln. Und merke es selbst nicht einmal.

Aber am meisten Angst hatte ich davor, Bilder von Vater zu sehen. Ich hatte Angst, dass mir die Bilder nichts sagen oder dass Vater, wenn ich sie ansehe, mich nicht ansieht. Aber er sah mich an. Sofort, als ich die Bilder gesehen habe, wusste ich, dass das mein Vater ist. Ich kannte ihn. Ich kann es nicht erklären, aber ich kannte ihn. Er hätte nicht anders aussehen können. Auf den neueren Bildern ist er natürlich schon ein bisschen aufgedunsen, wie das Männern so passiert, wenn er auch für sein Alter gut aussah. Und plötzlich habe ich ihn furchtbar vermisst. Es schien, als hätte ich einen alten Bekannten von vor Jahrzehnten gesehen, und so ist die Sache ja gewissermaßen auch. Ich hätte ihn auch auf der Straße erkannt, wenn ich ihn getroffen hätte. Da bin ich mir fast sicher. Und er hat mich angesehen, so wie er zu Lebzeiten Fotos von mir ansah, und für einen Moment lang schien ich mein eigenes Bild zu sein, ein zweidimensionales Gesicht, das man anschaut, das aber selbst nicht sieht. Ich lächele nicht nur die ganze Zeit, ich muss dazu die ganze Zeit auch ein bisschen weinen. Das ist erstaunlich, denn bei der Arbeit fällt mir das Weinen oft schwer. Ich bin schon morgens gestresst, wenn ich weiß, dass ich am Nachmittag weinen muss. Ich versuche immer, richtig zu weinen, ich würde mich nicht damit zufriedengeben, dass man mir Wassertropfen unter die Augen macht oder Tigerbalsam auf die Nickhaut. Das lässt die Tränen natürlich fließen, aber es ist nicht das Gleiche. Vielleicht kann der Zuschauer noch getäuscht werden, aber die anderen Schauspieler sehen den Unterschied (und die Anwesenden riechen ihn, denn Tigerbalsam riecht man meterweit), und die meisten von uns halten es für eine Ehrensache, dass man richtig weint. Für einige ist es von Natur aus leicht, für andere schwer. Bei mir wechselt das. Ein Weinen kann man sich nicht wie ein Lächeln überziehen. Bei Dreharbeiten habe ich eine Gruppe von fünfundzwanzig Leuten um mich, Beleuchter, die einstellen und einstellen, und eine Maskenbildnerin und eine Kostümbildnerin und ihre Assistenten, und den Produzenten und den Drehbuchautor, den Regisseur und den Regieassistenten und den Aufnahmeleiter und wen noch alles, und ich selbst weiß, dass insgesamt nur eine halbe Stunde Zeit ist, um diese Szene zu drehen, und die Tränen kommen müssen. Die anderen sind beschäftigt und reden leise und lachen, ihr Magen knurrt, und plötzlich geht die Tür und es kommt einer hereingetrottet, der nicht gesehen hat, dass man nicht hereinkommen darf. Währenddessen versuche ich mich vorzubereiten, und bald sagt Jukka: »Also«, und wenn ich nicht antworte, gibt er ein Zeichen, der Regieassistent schreit leise (das ist möglich): »Ruhe, Aufnahme«, und Jukka sagt: »Bitte.« Dann müssen die Tränen kommen, und es ist schrecklich, wenn sie nicht kommen.

Der Film ist trotzdem gnädiger als das Theater. Bei Dreharbeiten kann man immerhin mehrere Aufnahmen machen. Wenn sie bei der ersten nicht kommen, dann bei der vierten, aus reiner Wut und Frustration. Im Theater muss man genau in der richtigen Sekunde zu weinen beginnen. Manchmal steht im Skript »in

Tränen ausbrechen«. In Tränen *ausbrechen*! Ein Erwachsener bricht nicht in Tränen aus. Oft ist es viel beeindruckender, wenn man imstande ist zu spielen, dass man die Tränen unterdrückt, und gerade nicht in Tränen ausbricht.

Schlecht ist es, wenn man sich am Tag, wo man weinen muss, schwach fühlt. Im Nachhinein ist mir klargeworden, dass ich, als ich jünger war, in der Nacht davor oft einen Streit mit meinem jeweiligen Freund arrangierte. Nicht wirklich geplant, aber ich ließ uns in Diskussionen und Situationen treiben, durch die ein gewaltiger Streit entstand. Ich konnte zum Beispiel anfangen, unschuldig nach alten Freundinnen oder Sex-Erfahrungen zu fragen, und innerhalb von fünf Minuten gab es einen Wahnsinnsstreit. Die Nacht war eine furchtbare Qual, aber das Weinen am nächsten Tag funktionierte glänzend. Manchmal wiederum klappt es, das Weinen aufzuschieben. Wenn ich beispielsweise höre, dass eine Freundin Brustkrebs hat, bin ich zunächst erschüttert, und dann denke ich: Darüber weine ich jetzt nicht. Ich benutze es später. Ich spare mir den Schrecken auf und benutze ihn drei Tage oder eine Woche später auf der Bühne. Das mag berechnend klingen, und irgendwie ist es das auch. Andererseits: Das Gefühl ändert sich ja nicht dadurch, dass man es in seiner Gesamtheit erst etwas später durchlebt. Ein Mensch, dem etwas Furchtbares widerfährt, verfällt in einen Schock und beginnt erst später, die Sache zu verarbeiten, wenn er dazu in der Lage ist. Hier erledigt es also die Natur, das ist gewissermaßen das Gleiche. Und daraus ziehe nicht nur ich einen Nutzen, sondern alle Zuschauer, die ins Theater gekommen sind, um eine

Erfahrung zu suchen, um sich mit den Gefühlen der Figuren zu identifizieren und so ihre eigenen besser zu verstehen.

Rationalisierung, sagt Jukka. Er sagt es so, als wäre es etwas Schlechtes. Dann bin ich beleidigt, fange an, mich zu verteidigen, und schreie, woraufhin er mich irrational nennt, und jetzt ist *das* etwas Schlechtes. Wenn ich Jukka der Grausamkeit bezichtige, fragt er, ob ich jemals darüber nachgedacht habe, warum ich immer mit aller Gewalt mit älteren Männern zusammen sein will, deren Job es zu sein scheint, mich zum Weinen zu bringen. Aber Vater hat mich bis jetzt nicht zum Weinen gebracht. Ich habe immer gerne an ihn gedacht und fest geglaubt, dass das Gefühl ein gegenseitiges war, obwohl wir keinen Kontakt zueinander hatten. Aus irgendeinem Grund weiß ich das. Einige Male habe ich versucht, ihn zu benutzen, um weinen zu können, aber das hat nicht funktioniert.

Es ist komisch, welche Dinge einen zum Weinen bringen. Nicht die Bedeutendsten, sondern die Kleinen und Jämmerlichen. Ich schaffe es oft zu weinen, indem ich mich an die Schuhe erinnere, die ich hatte, als ich zehn war. Es waren vorne abgerundete braune Lederschuhe, die an den Spitzen so abgetragen waren, dass sie hell, fast weiß waren. Ich war ein so wildes Kind, dass ich Schuhe selbst in einen solchen Zustand bringen konnte, aber diese hatte ich von einer Cousine geerbt. Das macht sie noch trauriger. Ich sehe nach unten und sehe mich selbst. Ein wildes kleines Mädchen mit abgetragenen Schuhen, die an der Spitze ganz weiß sind.

Katariina Airaksinen

Teegesellschaft der Schimpansen.

Das ist mir sofort eingefallen, als ich mit den dreien zusammengesessen habe. Als man irgendwann Ende des 18. Jahrhunderts die ersten Schimpansen in europäische Zoos brachte, interessierten sich die Leute vor allem für deren Talent, sie und ihr Benehmen nachzuahmen. Deshalb bot man ihnen Tee an. Aus der täglichen Teegesellschaft der Schimpansen im Londoner Zoo wurde eine 50 Jahre lang anhaltende Tradition, die die Menschen fortdauernd entzückte und zum Lachen brachte. Sie sahen zu, wie ein Schimpanse Tasse und Untertasse nahm und sie auf den Tisch stellte, Zucker in die Tasse gab, Tee hineingoss und ihn abkühlen ließ, ohne davon zu trinken. Heute war eine Schimpansin Gastgeberin für drei weitere, stellte sich als kultiviert dar, imitierte gutes Benehmen, das ihr zur Unterhaltung der Zuschauer beigebracht worden war, obwohl sie am liebsten ihre gelben Zähne gezeigt und die anderen aus ihrem Revier rausgebrüllt hätte, aus dem Nest ihrer Jungen. Und die anderen nahmen an dem Ritual teil, das sie nicht verstanden, obwohl sie lieber die Jungen getötet, ihr Fleisch gefressen (endlich wieder Proteine in der obstlastigen Ernährung), ein wenig kopuliert hätten und verschwunden wären.

Auch die Fotos hat uns die ältere Katariina nur widerwillig gereicht, wie einer Fünfjährigen ein Neugeborenes. Die Jüngere nahm die Bilder mit ihren Händchen und hatte unmittelbar Tränen in den Augen. Alles, was sie berührt, alles, was sie ansieht, wird zuckersüß. Ihre Augen sind gezuckerte Veilchen auf einem Kuchen vom Konditor. Die Ältere sah eifersüchtig und verängstigt neben sich, bereit, sofort dazwischenzuspringen, wenn es nötig wäre. Markus saß neben der Jüngeren und versuchte, sie nicht anzusehen, obwohl er sie eindeutig viel interessanter fand als die Jugendfotos seines Vaters.

Ich habe sie angesehen, Menschen, die mir etwas bedeuten könnten, dies aber nicht tun, und denen ich völlig gleichgültig bin, wenn nicht sogar unangenehm, und ich fühlte mich furchtbar einsam. Die Teegesellschaft der Schimpansen amüsierte mich überhaupt nicht mehr. Mir wurde bewusst, dass ich gekommen war, weil ich nicht wollte, dass sie mich vergaßen oder nicht wussten, wie ich aussehe. Ich wollte, dass meine Halbgeschwister wissen, dass ich existiere. Jetzt wissen sie es, und? Nichts.

Ich habe eine Entschuldigung gemurmelt und bin in den Flur gegangen, um Danielle anzurufen. Sie ging dran, und ich fragte, ob sie vielleicht bei mir zu Hause sei. Das war sie, und ich stellte mir einen Moment mein Zuhause vor, meine sienafarbenen Laken, die Wände in der Küche, deren warmes Braun einem das Gefühl gibt, in einem Schokokeks zu wohnen. »Ist alles in Ordnung?«, fragte ich mit leiser Stimme, damit es keiner hörte. »Alles in Ordnung«, antwortete Danielle, »wie kommst du zurecht?« »Ganz gut«, antwortete ich, »Danielle, würdest du den Hörer an Lempis Ohr halten?« Und dann flüsterte ich, »hallo Lempi, ich hab dich so lieb«, und schloss die Augen, damit ich sein Schnurren besser hören und fast meine Hand in dem dicken seidigen Fell spüren konnte. »Mamis Kätzchen«, sagte ich zu ihm, »nur noch eine Woche, dann sehen wir uns wieder, Liebes. Tschüss.« Ich habe aufgelegt und mir die Nase geschnäuzt, als ich bemerkte, dass jemand in den Flur gekommen war.

Ich habe mich umgedreht und den Mann der älteren Katariina hinter mir stehen sehen. Er sah sofort, dass ich geweint hatte, obwohl er nur sagte, dass er auf dem Weg nach unten ins Labor sei. Aber er wirkte, als könne er etwas Tröstendes sagen, er ist genau der Typ Mann, von dem ein solches Verhalten zu befürchten ist, und ich dachte, dass er sich bestimmt einbildete, dass ich hier rausgelaufen war, um meinen Vater zu beweinen. Ich wollte auf keinen Fall, dass er so etwas von mir dachte, weshalb ich, noch bevor ich darüber nachdenken konnte, was ich sagte, losplatzte: »Ich hab meine Katze angerufen.«

Olli schwieg genau so lange, bis mir selbst bewusst wurde, wie blöd ich klang. Dann sagte er: »Klar«, und ging weiter, und ich wusste nicht, ob er wirklich meinte, dass die Sache klar war oder eher, klar, lass uns so verbleiben. Ich fühlte mich, als hätte ich versucht, etwas zu verheimlichen und dabei gleichzeitig etwas viel Schlimmeres verraten. Als hätte ich nur einen Rock an, nichts darunter und auch oben nichts, und als hätte ich, um meine Brüste zu bedecken, den Rock hochgehoben.

Ich bin auf die Toilette gegangen, um mir das Gesicht zu waschen und einen Schluck Wasser zu trinken, und dann zu den anderen zurück. Als ich ins Wohnzimmer zurückkam, hatte immer noch die jüngere Katariina die Fotos. Sie untersuchte sie aus einem halben Zentimeter Entfernung und wedelte dann mit ihnen in meine Richtung.

»Komm gucken«, sagte sie. »Sieh dir das an.«

Das Bild war alt, aber trotzdem glaubte ich, Markus vor mir zu haben. Die Ähnlichkeit war verblüffend.

»Kannst du das glauben?«, sagte die Jüngere. »Ist das nicht eine *verblüffende* Ähnlichkeit?«

»Eine gewisse Verwandtschaft vielleicht«, sagte ich. »Ich weiß nicht.«

Ich nahm das nächste Bild von der Jüngeren.

Mein Vater in mittlerem Alter. Korpulent, aufgedunsen, gebräunt. Er sah aus wie Eino Grön. Das fühlte sich aus irgendeinem Grund schlimm an.

»Na, hier siehst du, wie du mit fünfzig aussehen wirst«, sagte ich zu Markus und warf das Bild auf den Tisch.

Ich weiß nicht, ob es an Katariina Saarinens blonden Haaren lag oder ihrem kurzsichtigen Benehmen, aber plötzlich kam mir eine lange Zeit vergessene Erinnerung wieder ins Gedächtnis. Wir waren siebzehn, meine beste Freundin Johanna und ich. Johanna spielte Flöte, und ich tanzte Ballett, und ich versuchte sie davon zu überzeugen, dass wir Stars werden würden, obwohl sie schon klar entschieden hatte, dass die Flöte nur ein Hobby für sie war. Johanna war nett und hübsch, nicht furchtbar intelligent, aber ausreichend, und war mit Mikko Kiviniemi zusammen. Ich hatte immer im Gefühl, dass es irgendwo viel interessantere Jungen gab, solche, die in der Lage waren, die richtigen Dinge zu sagen, verzauberte Pfade zu öffnen, mir Geschichten und Gedichte und Musik zu bringen. In meiner Schule gab es solche nicht. Außer Mikko, der vernünftig war, aber mich ein wenig übertrieben gern mochte. Ich war eine Weile richtig widerlich zu ihm, und damit hatte es sich. Ich machte ihn mit Johanna bekannt, und sie begannen bald, miteinander zu gehen. Wir bewegten uns immer in einer großen Gruppe, und auch an jenem Abend waren wir sicher zu fünft oder zu sechst bei Mikko. Wir sahen uns ein Video an, und das Licht war aus. Mari, Jussi und ich saßen auf dem Sofa, Mikko auf dem Boden neben dem Sofa. Johanna saß auf dem Schreibtischstuhl, einen Meter von den anderen entfernt. Sie sah schlecht, war aber zu eitel, um eine Brille zu tragen. Sie hatte die Angewohnheit, den Mund leicht zu öffnen, das Kinn anzuheben und die Augen zusammenzukneifen. Später, als sie richtig schlecht sah, zog sie die Augen mit den Zeigefingern zu Streifen. Irgendwie schärfte das anscheinend den Blick.

Ich sah Johanna an, wie sie mit leicht geöffnetem Mund auf den Bildschirm starrte und dabei die Augen halb geschlossen hatte, als würde sie schlafen oder als wäre sie leicht schwachsinnig, das schöne blonde Haar fiel ihr über den Rücken. Plötzlich bückte ich mich zu Mikko und küsste ihn, legte meine Lippen auf seine Lippen, küsste ihn sanft, aber gleichzeitig grob, lange und tief. Dann richtete ich mich auf und setzte mich wieder hin und wandte meinen Blick dem Fernseher zu. Ich hatte ihn nicht einmal angesehen. Und Johanna auch nicht. Es schien, als sei es völlig egal, ob meine beste Freundin es sah oder nicht. Ich fühlte Triumph und prickelnde Heiterkeit, die dennoch überhaupt keine Freude beinhaltete, nur Bosheit. Ich starrte auf ihre blonden Haare, und dann drehte sich Johanna um und lächelte mich an. Wie ein Kind, aufgeschlossen, einfach so. Ich erwiderte das Lächeln. Sie wandte sich wieder dem Fernseher zu. Ich schaute geradeaus.

Ich spürte, dass Mikko mich ansah wie ein trotteliger Verbündeter. Ich hätte ihm einen Tritt versetzen können. Idiot. Du hast den Test nicht bestanden. Du hast zurückgeküsst. Völlig bereit zu betrügen, im Bruchteil einer Sekunde.

Katariina weiß, dass die Sachen des Vaters nicht ihr allein gehören. Sie wollte sie nicht einmal bei sich zu Hause haben. Und jetzt will sie nicht, dass die anderen sie sehen oder anfassen. Sie muss sie zeigen, sie können davon nehmen, was sie wollen. Von den Kleidungsstücken und Büchern aussuchen und mitnehmen, was sie wollen. Katariina verabscheut den Gedanken und schämt sich. Sie zieht die Teegesellschaft hinaus, so dass sie die Geschwister nicht nach oben bringen und ihre Schätze aufgeben muss.

»Wusstet ihr, dass ihr halbe Ostbottnier seid?«, fragt sie. Alle scheinen das zu wissen.

»Wie findet ihr das?«, erkundigt sie sich.

Markus zuckt mit den Schultern.

»Wusstet ihr, dass man zur Zeit des Großen Unfriedens Sklaven aus Ostbottnien nach Persien gebracht hat?«, fragt Katariina Airaksinen.

»Ich wusste das«, antwortet Katariina.

Katariina Airaksinen sieht enttäuscht aus.

»Ach Quatsch«, sagt Katariina Saarinen.

»Natürlich«, antworten die anderen Katariinas.

»Die Kosaken«, bekräftigt Olli. »Blinde Raubzüge, raubten Menschen und Dinge.«

»Sollen wir einen Ausflug nach Ostbottnien machen?«, fragt Katariina Saarinen kurz darauf. Sie fängt den Satz vorsichtig an, die Idee kommt ihr eindeutig gerade in den Sinn, und sie begeistert sich zugleich dafür. »Ein Ausflug in unsere Geschichte, unsere Vergangenheit«, fährt sie fort. »Zu Vater. Zu uns selbst.« Sie sieht die anderen fragend an.

Katariina weiß nicht, was die anderen denken, aber sie selbst kann sich nichts Schrecklicheres vorstellen.

»Die ostbottnischen Frauen«, sagt Olli munter in das Schweigen hinein, »sind die einzigen finnischen Frauen, nach deren Meinung die Größe des Penis wichtig ist.«

Katariina Airaksinen lächelt zum ersten Mal. Die Grübchen dringen tief in die Wangen. Die anderen schweigen.

»Angeblich«, fügt Olli hinzu.

Auf bizarre Weise ist die Ostbottnien-Sache damit erledigt.

»Wie habt ihr euch eigentlich kennengelernt?«, fragt Katariina Airaksinen Olli und zeigt in Katariinas Richtung. Sie klingt, als handele es sich um ein größeres Wunder.

Olli sieht Katariina an, sie versuchen innerhalb einer Sekunde zu entscheiden, wer anfängt zu erzählen und in welchem Ton die Geschichte erzählt wird. Katariina wählt sich als Erzählerin. Sie legt die Hand auf Ollis Knie, sieht ihn an, lächelt.

»Wir haben uns am Gründonnerstag in einer Fotoausstellung getroffen«, sagt sie direkt zu Katariina Airaksinen. »Wir haben uns einen Moment unterhalten, dann bin ich gegangen, und am nächsten Tag, Karfreitag, sind wir beide zurückgekommen. Es war Feiertag, und wir trafen uns an der Tür. Ohne Verabredung.«

Katariina sieht wieder Olli an, der nichts sagt.

»Eine wirkliche Leidens- und Leidenschaftsausstellung, sagt Olli immer«, sagt Katariina.

Sagt Olli immer, außer jetzt.

Auf Katariina Saarinen machen die Leidenschaften anderer keinen Eindruck. »Habt ihr Vater jemals getroffen?«, fragt sie heiter, vielleicht zu sorglos.

Alle schweigen. Sie haben Angst vor der Antwort der anderen.

»Ich habe ihn nicht getroffen«, antwortet Katariina in der Pflicht der Erstgeborenen.

»Hätte er dich treffen wollen?«

»Ja«, sagt Katariina. »Er hat einmal angerufen. Ich habe gesagt, dass es nicht passe. Ich ginge nicht mit fremden Männern aus. Ich war dreizehn.«

»Hat er noch mal angerufen?«

»Nein. Hat sich sicher nicht getraut.«

»Ich habe ihn oft getroffen«, sagt Markus. »Wir sind zusammen essen gegangen, seit ich ein kleiner Junge war. An Vatertagen, Abschlussfeiern, Geburtstagen, und noch öfter, als ich erwachsen wurde.«

»Es ist ihm mit einem Jungen sicher leichter gefallen«, schlägt Katariina vor.

Markus blickt drein, als sei er zu höflich, um zu sagen, was er wirklich denkt.

»Und mit jemandem, der nicht prominent ist«, sagt Katariina Saarinen.

Sie trinken Tee.

»Meine Mutter hat erzählt, dass Vater darauf gewartet hat, dass ich groß genug bin, dass er mir Jeans kaufen kann«, sagt Katariina dann. »Damals gab es Jeans erst für Dreijährige. Er wollte mir Jeans anziehen und mit mir in die Stadt gehen.«

»Warum?«, fragt Katariina Airaksinen. »Was steckte da für ein Gedanke dahinter?«

»Weiß ich nicht«, antwortet Katariina. »Wahrscheinlich dachte er, dass ich gut aussehen würde, und er würde gut aussehen, und dann würden uns die Eisverkäuferinnen für süß halten.«

»Und, haben sie das?«, fragt Katariina Saarinen.

»Er hat es nicht geschafft, lange genug zu warten«, antwortet Katariina.

Als Katariina Saarinen sagt, dass sie nun die Sachen des Vaters sehen will, fällt Katariina nichts ein, um es hinauszuzögern. Sie bittet die Geschwister, ihr nach oben zu folgen, und führt sie in ihr Zimmer.

»Ein eigenes Zimmer«, sagt Katariina Airaksinen. »Wie ein Kind.«

»Das ist eigentlich ein Arbeitszimmer, von uns beiden, aber ich benutze es vor allem«, sagt Katariina. »Ist da was dabei?«

»Nein, nichts«, antwortet Katariina Airaksinen.

Katariina hebt die Kartons aus dem Schrank auf den Boden.

Die beiden anderen Katariinas und Markus setzen sich auf den Boden. Katariina selbst bleibt stehen. Sie hält sich im Hintergrund, das ist besser so. Sie sieht von hier aus nur zu, aus der Höhe und von weitem, wie sie Vaters Sachen mit den Pfoten berühren und sie ihr wegnehmen.

Kosaken.

Katariina Saarinen streicht über die hellblauen Hemden des Vaters und ein paar Krawatten. Sie hält sich eine Krawatte an die Wange, schnuppert daran und drückt sie wieder an die Wange.

»Schöne Seide«, sagt sie.

Katariina Airaksinen streckt die Hand aus und reibt ein paarmal mit Daumen und Zeigefinger auf dem Stoff der Krawatte entlang.

»Polyester«, sagt sie. »Schade natürlich. Es wäre angenehmer zu denken, dass Vater mit einer Seidenkrawatte am Hals gestorben ist.«

Katariina Saarinens Augen füllen sich mit Tränen. Markus sieht Katariina Airaksinen böse an.

»Ich erinnere mich gut an diese Hemden«, sagt er dann. »Vater hatte immer noch fast meine Maße. Obwohl er doch schon so alt war.«

»Du kannst sie ja nehmen«, schlägt Katariina Saarinen vor. Sie kniet sich hin und hält ein blaues Hemd vor Markus, drückt es gegen seine Brust. Markus misst die Hemdsärmel ab.

Katariina mischt sich aus der Höhe in die Sache ein.

»Würde sich das nicht anfühlen, als würdest du seinen Körper anziehen? Ein Hemd, das aus seiner Haut genäht wurde?«, fragt sie.

Markus und Katariina Saarinen sehen sie voller Empörung an.

»Das scheint nicht wirklich mein Stil zu sein«, sagt Markus.

Die Hemden bleiben im Karton.

Katariina Saarinen blättert in *Sinuhe, der Ägypter* und wirft das Buch dann zurück in die Kiste. Markus fängt es mit der Hand auf.

»Das würde ich nehmen. Mehr brauche ich nicht.«

Die anderen starren auf das Buch.

»Sofern keiner was dagegen hat«, fügt er dann hinzu.

»Wohl nicht«, sagt Katariina Airaksinen.

Katariina sagt nichts.

Katariina Saarinen hat immer noch das Hemd in der Hand.

»Wenn ich das Hemd hier anziehen würde, würde ich mich fühlen, als säße ich auf Vaters Schoß«, sagt sie trotzig. »Ich nehme das.«

»Ich will nichts«, sagt Katariina Airaksinen und steht auf.

»Das hier ist alles?«, fragt Markus.

Katariina erwidert Markus' Blick direkt. Sie blickt nicht zu dem Radio, das auf dem Schreibtisch steht und auf Classic FM eingestellt ist.

»Das ist alles«, sagt sie. »Mehr gibt es nicht.«

Einige Augenblicke später macht Katariina hinter den jüngeren Katariinas und Markus die Tür zu. Weg sind sie, dem Himmel sei Dank. Sie haben noch eine Fährfahrt vor sich. Katariina ist sich völlig sicher, dass Katariina Airaksinen auf Suomenlinna bleibt, sich einen Vorwand einfallen lässt, damit sie nicht mit derselben Fähre wie die anderen fahren muss. Katariina Saarinen und Markus fahren zu zweit. Vielleicht sitzen sie sogar nebeneinander und tauschen ein paar normale Sätze aus. Erzählen einen Augenblick von sich, von der Arbeit, der Freizeit.

Katariina betrachtet die Sachen des Vaters, während sie sie in den Schrank zurücklegt. Diesmal sagen sie ihr nichts. Das können sie nicht, ebenso wie ihre Halbgeschwister das nicht konnten. Kari Saarinen ist wie Marco Polo, denkt Katariina. Der größte Teil der Menschheit denkt, dass Marco Polo existiert hat, dass er Wirklichkeit ist, weil man sagt, dass er Reiseerinnerungen geschrieben hat. Und trotzdem ist es durchaus möglich, dass Marco Polo gar nicht existierte. Jemand anderes oder einige andere können über Reisen nach China geschrieben und dann behauptet haben, es seien die Aufzeichnungen eines venezianischen Kaufmannsjungen. Kari Saarinen scheint eine ebenso unwahrscheinliche Person zu sein. Natürlich hat Katariina davon gehört, dass der Vater existierte. Über ihn und sein Leben gibt es verschiedene Dokumente. Belege. Zeugnisse. Die Geburtsurkunde, das Abschlusszeugnis, die Magisterunterlagen (nein, die nicht), Quittungen, Rezepte. Man weiß, dass er zur Arbeit ging, seine Stechkarte stempelte, seine Arbeitsverträge und die Papiere für den Geschäftswagen und das Telefon unterschrieb. Es gibt auch Fotos von ihm, aber auch von Shakespeare gibt es Zeichnungen, und dennoch hat er vielleicht nie existiert.

Mein Vater ist das Produkt meiner Phantasie, denkt Katariina. Er ist das Produkt der Phantasie von jedem von uns. Von meiner, der meiner beiden Schwestern, der meines Bruders. Von jeder der Ehefrauen. Vier Frauen haben geglaubt ihn zu kennen, aber sie haben niemanden gekannt. Er war niemand. Niemand existierte.

Katariina Airaksinen

Aus Höflichkeit bin ich mit meiner Halbschwester und meinem Halbbruder zusammen den gleichen Weg zum Ufer gegangen, aber ich wollte nicht mit ihnen auf derselben Fähre fahren. Ich meinte, ich müsse noch in den Siwa-Markt, geht ihr nur, die Fähre fährt gleich. Sie haben nicht protestiert.

»Wir sehen uns dann …«, fing die jüngste Katariina an, konnte den Satz aber nicht zu Ende führen.

»Auf der Beerdigung«, brachte ich ihn für sie zu Ende.

Ich ging in den Siwa, und sie rannten halb zur Fähre. Nachdem die Fähre weg war, ging ich zum Hafen, um auf die nächste zu warten. Die Sonne brannte mir auf die linke Wange. Ich stand dort herum und sah mir die Leute an, die vorbeigingen, roch ihren Duft, Parfüms, Zigarettengeruch. Komisch, mir kam es immer so vor, als stünde es Menschen, die ein Piercing haben, überhaupt nicht zu, Sport zu machen. Als hätten sie mit dem Einsetzen eines Rings in die Nase versprochen, nie mehr Sport zu treiben, ebenso wie man verspricht, nicht mehr zu betrügen, wenn man einen Ehering entgegennimmt. Beides stimmt natürlich nicht.

Ich hätte nicht fragen sollen, wie sich die ältere Katariina und ihr Mann kennengelernt haben. Das war ein peinlicher Moment, für Katariina war es so wichtig zu erzählen, dass die Begegnung ein echtes Wunder war, und ihr Mann ist nicht darauf eingegangen. Normalerweise antworten die Leute, wenn man sie fragt, in was sie sich beim anderen verliebt haben, »in ihren Sinn für Humor« oder »weil er das Gegenteil von mir ist« oder »weil wir genau gleich sind«. Sehr selten, wenn überhaupt, ist das der wahre Grund, und die meisten Menschen finden nie heraus, was er ist. Ein schönes Lächeln, ein perfekter Körper oder wie die Haut des anderen sich anfühlt sind viel realere Gründe, sie klingen nur oberflächlicher, und deshalb traut man sich nicht, sie zuzugeben, aber es ist nicht oberflächlich, sondern Biologie. Und dann gibt es psychologische Gründe, von denen der üblichste der ist, dass man mit dem auserwählten Menschen genauso unglücklich sein darf, wie man es gewöhnt ist.

Als ich Dino auf der Betriebsfeier kennenlernte, war ich kein bisschen an ihm interessiert. Er war so zufrieden und fröhlich und wissentlich gutaussehend, dass er überhaupt nicht interessant war. Er war irgendwie zu perfekt und sich alldessen bewusst. Er war ein guter Gesprächspartner und hatte Sinn für Humor, hatte die richtigen Bücher gelesen und die richtigen Orte bereist und machte den richtigen Sport. Ich erwähnte das ihm gegenüber, und er sagte: »Darauf bin ich schon mal aufmerksam gemacht worden. Und man hat mir gesagt, du bist genau einer von diesen Söhnen aus einer reichen Familie.« Dann lächelte er.

Als ich sein Lächeln sah, wurde mir bewusst, wie glücklich er darüber war, dass man ihn für den Sohn einer reichen Familie hielt (in diesem Moment wusste ich mit völliger Gewissheit, dass er das nicht war), und wie wunderbar es für ihn war, das laut auszusprechen. Du bist einer von diesen Söhnen aus reicher Familie. Die Worte prickelten in seinem Mund und breiteten sich in seinen Zellen aus wie Champagner. Als er das sagte, fühlte er sich einen Moment so, als sei es wahr, sein großer Traum war wahr, und er war vollkommen glücklich.

Ich sagte: »Um was wetten wir, dass du das nicht bist?«

Von diesem Moment an hatte Dino mich auf dem Kieker. Ich verkörperte plötzlich all die Menschen, die ihn im Gymnasium für nicht gut genug gehalten, sich wegen seiner selbstgenähten Kleider in der Grundschule über ihn lustig gemacht hatten, über die Jeans, die seine Mutter versucht hatte, der neuesten Mode entsprechend zu nähen, und die sie auch noch selbst zu verbessern versuchte. Jetzt war er natürlich erwachsen, er kaufte sich selbst seine Klamotten, seine Sportutensilien, bezahlte seine eigenen Reisen, jetzt war er reich oder hatte zumindest ein gutes Auskommen. Aber das wollte Dino nicht. Er wollte kein reicher Mann sein. Er wollte der Sohn aus einer reichen Familie sein. Das ist etwas ganz anderes.

Dino umwarb und missachtete mich abwechselnd schon an diesem ersten Abend, das war seine Taktik, und sie funktionierte. Er sagte, er habe mich schon lange in seiner Vorstellung ausgezogen und dass ich seiner Meinung nach keine solche Top-Bilanzbuchhalterin sei wie viele andere (sicher er selbst), eigentlich nicht sonderlich gut, dass er mich aber in seine Wohnung mitnehmen wolle, damit wir uns mit dem Fernrohr die Sterne ansehen könnten. Dann küssten wir uns, und er beschwerte sich, dass ich zu hart küssen würde, aber ich spürte deutlich, dass sein Körper da anderer Meinung war. Ich sagte ihm das, und er bat mich, einen Moment zu warten, bis er eine Sache erledigt habe (welche Sache?, zum Teufel). Ich wartete, bis mir klarwurde, dass er mich hatte sitzenlassen, und statt nach Hause zu gehen, suchte ich ihn. Damit begann ein drei Jahre dauernder Wettkampf darum, wer den anderen zuerst verlässt oder am häufigsten, und wer es besser schafft, so zu tun, als sei er nicht verletzt. Von außen betrachtet, waren wir ein richtig tolles Paar, wir hatten den gleichen Beruf, reisten viel, sahen ganz gut aus, waren intelligent und angemessen humorvoll. Nichts davon war der Grund dafür, dass wir zusammen waren. Für unsere Beziehung gab es komplizierte psychologische Gründe, und wenn man mich fragt, wären biologische viel besser gewesen.

Nach drei Jahren war die Beziehung zu Ende, zum Glück. Zu dieser Zeit habe ich nichts genommen. Kein einziges Mal. Das brauchte ich nicht. Ich war auch so unglücklich genug. Wenn ich erst fünf Jahre später schwanger geworden wäre, hätte ich so sehr ein Kind gewollt, dass ich es behalten hätte, und wir hätten uns den Rest unseres Lebens quälen können, noch wirksamer, wenn man bedenkt, wie viel man mit Kindern herausholen kann, vor allem nach einer Trennung. Damals wollte ich es nicht, und ich trennte mich gleichzeitig von Dino. Dinos Schwester Danielle blieb meine Freundin. Sie kommt Lempi hüten, wenn ich einen Auftrag über ein oder zwei Wochen habe. So ist sie gewissermaßen doch zu meinem Babysitter geworden. Mit in die Klinik zu kommen, darum bat ich nicht einmal sie. Obwohl die Schwangerschaft mit Medikamenten abgebrochen wurde, war die Abteilung ein so trauriger Ort, dass man ihn nur ganz allein ertragen konnte. Die Gänge und Zimmer voller weinender Frauen, das Klobecken voller Kinder, die keiner wollte.

Das Warten auf Vaters Beerdigung ist ein bisschen wie das Warten auf die Abtreibung. Beides dauert gleich lang, ungefähr zwei Wochen. Das ist eine lange Zeit, viel zu lange. Jeder Moment ist zu lang für die konfusen Gefühle, weil ein anderes Wesen – zum Teil das eigene Selbst, aber auch anders und fremd – in einem wächst. Und man kann es nicht erwarten, es endgültig loszuwerden, das Wesen genauso wie die unerträgliche Trauer, die es erzeugen würde, ließe man es zu, sie zu empfinden.

Helena

Elina und ich saßen auf der Fähre zurück nach Suomenlinna, als sie nach langem Schweigen fragte: »Lelu, was ist narzisstisch gestört?«

»Wo hast du denn den Ausdruck gehört?«, fragte ich.

»Als Silja und Mama geredet haben«, antwortete sie. Silja ist die Mutter von ihrem Freund Rasmus. Eigentlich eine anständige Person, aber von diesem schrecklichen Typ Frau, der der Meinung ist, wir wären alle Schwestern und man könnte deshalb zwei Minuten nach dem Kennenlernen über seine Ausflüsse reden.

»Das ist ein Mensch, der nicht glücklich sein kann und auch nicht will, dass andere das sind«, sagte ich. Eine ziemlich lahme Erklärung, aber mir fiel auf die Schnelle keine bessere ein, obwohl ich mehrere Bücher zu dem Thema gelesen hatte. In den Siebzigern kannte man diese Krankheit noch nicht, so wie man vor ein paar hundert Jahren noch nichts von Schizophrenie wusste. Dann wurde sie entdeckt, oder vielmehr hat man ihr einen Namen gegeben, wahrscheinlich deshalb, weil sie plötzlich, wie auch andere psychische Krankheiten, häufiger auftrat. Es ist eine ausweichende, nicht greifbare Diagnose, wie eine Diskussion mit einem Menschen, der an einer narzisstischen Störung erkrankt ist.

Natürlich denkt Katariina darüber nach, ob ihr Vater ein Narzisst war. In den Frauenzeitschriften ist ja von nichts anderem die Rede. »Sind Sie Opfer eines Narzissten?« »Ich war das Opfer eines Narzissten!« Menschen, die man früher als eifersüchtig oder Idioten bezeichnet hat, sind heute alle Narzissten. Aber natürlich gibt es wirklich Menschen, die an narzisstischen Störungen leiden. Kari mag betroffen gewesen sein. Das würde verständlicher machen, warum er immer wieder eine Familie gegründet hat, obwohl er das Familienleben eindeutig nicht ertrug. Man könnte meinen, dass er mit allen Mitteln versucht hätte, Bindungen zu vermeiden. Aber er kann natürlich ein klassischer Narzisst gewesen sein, einer, der immer einen Stützpunkt braucht (die Familie), und ansonsten sein eigenes, unbeständiges Leben führt, in dem die Menschen und die Arbeitsplätze und die Frauen und die Lügen wechseln. Andererseits blieb bei ihm auch der Stützpunkt nicht derselbe, selbst den tauschte er aus.

Mich ärgert das ganze Gerede über Narzissmus heutzutage. Die Eltern eines Narzissten waren angeblich zu streng oder zu nachgiebig, zogen zu scharfe Grenzen, oder es gab überhaupt keine. So ein Quatsch. Nach solchen Kriterien könnte jeder x-Beliebige narzisstisch gestört sein. Man beachtet meiner Meinung nach die genetischen Faktoren zu wenig, die die Persönlichkeit prägen. Vielleicht hatte Kari weniger Monogamie- und ihn an seine Brut bindende Oxytocinrezeptoren als üblich. Unausgeglichenheiten im Gehirn können von winzigsten chemischen Abweichungen abhängen. Das scheint furchtbar willkürlich. Eine Depression kann mit Aminosäuren zu tun haben, damit, dass in einem kleinen, 1335 Buchstaben langen DNA-Abschnitt der 192. Buchstabe ein A und kein G ist. Das führt dann zu einem geringfügig veränderten Protein mit Methionin anstatt Valin auf Position 66 der Aminosäurenkette. Und voilà, kommt die betroffene Person morgens nicht aus dem Bett.

Erklärungen gibt es genug. Aber wem helfen sie? Ist es leichter zu ertragen, dass man verlassen wurde, wenn man weiß, dass es an fehlendem Oxytocin lag?

Vielleicht ist es das, oder vielleicht auch nicht. Oder nur manchmal.

Olli

Interessante Truppe, diese Halbgeschwister von Katariina. Der junge, zu korrekt angezogene Businesstyp war offensichtlich Vaters Goldjunge. Die Schauspielerin hat ohne Pause gelächelt. Anders als die mittlere der Schwestern. Zuerst dachte ich, dass sie nie lächelt, zumindest nicht in meiner Anwesenheit, nachdem ich sie im Flur erwischt hatte, wie sie ihre Katze anrief. (Das war überraschend unangenehm, so ein intimes Zusammentreffen mit einer unbekannten Person. Wie manchmal in einem vollen Café oder Zug, wenn man sich auf einen Platz setzt, von dem gerade jemand aufgestanden ist, und man die Wärme seines Hinterns unter dem eigenen Hintern spürt.) Aber dann lächelte sie überraschend doch über die Ostbottnien-Geschichte. Es sah aus, als wäre lächeln furchtbar qualvoll für sie, als hätte sie eine Krankheit, einen Tumor im Hals oder Hirn, und lächeln würde ihr am meisten von allem weh tun, so dass sie es um jeden Preis vermied. Aber wenn sie es dann hinbekommt, wirkt es wie ein schüchternes und kluges Lächeln. Sie versucht nicht, jemandem zu gefallen oder Eindruck zu machen. Sie erinnert irgendwie an Katariina, ist aber mutiger (verzweifelter?). Auch Katariina schert sich nicht darum, was man über sie denkt, aber das liegt daran, dass sie sich das Alleinsein aussucht, von Anfang an ausgesucht hat. Als würde sie sagen: Mir ist egal, ob ihr mich mögt oder nicht, weil ich sowieso nicht vorhabe, etwas mit euch zu tun zu haben und euch euer Mögen oder Nicht-Mögen vor Augen zu führen. Katariina Airaksinen wiederum schert sich nicht darum, ob die Menschen sie mögen oder nicht, ist aber gerüstet für ein tagtägliches Leben auch mit denen, die sie nicht mögen. Katariina Saarinen wäre zu beidem nicht imstande, nicht dazu, allein zu sein, und auch nicht, jemanden zu ertragen, der sie nicht mag, und deshalb versucht sie, allen zu gefallen.

Es wäre unterhaltsam gewesen, mit Katariina über ihre Geschwister zu reden. Beobachtungen zu vergleichen, zu überlegen, wie sie wohl sonst so sind, eine Geschichte für sie zu erfinden, ein wenig über sie zu lachen. Dann würden sie entsprechend unbedeutender werden. Aber dazu gab es eigentlich keine Gelegenheit. Katariina hat nichts über sie gesagt. Sie hat über das Lamm geredet, ist aufgestanden, um Salz und eine Schüssel für die Kartoffelschalen zu holen, um ein Gespräch zu vermeiden. Sie hat sich nach meinen Aufträgen erkundigt, und bevor ich es merkte, haben wir darüber geredet, über das Flugzeug, das ich fotografiert hatte, und über einen Musiker, und wir haben kein Wort über die Geschwister verloren.

Elina sitzt auf dem Fensterbrett und macht Fotos. Ich betrachte ihre kleine, perfekte Gestalt.

Ich begreife nicht, warum Katariina nicht über ihren Vater reden kann und die Sache verarbeiten. Zuerst hat er gar nicht existiert. Jetzt, wo er existiert (als Toter!), wird er abwechselnd oder gleichzeitig dämonisiert und für heilig erklärt. Völlig verrückt. Dabei war er ziemlich normal. Sogar nachvollziehbar, wie er sich verhalten hat. Damit meine ich nicht, dass ich dieselbe Wahl treffen würde. Aber es ist trotzdem irgendwie beneidenswert, wenn man den Mut hat, sich um absolut nichts und niemanden zu scheren. Manchmal versuche ich mir vorzustellen, wie das wäre. Ich habe ein Kind, er hatte vier. Ich habe eine Frau, er hatte vier. Ich stelle mir vor, wie es wäre, Elina und Katariina nicht zu haben. Wenn es nur mich gäbe, sonst niemanden. Wenn ich nicht dauernd an sie denken, nicht über Elina reden und mir über ihre Zukunft Sorgen machen würde. Ich wäre ich selbst als junger Mann, dieser eigene Teil von mir, der ich immer gewesen bin. Ich würde weitergehen, zum nächsten Ort, ohne Lasten, ohne Verantwortung. Es gäbe nur mich. Ich kann mir das nicht mehr vorstellen, und darum beneide ich ihn gewissermaßen. Ich wollte nicht leben wie er, aber dieses Gefühl gern für einen Moment lang stehlen.

»Papi«, sagt Elina zu mir, ohne den Kopf zu wenden, sie macht immer noch Fotos durchs Fenster. »Was hat Gott für eine Kamera?«

Einen Augenblick stelle ich mir vor, dass ich keine solchen Gespräche mehr mit ihr führen würde, dass ich die Liebe, die aus ihrem Gesicht strahlt, nicht mehr sehen dürfte. Um mich herum breitet sich Wüste aus. Ich bin ein kasachisches Fischerboot, verrostet, ein Eisenhaufen, der inmitten der Trostlosigkeit, die früher der Aralsee war, zum Stillstand gekommen ist.

»Eine Leica«, antworte ich und versuche, meine

Stimme stabil zu halten. »Mit einem riesigen Teleobjektiv, so dass er nie einen Blitz braucht.«

»Rapps«, macht der Abzug. »Rapps.«

Katariina

Am Abend sitzt Katariina im Bett, trägt Handcreme auf, schafft eigentlich nicht einmal das, in jeder Sekunde, die sie sich bewegt, schmerzt ihr Körper. Sie will schlafen, in einen Traum fliehen, verkraftet es im Grunde nicht, auch nur einen Gedanken zu fassen. Wenn es doch nur einen Knopf gäbe, um sie auszuschalten. Sie würde ihn drücken und daneben auf einen Zettel schreiben: Bitte nicht einschalten.

Katariina nimmt die Ohrringe ab, kleine goldene Haken, an denen gelbe Quarzsteine hängen. Sie ist gerade dabei, sie in die Nachttischschublade zu legen, als Olli in der Schlafzimmertür auftaucht.

»In gewisser Weise verstehe ich deinen Vater«, sagt er zu Katariina.

Katariina hat das Gefühl, diese Diskussion nicht zu ertragen. Sie wünscht, Elina würde kommen und Olli um etwas bitten und ihn mitnehmen. Katariina hat den ganzen Tag gewartet, dass jemand kommt und sie von der Person erlöst, mit der sie gerade zusammen ist. Dass Helena sie von Elina erlöst und Olli sie von ihren Geschwistern, Helena von Olli und Elina von Helena, Olli von Elina und Elina von Olli. Dass sie am Ende ganz allein sein darf und niemand etwas von ihr will.

»Ich geh schlafen«, sagt Katariina. »Morgen früh muss ich ins Studio.«

Olli erklärt, dass er sich einen flüchtigen Moment lang vorstellen könne, wonach Katariinas Vater strebte und wie er leben wollte, seine Verantwortung aufgeben und nur er selbst sein.

Katariina hört die Worte »einen flüchtigen Moment lang« und auch »sich vorstellen« nicht. Sie hört eigentlich nicht falsch, sie hört das, was sie befürchtet zu hören. Katariina hört, dass sich Olli nach seinem Leben vor seinem Dasein als Vater sehnt. Sie sieht, wie Ollis Blick innehält, als er Worte sucht, um sein Gefühl zu beschreiben. Olli lehnt in T-Shirt und Boxershorts am Türrahmen, ein Fuß über dem Knöchel des anderen, die Arme vor der Brust gekreuzt, die Hände tief unter den Achseln, es sieht aus, als wären sie vom Handgelenk an amputiert, nur Stümpfe übrig. Dann setzt er sich auf den Bettrand, und während er redet, die richtigen Worte sucht, fängt er an, sich an den Oberschenkeln zu kratzen.

Würde Olli, statt sich an den Oberschenkeln zu kratzen, die Ellbogen auf die Knie und den Kopf auf die Hände stützen, würden seine Worte Katariina nicht so sehr verletzen. Eine solche Haltung ist eine ernste, leidende, philosophische Haltung, die zu diesem Gespräch passen würde. In einer solchen Haltung läge der gleiche Schmerz, die gleiche steinerne Endgültigkeit wie in der Mitteilung, die Katariina vorgibt zu verstehen.

Das Kratzen am Oberschenkel stattdessen ist eine alltägliche, unangenehme Geste. Olli kratzt nicht so, als würde der Oberschenkel jucken, sondern lange, in

Gedanken, ohne überhaupt zu bemerken, was er tut. Während er sitzt, dehnt sich seine Oberschenkelmuskulatur bogenförmig über das Bett aus. Katariina sieht nicht nur die schwarzen, rosshaarähnlichen Haare auf den Oberschenkeln, sie hört auch, wie Ollis Nägel sie streifen. Kratzen am Oberschenkel ist für Katariina etwas Anstößiges, wie wenn man auf der Straße einem anderen ins Ohr rülpst oder aus kurzer Entfernung auf den Kopf spuckt. Eine solche Geste besagt für sie, dass Olli sich in der vorgetragenen Sache Elina oder ihr gegenüber nicht respektvoll verhält. Mit dem Kratzen am Oberschenkel zeigt Olli all die Respektlosigkeit und den Mangel an Wertschätzung, die er seiner Frau und dadurch seiner Tochter gegenüber empfindet.

Katariina streckt den Arm aus und macht die Nachttischlampe aus, mitten in Ollis Satz, als würde sie ihm die Tür vor der Nase zuschlagen.

Olli verstummt. Katariina legt sich hin und zieht sich die Decke über den Kopf. Sie fürchtet sich vor dem, was Olli als Nächstes tun wird, auch wenn sie nicht weiß, warum. Olli sagt kein Wort mehr. Katariina schließt in der Dunkelheit die Augen, bis Olli geht. Dann öffnet sie sie.

Am nächsten Morgen wacht Katariina früh auf, immer noch zugleich erschrocken (weil sie die Lampe ausgeschaltet hat) und zornig (weil Olli sich am Oberschenkel gekratzt hat). Olli ist irgendwann in der Nacht gekommen und hat sich neben sie gelegt. Er schläft weiter, als sie aufsteht.

Katariina geht Elina wecken. Elina öffnet ihre

grauen Augen, die Wangen sind noch von der Wärme des Schlafs gerötet, und richtet den Blick an die Decke. »Heute werde ich«, sagt sie (und sieht so verträumt, so entschlossen aus, als würde sie sich vornehmen, Missionarin zu werden), »heute werde ich in der Schule mein Federmäppchen fertig nähen.«

Katariina gibt Elina einen Kuss auf die Wange, die Wärme der Wange ist schon zu spüren, bevor sie sie mit den Lippen berührt.

Elina wischt den Kuss weg.

Katariina sagt: »Ab ins Bad.«

Katariina geht in die Küche, um ihrer Tochter das Frühstück zu machen. Sie selbst isst nichts, nimmt nur Vitamintabletten und trinkt ein Glas Wasser mit Zimmertemperatur.

»Iss jetzt, dann gehen wir«, treibt sie Elina an, die in aller Ruhe in ihr Toastbrot beißt und Kakao trinkt.

»Warum bringt Papi mich nicht?«, fragt Elina.

»Weil ich dich bringe«, antwortet Katariina.

»Gee ee äm ee ii än«, sagt Elina und trinkt den Rest des Kakaos. Sie würde lieber mit Olli gehen. Sie würden übers Fotografieren reden und darüber streiten, wer gefurzt hat und worüber sie jetzt miteinander reden könnten. Elina würde fluchen dürfen, und Olli würde nicht eingreifen, im Gegenteil, er würde sich darüber amüsieren, dass nach Meinung einer Siebenjährigen das neue Objektiv verdammt gut ist. Elina würde Olli nie wegen irgendetwas verurteilen. Würden Katariina und Olli sich trennen, würde Elina bei Olli bleiben, nicht bei ihr. Falls Olli sie bei sich haben wollte. Er würde denken, Katariina hätte Mitleid mit ihrer Tochter, die ihren unzuverlässigen Vater so liebt. Aber sie hat kein

Mitleid, kein bisschen. Im Gegenteil. Sie sieht Elina an, deren unbeschwerte Gesten, auf die sie normalerweise so stolz ist, und dieses ganze gleichmütige, ungestörte Wesen ärgert sie unsäglich. Elina hat einen kleinen Kakaoschnurrbart in den Mundwinkeln, als sie das Wort *lecker* in den Tassenboden schabt und Buchstabe für Buchstabe in den Mund löffelt. Tasse und Löffel schellen wie eine kleine, aus dem Takt gekommene Kirchenuhr, wie ein Porzellanherz, das eine Rhythmusstörung hat.

»Psst«, zischt Katariina. Elina sieht sie überrascht an.

»Papi schläft noch«, sagt Katariina missbilligend.

»Warum bringt Papi mich nicht?«, fragt Elina.

»Man fragt nicht dauernd dasselbe«, sagt Katariina. »Papi ist müde. Er schafft es nicht, dich zu bringen.«

»Ah«, sagt Elina und klingt beleidigt.

Katariina ist zufrieden. »Los, komm schon«, sagt sie.

Draußen regnet es, und der Wind drückt einem so stark in den Rücken, dass Elina fast hinfällt und auch Katariina um ein Haar. Während der schlimmsten Windstöße halten sie sich an einem Strommast fest. Es regnet waagrecht und zwischendurch gleichsam wie von unten nach oben. Montagmorgens ist das Wetter oft durcheinander, denkt Katariina, als würde die Natur nach einem Wochenende der Ausflüge und Vergnügungen Disziplin und Ordnung wieder aufrichten, falls irgendwer welche hat. Oder als würde sie ausgeruht und entspannt ihre Glieder strecken, was einiges Knarren und Krachen verursacht, die Schlacke setzt sich in

Bewegung, die Muskeln erwärmen sich, und der Kreislauf kommt in Schwung.

Katariina bringt Elina zur Schule und läuft dann zur Fähre. Die Fahrt ist schrecklich, die Wellen lassen die Fähre nach oben schaukeln und dann nach unten krachen, als würde ihr jemand den Stuhl wegziehen. Katariina sitzt draußen, aber ihr wird trotzdem übel.

Auf dem Marktplatz flattern die orangefarbenen Zeltplanen der Fischstände im Wind und machen abgehackte Geräusche, wie das Schlagen eines Steinbohrers. Katariina geht auf dem Weg im Café *Engel* vorbei, um etwas zu essen. Als sie die Tür öffnet, stellt sie sich einen Moment lang vor, wie es wäre, dieselbe Geste zu machen, an die Türklinke zu fassen, die Tür aufzudrücken, einen Schritt über die Schwelle zu tun, wenn der Vater im Café sitzen und auf sie warten würde. Würde Vater aufstehen? Ein fester Händedruck, würde er ihr direkt in die Augen sehen? Wie langsam, wie bedeutungsvoll wäre jede von Katariinas eigenen Bewegungen, jeder Schritt; die Finger winden sich um die Klinke aus Messing.

Katariina betritt das Café, und das Gefühl verschwindet. Die Bedienung klopft den Pulverbehälter der Espressomaschine gegen Metall, den alten Kaffeesatz raus, pang pang pang pang, die energischen, rasenden Herzschläge der Stadt (all das Koffein!), keine Albernheiten, hier dreht sich die moderne Welt, die Menschen brauchen kohlehydratarmes Mittagessen! Katariina ist erleichtert, merklich weniger einsam und verschreckt. Das eigene Ich kann ein sehr klaustrophobischer Ort sein.

Katariina setzt sich an einen Tisch und bestellt einen

normalen Filterkaffee, obwohl sie weiß, dass sie so kurz vor einer Aufnahme keinen Kaffee trinken sollte, weil sich das auf die Stimme auswirkt. Sie sollte auch nichts essen, weil die Krümel und die Klebrigkeit des Zuckers sich im Mund ausbreiten, aber sie bestellt trotzdem ein Croissant. Die französische Atmosphäre des Cafés rührt von der Akustik, die die Leute zwingt, über jede Tasse, jeden Teller, jedes Klirren eines Löffels hinwegzurufen. Katariina betrachtet die Gesellschaft, die neben ihr sitzt. Dem dicken Fünfzigjährigen ist seine Wirkung wohl bewusst, wie er mit drei jungen (einer Achtzehnjährigen? einer Zweiundzwanzigjährigen? einer Fünfzehnjährigen?) afrikanischen Mädchen, eine hübscher als die andere, in einem Café sitzt. Aus dem Lachen des Mannes hört man den Wohlstand heraus, selbst wenn man ihn nicht sehen würde, man hört ein fettes Leben heraus, der Bauch drückt auf das Zwerchfell, weshalb das Lachen etwas Eingeengtes hat. Die Mädchen tragen billige Modeklamotten und lange Haare, ihre Augen sind groß, schwarz, Brunnen, die so lange trocken waren, dass alles darin verschwindet, Essen, Geld, Zuwendung. Das ganze restliche Leben der Mädchen reicht nicht, dieses grenzenlose Defizit zu füllen.

Katariina schnappt einen Gesprächsfetzen auf und folgt ihm. »So eine Maschine will ich auch für meinen Kiosk«, begeistert sich der Mann der Bedienung gegenüber.

»Ich kann vorbeikommen und eine Vorführung veranstalten«, sagt die Bedienung, »Sie können schwarz zahlen.«

»Schöner wär's im Grünen statt schwarz«, antwortet der Mann.

Katariina trinkt ihren Kaffee, überlegt, was die Bedienung antworten wird. (Wird sie böse? Lacht sie? Ist sie geschmeichelt?) Noch sagt die Bedienung nichts, schaut nur, ihre Augen sagen, fang nicht mit mir an.

»Ich steuere Preiselbeeren bei«, fährt der Mann fort, »wir haben im Herbst wahnsinnig viele.«

Die Bedienung beginnt zu lächeln, Katariina ebenfalls. Sie vergisst die Bedienung und den Preiselbeermann, lässt sich in einer angenehmen Stimmung dahintreiben. Die Preiselbeeren haben dem Gespräch eine nette Wendung gegeben, das, was anzüglich und unangenehm hätte sein können, ist nun heimelig wie ein Flickenteppich, und den nigerianischen Mädchen geht es gut. Katariina beschließt zu glauben, dass es der Gesellschaft gutgeht, zusammen oder einzeln. Sie beschließt, das unbedingt zu glauben. Die Welt ist dieselbe, die sie immer gewesen ist, mit Preiselbeeren und Flickenteppichen und Kiosken, die Kaffee anbieten. Zu Katariinas Welt haben Preiselbeeren und Flickenteppiche nie gehört, bei ihr zu Hause hat es sie nie gegeben, aber plötzlich weiß sie, dass sie auch für sie gewebt wurden, auch sie wurde darauf gefüttert, wenn nicht sie selbst, dann zumindest Generationen zuvor (in Ostbottnien?).

An Katariinas Ohr treibt ein weiterer Gesprächsfetzen, diesmal von einem anderen Nachbartisch. Zwei Männer um die dreißig trinken Kaffee. Sie reden mit gedämpfter Stimme und überraschend vertraulich, fast wie Frauen. Einer der beiden scheint ein Problem zu haben, und der andere hört zu, versucht vielleicht, sich Rat oder Trost auszudenken.

Plötzlich sagt der eine (der, der sich geöffnet hat),

hörbar: »Wie wär's abzuhauen? Wie wär's, von Frau und Kindern einfach abzuhauen?«

Der Mann, der zuhört, lächelt ein wenig, als würde er sagen »genau«. Dann trinken sie wieder Kaffee. Katariina steht auf, lässt ein paar Münzen auf dem Tisch und geht. Ihr ist nicht mehr zum Lächeln zumute.

Im Studio warten Marko und der Produzent der Schiffswrackdokumentation, Jarkko Rantamäki, auf Katariina. Tommi ist zu seinem Sohn nach San Francisco geflogen. Ilmari hat seine Doktorarbeit fertig, und jetzt machen sie Urlaub in Kalifornien und kommen dann zusammen nach Finnland zurück.

Während sie auf Marko und Jarkko zugeht, zieht Katariina ihre Jacke aus, wie um zu zeigen, dass sie keine Sekunde ihrer Zeit verschwenden will, obwohl sie die Letzte ist: Sie ist eine verantwortliche Mitarbeiterin, die auf die anderen Rücksicht nimmt. Jarkko drückt ihre Hand so, dass sich Finger und Handteller wie die Knochen eines Hühnchens zusammendrücken. Jarkko ist groß und breitschultrig und blond, er hat hohe Wangenknochen und schräge Augen, der mongolische Einschlag ist offensichtlich.

»Grüß dich, grüß dich«, sagt er zu Katariina, »schön, dich kennenzulernen.« Jarkkos Stimme schwingt auf so niedriger Frequenz, dass es beinahe provozierend ist, an der Grenze von angenehm und unangenehm, von Genuss und Schmerz, wie zu heißes Wasser in der Badewanne.

Katariina nimmt sich Wasser aus dem Automaten, versucht, die Beläge aus dem Mund zu spülen. Aus den Augenwinkeln heraus verfolgt sie Jarkko, seine Art, für alles Verantwortung zu übernehmen, so dass die anderen aufhören können, sich unnötig Sorgen zu machen und nachzudenken, und einfach tun können, was gesagt wird. Jarkko ist besonnen und sachlich, macht keine Dummheiten, er weiß alles, was er wissen muss, er betrachtet die Dinge vom Ende her und scheint die Welt nicht in Frage zu stellen und auch seinen (ohne Frage bedeutenden) Anteil darin nicht. Das macht denjenigen das Leben leicht, denen es nichts ausmacht zu gehorchen, denkt Katariina.

Sie nimmt Becher und Tasche mit und geht in die Kabine. Jarkko und Marko lassen sich hinter dem Mischpult auf der anderen Seite der Scheibe nieder. Katariina setzt sich die Kopfhörer auf und stellt sie auf die richtige Größe ein. Die Kopfhörer sind ziemlich eng, sie drücken gegen Katariinas Wangen und lassen sie kindlich rund werden. Katariina bewegt ihre Backenmuskeln, verschiebt damit die Kopfhörer, rückt das Mikrophon an die richtige Stelle und räuspert sich. Jarkko sitzt nicht wie Tommi, sondern steht und stützt sich mit beiden Händen auf den Tisch, den vorderen Teil des Körpers gebeugt, das Gewicht auf den Händen.

»Hallo, Action«, hört Katariina Jarkko sagen, autoritär, aber keinesfalls unfreundlich. »Gib eine kleine Probe.«

»Hol dir dein eigenes«, sagt Katariina. *»Bei Shell. Bei Shell. Jetzt im Handel.«*

»Hast du wirklich eine so tiefe Stimme?«, fragt Jarkko nach einem Moment des Schweigens.

»Nein«, gesteht Katariina. »Als Sprecherin darf man nur nie die Voice of God übernehmen, und das wollte ich immer schon mal.«

»Was?«, fragt Jarkko.
»Das letzte Wort des Sprechers«, erklärt Katariina, »die Botschaft oder Aufforderung.«
»Jetzt lasst uns anfangen«, sagt Marko.

»In den fünfziger Jahren verfing sich etwas seltsam Schweres in den Netzen der Fischer von Borstö. Als ein Helmtaucher auf den Meeresgrund hinabstieg, fand er ein fast unversehrtes Schiffswrack, dessen Geheimnis erst nach jahrelanger Forschungsarbeit gelüftet werden konnte.«

Nach einer kurzen Mittagspause machen sie bis zum frühen Abend weiter. Katariina hat noch rote Kringel um die Ohren, als sie und Jarkko schließlich zum Empfangstresen gehen.
Jarkko zieht sich die Jacke über.
»Den zweiten Teil kriegen wir schon morgen früh fertig«, sagt er.
»Schade«, sagt Katariina und wirft den Kaffeebecher in den Müll.
»Wieso?«, fragt Jarkko.
»Weiß nicht«, sagt Katariina schulterzuckend, »ich mag diese Dokumentation, ich will nicht, dass sie aufhört.«
»Sprich einfach schlechter«, schlägt Jarkko vor.
Katariina lächelt.
»Deine Stimme kommt mir irgendwie vertraut vor«, sagt Jarkko.
»An der nächsten Kreuzung links«, sagt Katariina. *»Folgen Sie der Strecke drei Kilometer lang.«*
Jarkko lächelt überrascht. »Stimmt«, sagt er.

»*Wenn möglich, bitte wenden*«, bietet Katariina an.

»Ich habe einige Male versucht, dich in die Irre zu führen«, sagt Jarkko.

»Hat es geklappt?«, fragt Katariina.

Jarkko zuckt mit den Schultern. Sie lächeln beide. Jarkko kramt in seiner Tasche und reicht Katariina seine Visitenkarte. Katariina bedankt sich.

Einen Moment herrscht Stille. Dann öffnet Jarkko die Tür ein Stück weit.

»Ich muss los. Meine Tochter baden«, sagt er.

»Wie alt ist deine Tochter?«, fragt Katariina.

»Drei«, sagt Jarkko. »Dreieinhalb.«

»Meine ist schon sieben«, sagt Katariina etwas wehmütig. Sie lächeln sich an.

Dann geht Jarkko. Katariina schaut ihm nach und sieht in ihrer Vorstellung eine dreieinhalbjährige Tochter. Hellblond, schnell filzig werdende Haare, wie Daunen. Die Augen des Vaters, bei den Wangenknochen weiß man noch nicht, sie verstecken sich hinter dicken, elastischen Bäckchen. Den Bademantel schon übergezogen, löchert sie die Mutter: »Wann kommt Papi? Wann kommt Papi?« Dann geht die Tür, und das Mädchen läuft Jarkko in die Arme.

Katariina öffnet die Haustür, zieht die Jacke aus und beginnt bereits im Flur, Barbiepuppen, Bücher, Socken, Legosteine, Plastikringe und aus dem Prinzessinnen-Heft geschnittene Papierschnipsel aufzusammeln. In Elinas Zimmer läuft der Fernseher. Das Mädchen liegt auf dem Boden und schneidet weitere Schnipsel aus. Katariina schaltet den Fernseher aus, bevor sie überhaupt hallo sagt.

»Nicht ausschalten«, sagt Elina. So schnell und wütend, als könnte sie die Mutter noch aufhalten. Diesmal ist keine Zeit zum Buchstabieren.

»Der Fernseher ist kein Hintergrund«, sagt Katariina. »Wenn du fernsiehst, machst du nichts anderes nebenbei.«

Elina sieht erschöpft aus.

»Räum dieses Chaos auf«, sagt Katariina. »Es ist schon spät. Überall liegen Papierschnipsel. Wo ist Papi?«

»Am Leuchttisch«, antwortet Elina.

»Natürlich«, sagt Katariina.

Elina sieht sie an, als sei sie sich nicht sicher, ob der Tonfall missbilligend ist oder nicht. Katariina wird ihr schlechtgelaunter Auftritt allmählich peinlich. Sie beschließt, von vorne anzufangen, hinter den Bühnenvorhang zurückzugehen und lächelnd wieder hervorzukommen.

»Hallo, Schatz«, sagt sie, während sie sich hinhockt, und umarmt Elina. Sie gibt ihr einen Kuss auf den Scheitel und riecht daran. Elina windet sich los.

»Haa öö err aa uu eff«, sagt sie.

Katariina lässt sie los, richtet sich auf.

»Steh vom Boden auf«, sagt sie. »Und räum dein Zimmer auf.«

Dann marschiert sie ins Wohnzimmer.

Auf dem Weg dorthin sammelt sie weiter Sachen auf. Haarbänder, ein Tamagotchi, einen Schlüsselanhänger in Kuhform, aus dessen Hinterteil ein Kackebällchen kommt, wenn man auf den Bauch drückt. Sie wird immer wütender. Gut, dass sie gestern Olli das Licht vor der Nase ausgemacht hat. Jetzt sind sie sowieso schon im Streit, sie braucht nicht mehr vorsichtig zu sein, keinen anzufangen.

Olli sitzt über den Leuchttisch gebeugt und hört sie nicht kommen.

»Hallo«, sagt Katariina laut.

Olli dreht sich um.

»Oh, hallo«, sagt er überrascht. Gleichzeitig beugt er sich wieder über die Bilder, setzt die Lupe ans Auge.

»Was siehst du dir an?«, fragt Katariina.

»Die Bilder hier«, antwortet Olli.

»Was macht Elina?«

»Elina?«, fragt Olli zerstreut.

»Deine Tochter«, sagt Katariina weiterhin mit lauter Stimme, als würde sie mit einem Tauben oder Schwachsinnigen reden.

»Keine Ahnung«, sagt Olli.

»Keine Ahnung«, wiederholt Katariina fragend, als hätte er auf unverschämte, extreme, unbegreifliche Art sein Kind ausgesetzt.

»Ja. Sie sieht sicher fern. Ich hab keine Ahnung«, sagt Olli, immer noch über den Leuchttisch gebeugt.

»Hat sie gebadet?«, fragt Katariina.

»Eher nicht«, sagt Olli.

»Sie wird kaum gebadet haben, wenn du sie nicht gebadet hast. Hast du?«

»Sie kann ja wohl selbst Badewasser einlassen«, antwortet Olli.

Katariina starrt Ollis Rücken an. Sie hat Lust, ihm etwas an den Rücken zu werfen, einen Bleistift zum Beispiel.

»Soll Elina jetzt baden?«, fragt Olli.

»Glänzende Idee«, sagt Katariina.

Olli scheint auch weiterhin nur sehr unklar zu sehen und zu hören, hebt seinen Hintern vom Stuhl hoch, immer noch die Lupe vor dem Auge.

Katariina kann sich kaum beherrschen.

Schließlich macht Olli den Rücken gerade, löst seinen Blick von den Bildern. Katariina hört fast das Schmatzen, als sich der Saugnapf löst, wie bei Elinas Zahnbürste, wenn sie die von irgendwo ablöst, mal vom Spiegel im Bad, mal von der Seite des Toilettenspülkastens.

Fünf Minuten später lacht und kreischt Elina im Bad, man hört Geplätscher und den dumpfen Klang der Wanne. Katariina öffnet die Tür und sieht Elina, deren Gesicht feuerrot ist, der Mund ist vor Lachen weit geöffnet. Auf Elinas Kopf sind dreißig Zentimeter Badeschaum. Olli kniet neben der Wanne mit dem gleichen Berg auf dem Kopf. Die Hitze lässt Katariinas Zorn komplett dahinschmelzen.

»So, gleich geht's ins Bett«, ruft sie fröhlich ins Badezimmer.

Bald marschiert Elina in ihrem Bademantel an ihr vorbei und schmeißt ihre Zimmertür zu, wütend, weil sie aus dem Bad rausmusste. Katariina macht einen Schritt auf Olli zu, aber der geht an Katariina vorbei und setzt sich wieder an seinen Leuchttisch.

Als Katariina am nächsten Tag zur Arbeit kommt, weiten sich Markos Augen.

»Oho«, sagt er.

»Was, oho?«, fragt Katariina und sieht Marko trotzig an. Sie fängt an, Unterlagen aus ihrer Tasche zu kramen. Sie ist geschminkt, die Augen sind fein schattiert, und sie hat Lipgloss aufgetragen. Die Haare hat sie wie immer zu einem sorglosen Pferdeschwanz zusammengebunden, aber ein paar Strähnen davon ins Gesicht gezogen.

»Nichts«, sagt Marko.

Jarkko kommt herein. Katariina schaltet ihr Telefon aus, hält den Blick gesenkt.

»Hallo, wie geht's?«, fragt Jarkko, ganz allgemein.

»Ganz gut«, sagt Katariina.

»Ja, ja«, sagt Marko.

»Lasst uns anfangen«, sagt Jarkko.

Katariina geht in ihre Kabine. Sie setzt die Kopfhörer auf und räuspert sich ein wenig. Sie sieht Jarkko an.

»Rhabarber, Rhabarber«, sagt sie. »Rhabarber, Rhabarber.«

Nach der Aufnahme bleiben Jarkko und Marko, um sich die Aufzeichnungen anzuhören. Katariina trinkt an einem kleinen Tisch neben dem Empfangstresen Kaffee und blättert in Zeitschriften. Die Stuhlbeine kratzen auf dem Steinboden wie Nägel, als Jarkko einen Stuhl umdreht und sich daraufsetzt, die Beine auf beide Seiten der Lehne gestreckt, er macht einen großen Biss in seinen Apfel. Der Apfel knackt saftig, allein seine unreife, grüne, glänzende Schale lässt Katariina die Spucke im Mund zusammenziehen, so sauer muss er sein.

Katariina betrachtet Jarkko, seine Haltung.

»Du trägst bestimmt auch Baseballkappen nach hinten«, sagt sie.

»Und die Sonnenbrille im Nacken«, sagt Jarkko.

Sie lächeln. Jarkko beißt in den Apfel.

»Du bist sehr gut«, sagt Katariina. »Kümmerst dich um alles und bestimmst. Ich muss über nichts nachdenken, ich mache nur. Du weißt alles.«

Sie sagt das völlig skrupellos. Du weißt alles.

Jarkko sieht Katariina ungläubig an. »Ist das Sarkasmus?«, fragt er.

»Nein«, sagt Katariina ernst.

»Danke«, sagt Jarkko etwas verlegen.

»Und ich?«, fragt Katariina.

Jarkko sieht sie fragend an, er ist zu höflich, um zu fragen, wie, und du?

»War ich gut?«, fragt Katariina ein wenig verschmitzt und ein wenig ernstgemeint. Es ist ein Spiel, und trotzdem muss sie plötzlich, völlig unabdingbar, von Jarkko ein Lob erhalten. Sie nimmt sich vor, es zu bekommen, auch wenn sie darum betteln muss.

»Ist meine Aufnahme gut?«, drängt sie. »Ist sie besser als die von anderen?«

Das Auflachen, eigentlich nur ein Schnauben durch die Nase, überrascht Jarkko selbst. Katariina überrascht es nicht, sie weiß plötzlich genau, was passiert und was danach passiert. Sie ist sich absolut sicher. Sie neigt den Kopf.

»Du bist richtig gut«, sagt Jarkko. »Du hast ein enorm gutes Rhythmusgefühl.«

Katariina lächelt.

»War das Baden gut?«, fragt sie.

»Baden?«, wiederholt Jarkko erstaunt.

»Mit deiner Tochter«, erläutert Katariina. »Gestern Abend.«

»Ach so«, erinnert sich Jarkko. »Ja. Das Mädchen lernt bestimmt bald schwimmen.«

»So klein?«, wundert sich Katariina.

»Scheint so«, sagt Jarkko mit Stolz in der Stimme. »Muss ich ihr im Sommer beibringen.« Er beißt in den Apfel.

Katariina streckt die Hand in die Richtung von Jarkkos Apfel und sagt: »Lass mich mal beißen.« Lass mich mal beißen, als würde ihr überhaupt nicht in den Sinn kommen, dass der Produzent, den sie am Tag zuvor das erste Mal getroffen hat, sie seinen Apfel vielleicht nicht mit dem Mund berühren lassen will.

»Das ist ein bisschen komisch«, sagt Jarkko.

Katariina erstarrt. Es ist, als hätte die Musik, zu deren Takt sie getanzt hat, völlig abrupt aufgehört. Sie ist zu weit gegangen, hat das falsche Spiel gespielt, und jetzt erwartet sie eine Rüge.

Aber Jarkko fragt: »Müsste eine brave Schülerin nicht eher dem Lehrer einen Apfel bringen statt seinen zu essen?«

»Vielleicht bin ich nicht ganz so brav, wie ich aussehe«, antwortet Katariina.

(Sie ist sich ganz sicher.)

»Vielleicht nicht«, räumt Jarkko ein. Er reicht Katariina den Apfel.

Am selben Abend kommen Seppo und Anneli zu Besuch. Anneli tritt mit Katariina »in telefonische Verbindung«, um ihr davon zu berichten, für den Fall, dass Olli vergessen hat, es zu erwähnen. Katariina ist zunächst alles andere als begeistert und befürchtet, dass man das ihrer Stimme anhört. Dann realisiert sie, dass sie so Olli nicht allein gegenübertreten muss, der sie gewissermaßen immer noch im dunklen Schlafzimmer erwartet, auf dem Bettrand in T-Shirt und Boxershorts. Anneli ist das deutlich kleinere Übel.

Ollis Eltern kommen direkt von Seppos Arbeit aus zu ihnen. Seppo sieht heutzutage wahrscheinlich besser aus als damals, als er ein junger Mann war, denkt Katariina. Seine Züge sind schärfer und männlicher geworden, der Verschleiß steht ihm. Die Nase ist stattlich, die Ohren sind groß, die grauen Haare gewellt. Seppos Wesen ist in dem Maße weicher geworden, wie sein Gesicht schärfer wurde. Als er jünger war, war er ein unnachgiebiger Mann, der nichts verzieh, den Tränen nicht erweichen konnten und der deshalb auch nicht unnötig welche vergoss. Er begrüßt Katariina beim Hereinkommen freundlich, aber kurz, und geht gleich ins Wohnzimmer, wo er sich schon bald eine Soap im Fernsehen ansieht. In der zweiten Hälfte seines Lebens, das er bis dahin für Sachbücher und Diskussionen verwendet hatte, hat sich Seppo in Daily Soaps verguckt, deren Welt für ihn ein Gegenstand ständiger Befremdung und Ungeduld ist. Er schafft es kaum, sich hinzusetzen, bevor die Klagen schon einsetzen. Zu den unglaubwürdigen Gesetzen der Welt der Seifenopern verhört er seine Frau, als wäre Anneli dafür verantwortlich. »Anneli«, ruft er, »Anneli, wie ist es möglich, dass genau der Arzt, der Felicia (er spricht »Felicia« Feliischa aus, nicht Felizia, wie die meisten anderen Zuschauer derselben Sendung) operiert hat, plötzlich auch der Bruder des Feuerwehrmanns ist? In Los Angeles leben vier Millionen Menschen, wie ist das möglich? Anneli?« Anneli sagt ihm jedes Mal, dass diese Sendungen nicht der Realität entsprächen, dass es Soaps seien, aber Seppo lehnt es hartnäckig ab, die Gesetze dieser Welten zu akzeptieren.

Anneli und Katariina gehen in die Küche, um Kaffee zu machen.

»Und, wie fühlst du dich?«, fragt Anneli.

»Ganz gut«, antwortet Katariina. »Meine Halbgeschwister sind gekommen und gegangen, vor allem sind sie gottlob gegangen.«

»Wer?«, fragt Anneli.

Katariina wird bewusst, dass sie Anneli gar nicht von den Halbgeschwistern erzählt hat. Sie flucht innerlich, dass ihr das herausgerutscht ist. Vor ihr selbst sind ganz klar noch nie Verwandte verheimlicht worden.

»Ich habe drei Halbgeschwister«, erklärt sie Anneli. »Zwei Frauen und ein Mann.«

»Wirklich?«, sagt Anneli überrascht. »Sind sie jünger als du?«

»Ja«, antwortet Katariina.

»Wie heißen sie?«, fragt Anneli.

Katariina überlegt einen Moment, ob die Sache irgendwie zu umgehen ist, ob sie irgendwie nicht antworten könnte.

»Katariina, Katariina und Markus«, sagt sie dann.

Anneli wirkt eingeknickt vor lauter Befremden. Katariina hätte nicht geglaubt, dass das möglich ist.

»Dann haben sie sicher nicht dieselbe Mutter«, sagt Anneli.

»Sicher nicht«, sagt Katariina.

Während sie den Kaffee in die Kanne abmisst, stellt Katariina sich vor, dass ihre Halbgeschwister Anneli gegenüberstünden. Sie würden die hochgewachsene, forsche Frau ansehen, deren Fleisch straffer wirkt als das anderer Menschen. Sie würden ihr Samthalsband sehen, das linke Bein, das sie nach vorne gestreckt hat.

Das ganze Gewicht liegt auf dem rechten Bein, das Knie des linken ist durchgedrückt und die Fußspitze nach außen gekehrt. Das ist eine sehr selbstsichere Haltung, es gibt kein zweites so unverwundbares Bein. Katariina begreift, dass sie sich vor ihren Halbgeschwistern keineswegs für Anneli schämen würde. Keiner ihrer Gedanken könnte Anneli Schaden zufügen oder sie demütigen. Sie würden sie mögen, sie bewundern, und wäre Anneli Katariinas Mutter, würden sie sie beneiden. Katariina fühlt sich einen Moment lang wie ein Kind, das sich fragt, warum ihre Mutter nicht so sein kann wie die Mutter von jemand anderem, eine, die sich schminkt und Parfüm benutzt und raucht, eine, die in den Augen eines Kindes eine tolle Frau zu sein scheint. Anneli wäre in den Augen der Halbgeschwister eine tolle Frau, während ihre eigene Mutter mit ihrem fehlenden Sinn für Humor, mit ihrem stechenden Blick, ihrem lächerlichen Freund, eine Kuriosität darstellen würde. Katariina fühlt sich für ihre Mutter so schlecht, dass sie am liebsten Annelis Gesicht zerkratzen und den schönen Stoff der teuren Stützstrumpfhosen zerreißen würde, der dieses feste Fleisch in Form hält. »Dein Vater ist also auch nicht bei ihnen geblieben«, sagt Anneli.

Katariina dreht den Wasserhahn unnötig weit auf. Das Wasser braust und spritzt in das Chromspülbecken.

»Ach, ihr«, sagt Anneli. »Ach, ihr.«

»Was, wir?«, fragt Katariina.

»Vier verlassene Kinder«, sagt Anneli. »Vier unschuldige, verlassene Kinder, den Launen der Erwachsenen ausgeliefert.«

Katariina lässt weiterhin das Wasser laufen. Sie wünscht, sie würde nicht hören, was Anneli sagt, und dennoch spitzt sie instinktiv die Ohren, damit sie durch das Rauschen hindurch besser hört. Annelis Worte sind voll warmherziger Zufriedenheit darüber, wie gut Seppo und sie in ihrer Ehe und hinsichtlich ihrer Söhne abgeschnitten haben. Hätte Anneli selbst auch woanders danebengegriffen, nicht nur dabei, Juhani mit einem Hausdrachen zu verheiraten (was ist das angeblich doch für eine Tragödie!), könnte Katariina sich trösten lassen. Sie könnten die Trauer teilen. Nun können sie es nicht, denn Anneli hat als Gegengabe keine Trauer anzubieten, nur Mitleid.

»Sonderbar«, sagt Anneli nun missbilligend. »Ein sonderbares Treiben. Man sollte denken, dass es für einen Menschen natürlich ist, sich um seine Nachkommen zu kümmern.«

Katariina macht den Wasserhahn zu.

»Ja, das sollte man«, sagt sie. »So wie man denken sollte, dass es für einen Menschen natürlich ist zu versuchen, einen Mann zu retten, der vom Dach fällt.«

Einen Moment lang herrscht Stille.

»Wieso?«, fragt Anneli dann.

Katariina antwortet nicht.

»Wieso?«, fragt Anneli erneut, und jetzt ist sie misstrauisch, erschrocken, denn in diesen wenigen Sekunden hat sie begriffen, dass diese unklare Anspielung sich irgendwie auf Olli beziehen muss, ihren Augapfel.

Es herrscht immer noch Stille. Einen Moment lang überlegt Katariina, ob sie wirklich etwas gesagt haben kann, oder ob sie sich das nur einbildet.

»Warum hast du das gesagt?«, fragt Anneli, und ihre Stimme wird lauter.

»Ich weiß nicht«, sagt Katariina, und sie weiß es eigentlich auch nicht, aber ahnt, dass sie es gesagt hat, weil Anneli das Leben ihres Vaters »Treiben« genannt hat. Treiben. Vaters ganze Entscheidungen, Taten, Probleme, verlorene Kämpfe, Tage, die sein Leben ausgemacht haben, von morgens, als er aus dem Bett aufstand, bis abends, wenn er sich hinlegte, sind nun »ein sonderbares Treiben«. Katariina will Anneli so sehr verletzen, wie sie kann, und sie weiß, wie.

»Warum sagst du so etwas?«, drängt Anneli. Sie fragt das nicht, weil sie sich einbildet, eine andere Antwort zu bekommen. Sie ist allmählich verletzt und böse und greift nun Katariina an.

Katariina hat nicht ein einziges Mal, in all diesen Jahren, in Anneli etwas anderes gesehen als dasselbe perfekte Bild, wie alle anderen Menschen auch. Annelis Eleganz, Klugheit, Selbstironie haben sich nie von der Stelle bewegt, so dass Katariina einen flüchtigen Blick von etwas anderem hätte erhaschen können. Bis jetzt. Anneli ist immer noch dieselbe wie stets zuvor, aber auf irgendeine Art auch anders, als hätte sie eine Krankheit, die nach außen nicht sichtbar ist, zum Beispiel Krebs. Das gestreckte Bein, die ganze damenhafte Würde sieht nun anders aus. Wut färbt einen Menschen, macht ihn hässlich. Katariina betrachtet Anneli und hasst sie aus ganzem Herzen, ihr Bein, die an die Taille angehobenen Hände, die verletzte Haltung des Kinns. Sie hat Lust sich anzusehen, was mit Anneli passiert, wenn sie von dem Foto erzählt, wenn die Wörter aus ihrem Mund sprudeln. Dann sieht sie Olli, der in ihren Armen weint. Sie hört das schlagende, an Husten erinnernde Geräusch des Weinens. Sie spürt ihre eigenen, heißen Tränen.

»Warum tust du das?«, drängt Anneli. »Ich habe dich immer gemocht.«

»Ja, und das geradezu entschlossen«, bejaht Katariina. »Und das ist eine so große Geste deinerseits, dass ich mir kein einziges verqueres Wort leisten kann.«

Als Olli in die Küche kommt, sehen sich Katariina und Anneli stumm an. Keine weiß, was sie sagen soll oder was in aller Welt gerade passiert ist.

Olli

Jeden Tag schlägt Katariina vor, dass ich mit Elina irgendwo hingehe. Einkaufen, in die Stadt, in Ausstellungen, spazieren, ins Kino. Wenn ich keine Lust oder keine Zeit habe, wirkt sie beleidigt. Ich sage ihr: Wenn du selber etwas vorhast, dann geh. Wir kommen schon zurecht. Wir kümmern uns um unseren eigenen Kram. Aber sie geht nicht. Nach dem vorgestrigen Abend habe ich beschlossen, eine Weile nicht mehr über ihren Vater zu reden. Am besten wäre es, einfach den Moment zu leben, so wie vorher, bevor Kari gestorben ist und dieses ganze Treiben angefangen hat, oder wie noch früher, vielleicht wie damals, als wir noch die Menschen waren, die sich kennenlernten und ineinander verliebten. Weshalb ich ihr an dem Abend, nachdem meine Mutter und mein Vater gegangen waren, vorgeschlagen habe: Wie wäre es, wenn wir Elina nach der Beerdigung zur Oma bringen und ein bisschen Zeit zu zweit verbringen? Wir könnten lange schlafen, uns morgens im Bett unterhalten, über was auch immer du willst, uns lieben und lange wach bleiben. Ich könnte dich fotografieren.

Ich dachte, sie würde sich freuen. Früher hätte sie sich immer gefreut. Ich fand es außerdem ziemlich fair, einfach zu übergehen, dass sie mir das Licht vor der Nase ausgeschaltet hatte, und ich dachte, sie würde das zu würdigen wissen.

Stattdessen bekam sie einen Anfall.

»Dann kutschieren wir Elina jetzt zu Anneli!«, schrie sie. »Aus dem Weg, weg, weil sie stört! Und wofür macht man Kinder, wenn man sie dann nicht erträgt! Einen Führerschein und Kreditkarten bekommt man nur nach Ausbildung und genauer Untersuchung, aber jeder Idiot kann Kinder zeugen! Man sollte alle Menschen sofort bei der Geburt sterilisieren!«

Ich war absolut ratlos, habe aber dennoch versucht, ein Gespräch zu führen.

»Liebling«, sagte ich, »jetzt beruhig dich. Du bist ziemlich überanstrengt, merkst du das überhaupt nicht? Und ich vermisse dich, ich bekomme seit langem keinen Draht mehr zu dir. Du siehst durch mich durch und schreist mich an. Letzteres ist ungeheuerlich, und ich wäre gerne mal mit dir allein. Du bist meine Frau, und ich liebe dich.«

Katariina starrte mich an und schrie: »Mehr als Elina?«

Darauf konnte ich nicht sofort antworten.

»Mehr als Elina?«, schrie sie erneut.

Sie ist völlig von Sinnen, dachte ich.

»Nein, aber anders«, sagte ich.

»Dummes Zeug«, schrie sie.

»Das ist kein dummes Zeug. Mit dir bin ich verheiratet, und das will ich auch noch eine Weile bleiben«, sagte ich.

»Und Elina?«, schrie sie.

»Elina ist, davon abgesehen, dass sie sieben ist, mit

mir verwandt«, erinnerte ich sie, »ich kann sie nicht heiraten.«

Sie schrie: »Dummes Zeug!«, stürzte ins Bad und knallte die Tür hinter sich zu.

Am nächsten Morgen ist Katariina eine Stunde vor Aufnahmebeginn im Studio, sogar noch etwas früher, trinkt Kaffee und liest Zeitungen. Marko kommt kurz nach Katariina, und dann trifft Jarkko ein. Wie am Tag zuvor arbeiten sie einige Stunden und machen dann eine Pause.

Alle Leute, die ins Studio kommen, versammeln sich um Jarkko. Manche Menschen sind so, jeder will sie für sich allein oder zumindest als einen Teil seiner selbst. Sie müssen bestimmte Merkmale haben, genauso klar und unerklärlich für uns wie für Präriehunde, überlegt Katariina. Solche Menschen sind wie Bäume, in die alle Vögel ihr Nest bauen. Warum in aller Welt machen sie das?, hat Katariina oft im Herbst beim Betrachten der kahlen Bäume überlegt. Fünf völlig gleiche Birken nebeneinander, in einer sieben, neun, vierzehn Vogelnester, schwarze Klumpen, und in den (mit Menschenaugen betrachtet völlig gleichen) Bäumen daneben kein einziges.

Als Jarkko zu Katariina kommt, versucht Katariina erst gar nicht so zu tun, als hätte sie nicht auf ihn gewartet. Sie klappt die Zeitung zu, lächelt Jarkko an und klopft auf den Stuhl neben sich. Jarkko setzt sich, fragt, wie es ihr geht. Sie unterhalten sich, bis Marko sie ruft.

»Wenn ich eine Fernbedienung hätte«, sagt Katariina, »würde ich jetzt auf Pause drücken. Ich würde alles in diesem Moment anhalten.«

Sie sieht Jarkko an und lächelt völlig unerschrocken.

Als Jarkko und Katariina sich auf den Nachhauseweg machen, beginnt es zu regnen. Ein paar Tropfen fallen als Warnung auf die Fensterscheibe des Studios, und dann gießt es schon. Katariina bietet Jarkko an, ihn mit dem Regenschirm zum Auto zu bringen.

»Nicht nötig«, sagt Jarkko.

»Ich möchte aber«, sagt Katariina. Sie gehen nach draußen, und Katariina hält den Regenschirm über Jarkkos Kopf.

»Trägst du mir auch die Tasche?«, fragt Jarkko.

»Wenn du das willst«, sagt Katariina, unbeschwert und ernst zugleich, mit Selbstverständlichkeit. Sie hält den Regenschirm noch über Jarkko, als er die Autotür öffnet.

Zwischendurch bemerkt Katariina, dass Jarkko verwirrt ist. Jarkko ist es wahrscheinlich gewohnt, dass sich Frauen an ihn heranmachen, und er kann sie wahrscheinlich höflich abwehren, ausdruckslos, ohne jemanden zu verletzen, aber auch ohne besonderes Mitgefühl. Aber man sieht ihm an, dass er keine Ahnung hat, was Katariina vorhat oder ob sie etwas vorhat.

Katariina denkt meist nicht darüber nach, was Jarkko denkt oder fühlt. Sie ist erstaunlich wenig daran interessiert. Sie interessiert sich allein dafür, was sie selbst fühlt. Der Befehl kommt aus ihrem Innern, und sie gehorcht ihm. Sie überlegt nicht, ob man etwas so sagen oder tun kann. Sie bietet sich, ihre Gesellschaft, ihre Dienste Jarkko schamlos an, aber es fällt ihr nicht ein, dass Jarkko das ausnutzen könnte. Sie ist sich sicher, dass er sie nicht ausnutzt, und deshalb traut sie sich zu tun, was ihr gerade in den Sinn kommt. Sie könnte auf Jarkkos Schoß klettern, und er würde sie wahrscheinlich nur auf einen Stuhl daneben setzen und das Gesprächsthema wechseln. Jarkko ist für alles verantwortlich. Katariina ist schuldunfähig.

Katariina will inständig, dass Jarkko sie mag. Nein, das stimmt nicht. Sie will, dass Jarkko bei ihr ist. Ob Jarkko sie mag, ist Nebensache. Katariina kommt es nicht einmal in den Sinn, dass das Zusammensein zu körperlich werden oder bestimmte Grenzen überschreiten könnte. Es ist, als wüsste sie nicht, was auf der anderen Seite dieser Grenzen passiert, genau wie Elina das noch nicht weiß.

Olli

Ich hatte mit meiner Mutter schon vorläufig vereinbart, dass Elina nach der Beerdigung zu ihnen kommt, so dass ich sie anrufen und die ganze Sache absagen musste. Sie wollte den Grund dafür wissen, und ich sagte, dass es Katariina nicht danach sei.

»Schade«, sagte Mutter. »Es hätte ihr sicher gutgetan.«

»Sie schafft das schon«, sagte ich zu ihr.

»Ja, aber wie schaffst du das?«, fragte sie.

»Was hab ich denn für Sorgen?«, fragte ich. »Bei mir ist niemand gestorben.«

»Gott sei Dank nicht«, antwortete sie.

Sie war einen Augenblick lang still.

»Na ja, aber –«, fing ich an, weil mir sonst nichts mehr einfiel.

»Vielleicht kommt das alles davon, dass sie keinen Vater hatte«, unterbrach Mutter mich.

»Was, alles?«, fragte ich.

»Na das, dass sie so … distanziert ist«, sagte Mutter. »Überleg mal, wir kennen uns nun auch bald seit zehn Jahren, und ich wusste nichts von ihrem Vater!«

»Sie wollte nie über ihren Vater reden«, sagte ich. »Nicht mal mit mir.«

»Ich dachte, Katariina und ich wären uns nahe. Das habe ich immer allen erzählt«, sagte Mutter und klang überraschend verletzt.

»Das seid ihr auch«, beruhigte ich sie.

»Sie ist fürchterlich … –«, zischte Mutter, und klang fast so, als hätte sie angefangen zu weinen.

»Ja?«, fragte ich.

»Sie ist nur so«, sagte Mutter.

»Wie?«

»Wie sie ist. Das weißt du sehr gut«, fuhr sie zornig fort. »Es muss daran liegen, dass ihr Vater sie verlassen hat, als sie so klein war.«

»Nicht alles liegt an den Eltern«, erinnerte ich sie. »Ich habe auch Fehler, obwohl du mich großgezogen hast.«

»Das glaube ich nicht«, sagte sie überzeugt.

Ich verdrehte die Augen.

»Verdreh du dort ja nicht die Augen«, ermahnte sie mich.

»Katariina kann so sein wie sie ist, unabhängig von ihrem Vater und ihrer Mutter«, sagte ich. »Es gibt so etwas wie Persönlichkeit, die ist, wie sie ist, völlig unabhängig davon, was Vater und Mutter tun.«

Mutter war einen Moment lang still.

»Hör mal«, sagte sie dann.

»Ja?«

»Du würdest doch nicht –«, fing sie an und brach ab.

»Was?«, fragte ich.

»Du würdest doch nicht – wenn jemand –«

»Ja?«

»Nichts, mein Schatz«, sagte sie dann mit munterer Stimme. »Gar nichts.«

»Tschüss dann«, sagte ich.

»Tschüss«, antwortete sie und klang wieder ganz wie sie selbst.

Wenn meine Mutter meine Ehe hätte arrangieren dürfen, hätte sie Kirsi für mich ausgewählt. Eine üppigere Frau als Katariina, nüchtern, aber warmherzig, die einen schicken Job in der Auktionskammer hatte und die man stolz hätte präsentieren können. Kirsi war vom Kopf her viel robuster als Katariina, aber nicht in ihrem Innern. Sie brauchte viel mehr und war verletzlicher, ihr fehlte Katariinas innere, keimartige Undurchdringlichkeit, ihr Überlebenstalent. Ich glaube, ich hatte bereits nach kurzer Zeit erkannt, dass Katariina einen gänzlich unzerstörbaren Kern in sich hat. Sie käme ohne mich zurecht. Falls mir etwas passierte, würde sie sich zwar abkapseln, aber sich erholen und ihr Leben fortsetzen, und die, die bei ihr sind, ebenfalls, und das war aus irgendeinem Grund eine wesentliche Erkenntnis für mich. Dass sie unter allen Umständen zurechtkommt, was auch immer ich beschließe, was auch passiert, selbst wenn Leichen vom Himmel fallen, selbst wenn die Sonne ausgeht. Das wollte ich von ihr, und manchmal hasse ich sie, weil sie dazu imstande wäre.

Ich weiß, dass sie es völlig richtig fände, dass ich sie weniger liebe als Elina. Sie verlangt es von mir. Und auch ich würde keine Frau wollen, die einen Mann mehr liebt als ihre Kinder, nicht einmal den eigenen Mann, den Vater ihrer Kinder, geschweige denn einen anderen. Und dann gibt es Momente, in denen ich mir beinahe verzweifelt wünsche, dass eine Frau (meine eigene, oder wenn nicht sie, dann eine andere) mich mehr liebt als ihre Kinder. Würde sie das tun, könnte ich sie nicht respektieren. Aber für einen kurzen Augenblick wäre ich übermäßig, fast unerträglich glücklich.

Katariina Airaksinen

Heute bin ich zu meinem alten Schulhof gegangen. Es sind mir dort Dinge ins Gedächtnis gekommen, von denen man hätte meinen können, dass sie für immer verschwunden sind. Orte beeinflussen die Erinnerung. Als ich klein war, sagte meine Mutter, wenn ich etwas vergessen hatte: »Geh dorthin zurück, von wo du gekommen bist.« Ich ging, und es half immer. Am richtigen Ort kam mir die Sache wieder in den Sinn.

Plötzlich hatte ich Sehnsucht nach Dino. Auf dem Schulhof war ich ein ganz anderer Mensch als die, die in Zürich lebt und ihre Zeit auf Flughäfen und in Hotels und auf Feiern zubringt. Da ist es einfach, an die Gestalt zu glauben, zu der man geworden ist, an eine, die erfolgreich ist und sich amüsiert und die so viel Vergangenheit besitzt, wie sie bereit ist zuzugeben. Während es wiederum auf dem alten Schulhof der Grundschule unmöglich ist, jemand anderes zu sein als die, die man im Grunde ist, auch wenn man das überhaupt nicht will. Ich erinnerte mich an den Hügel aus Eis, an das glitschige, milchigweiße Eis, auf dem wir in den Pausen hinuntergerutscht sind. Ich erinnerte mich an die leuchtend hellblauen Nylonseile in der Turnhalle, die rote Streifen auf die Oberschenkel gebrannt haben, wenn wir an ihnen hochgeklettert sind. Ich erinnerte mich, wo ich Sachen vergraben hatte, erinnerte mich an eine Stelle, an die ich mich früher nicht hatte erinnern können. Ich erinnerte mich – oder ich glaubte, mich zu erinnern –, dass es neben dem Drahtzaun war. Ich grub mit den Händen in der Erde, zog sogar meine Handschuhe aus, damit ich mit den Fingernägeln besser graben konnte, fand aber nichts.

Wie lange wohl Zersetzung dauert?

Katariina

Auf der Werft in Hietalahti wird ein neues Luxus-Kreuzfahrtschiff gebaut. Bald ist das riesige, strahlendweiße Schiff fertig und geht auf Jungfernfahrt in die Karibik. Katariina hat davon gehört, von diesen Palästen, die auf dem Atlantik schwimmen, auf deren Decks amerikanische Rentner in Frotteemänteln joggen und herumspazieren und in deren Speisesälen sie in Smoking und Abendkleid Austern und Fasan essen. Alles wurde im Voraus bezahlt, während des fünfzigjährigen Berufslebens, und nun hat man zwei Wochen Zeit, die Früchte zu genießen.

Jarkko und Katariina sehen das Kreuzfahrtschiff, als sie aus dem Studio zum Auto gehen, das Jarkko auf dem Parkplatz der Markthalle abgestellt hat. Katariina kennt das Innere des Autos und seine Maße bereits und stellt sich den Sitz passend ein. Einen flüchtigen Moment lang überlegt Katariina, ob Jarkko den Sitz in den für seine Frau passenden Abstand zurückstellt, oder ob die Frau es selbst tut. Schon beim zweiten Mal würde die Frau fragen: »Wer stellt den denn immer zurück?« Dann bricht der Gedanke ab. Katariina interessiert sich nicht für Jarkkos Frau.

Jarkko fährt nicht den Bulevardi entlang zur Esplanade, sondern wendet auf dem Marktplatz in Hietalahti und fährt am Ufer entlang in Richtung Süden. An der Ampel betrachtet Katariina das Prachtkreuzfahrtschiff, gelbe und rotgraue Hebekräne, orangefarbene und blaue Schleppboote. Sie sehen aus wie mit Duplo-Klötzen gebaute Spielsachen, die sich deutlich von der wirklichen Welt der Gebäude abheben.

Katariina sagt zu Jarkko, dass sie Hebekräne aus irgendeinem Grund immer gemocht habe. Sie trügen eine Art karge Schönheit in sich, sie seien unveredelt wie Eisenschrott, aber gleichzeitig fein und hoch, und sie finde, sie hätten etwas Romantisches und Erhabenes, etwas, das sie nicht erklären könnte, so sehr sie es auch versuchte.

Jarkko sagt, dass er verstehe, was Katariina meint. Auch er könne nicht sagen, was es sei, aber er sähe es genauso, es sei die gleiche Romantik wie die Romantik von Zügen, vor allem früher, als es noch graue, stampfende, schwerfällige Maschinen gewesen seien, mit denen man dennoch bis in ferne Länder wie Italien oder Griechenland kam.

»Genauso ist es«, sagt Katariina strahlend und berührt Jarkkos Arm. »Außer dass man mit Hebekränen nicht einmal irgendwo hinkommt«, sagt sie dann wehmütig.

»Man kommt damit fast bis in den Himmel«, sagt Jarkko und sieht nach vorne.

Sie setzen die Fahrt am Ufer entlang fort, vorbei am alten Teil von Eira, neben den Bahngleisen entlang und vorbei an der Statue der ewigen Flamme in Richtung Kaivopuisto. Während der Fahrt verändern sich die

Wolken, den Marktplatz scheint ein einziger grauer Wolkenschleier zu bedecken, aber als das Meer in Sichtweite rückt, bekommen die Wolken Form und Tiefe. Katariina lässt die Scheibe herunter, und der Meeresgeruch dringt herein. Bald schon sieht man Suomenlinna, die Schiffe im Hafen, das Denkmal für die Juden, die von diesem Punkt aus in die Hände der Deutschen nach Estland geschickt wurden.

Auf der Fahrt erzählt Jarkko eine Geschichte, über deren Interessantheitsgrad er sich selbst nicht sicher ist (etwas, was er und seine Kommilitonen fünfzehn Jahre zuvor in Prag gemacht haben). »Das interessiert dich sicher überhaupt nicht«, sagt er.

»Natürlich interessiert mich das«, antwortet Katariina.

In Wahrheit interessiert sie die Geschichte tatsächlich überhaupt nicht, sie hört nicht einmal, was Jarkko sagt. Gleichzeitig ist die Tatsache, dass Jarkko mit ihr redet, die wichtigste Sache der Welt. Sie hört nur einen Teil von Jarkkos Worten, aber sie sieht Jarkko direkt an, auch dann, wenn er ihren Blick meidet.

Bis zur Abfahrt von Katariinas Fähre ist noch Zeit. Jarkko wartet mit Katariina im Auto. Als sich die Abfahrt der Fähre nähert, unterhalten sie sich gerade über dieses und jenes, pro Thema zwei, drei Sätze. Sie beenden das Gespräch, kommen allmählich in die Alltagswelt zurück. Wie bei Hypnotiseuren, die ihre Patienten, um sie nicht zu erschrecken, schrittweise wecken und langsam rückwärts zählen: fünf, vier, drei, zwei, eins. Dann sagt Jarkko: »Ich sollte los.«

»Ungebadete Tochter«, vervollständigt Katariina.

Sie lächeln sich an.

Katariina redet mit Jarkko nie über Olli. Sie redet eigentlich überhaupt nicht über ihr Leben. Sie redet nur über das, was sie auf der Fahrt sehen und welche Empfindungen das Gesehene in ihr erzeugt (Wolken, Hebekräne, Luxuskreuzfahrtschiffe und die darauf reisenden Amerikaner). Sie verhält sich, als existierte sie gar nicht, wenn sie nicht mit Jarkko zusammen ist. Sie kann sich bei Jarkko einhängen, ohne um Erlaubnis zu fragen oder Jarkko dabei anzusehen, als wäre es die natürlichste Sache der Welt, ihr Recht.

Auch Jarkko spricht nicht viel über seine Frau. Katariina weiß nur, dass sie kürzer als sie und Olli verheiratet sind. Über Elina redet Katariina, und Jarkko erzählt von seiner eigenen Tochter. Er nennt sie nie beim Namen, er sagt nur »das Mädchen«, als halte auch er seine eigene Welt genau von derjenigen getrennt, die er mit Katariina teilt. (Auch die Tochter interessiert Katariina nicht. Sie hat nicht ein einziges Mal darüber nachgedacht, wie ihr Name wohl sein könnte.) »Traktoreneier«, sagt Jarkko einmal und deutet auf die weißen Streifen, die die Fahrbahnen voneinander trennen. »Meine Tochter nennt sie Traktoreneier, sie glaubt, dass Traktoren sie hinter sich auf die Straße fallen lassen wie riesige Eier.« Katariina erzählt, dass Elina Heuballen, die in weiße Plastikplanen gehüllt sind, Mozzarella nennt. Sie lachen mit Tränen in den Augen über Mozzarellafelder und Traktoreneier. Katariina lacht so sehr, dass sie Schluckauf bekommt. »Hilfe«, sagt sie, aber sie können beide nicht aufhören, nicht mit dem Lachen und nicht mit dem Schluckauf. Jarkko hört es sich einen Moment lang an und erschreckt Katariina dann, indem er mitten auf der Straße scharf auf die Bremse tritt.

»Du bist verrückt«, schreit Katariina. Ihre Augen strahlen.

Am Mittwoch ist der letzte Aufnahmetag. Die Dokumentation über das Schiffswrack ist fertig. Katariina bekommt einen Schrecken, als ihr klar wird, dass sie Jarkko vielleicht lange nicht mehr sehen wird. Sie beruhigt sich allerdings sofort. Sie weiß, dass sie ihn sehen wird. Sie wird die Sache arrangieren.

Jarkko fährt Katariina zur Fähre. Das Sonnenlicht, das am frühen Abend durch den dünnen Wolkenschleier schimmert, ist blass und satinartig wie Birkenrinde, fast weiß, mit einem Hauch von Gold und Violett. Das Meer sieht feierlich aus, die kleinen Wellen bewegen sich gleichmäßig, entschieden, als wären sie auf dem Weg zur Arbeit, graue Beamte, noch nicht zu spät, aber zum Trödeln ist auch keine Zeit. Die weißgrauen Sturmmöwen und die stattlichen Heringsmöwen bewachen den Marktplatz mit ihren gefühllosen kleinen Augen, die gelben Schnäbel krümmen sich lang und dick wie die Nägel eines alten Menschen.

Katariina wartet, dass Jarkko das Zauberwort sagt. Pünktlich, ein bisschen wehmütig, unwiderruflich. Ich sollte los.

Aber heute sagt es Jarkko nicht. Stattdessen sagt er: »Gehen wir was trinken?«

Katariina hat das Gefühl, falsch gehört zu haben.

»Wenn du Zeit hast«, fährt Jarkko fort.

Die dreijährige Katariina ist entzückt. Sie wird geliebt. Sie wird gewollt. Sie ist das Wichtigste. Sie ist die Siegerin. Sie ist die Einzige. Sie hätte Lust zu schreien, zu hüpfen, sich auf den Boden zu legen und mit den

Beinen zu strampeln. Sich auf dem Boden zu wälzen und zu lachen, bis sie keine Luft mehr bekommt. Noch ein paarmal zu strampeln und dann erschöpft die Sterne anzusehen, die unbegreiflich weit entfernt leuchten, die nicht einmal mehr existieren, wenn ihr Licht die Erde erreicht.

Die siebenunddreißigjährige Katariina ist überrascht, und nicht freudig. Sie ist peinlich berührt und weiß nicht, was sie sagen soll, denn sie hat überhaupt keine Lust, etwas trinken zu gehen. Was willst du eigentlich, würde sie am liebsten fragen, aber sie will nicht in die Diskussion geraten, die zwangsläufig darauf folgen würde. Der Nebel, in dem sie eine Woche lang gewandelt ist, löst sich genauso plötzlich auf wie manchmal über dem Meer. Sie sieht alles völlig klar, ihr eigenes, furchtbares Verhalten und dessen Folgen. Sie will nach Hause zu ihrer Familie, und auch Jarkko sollte zu seiner wollen.

»Und deine Tochter?«, fragt sie, und ihre Stimme klingt missbilligend, sie kann nichts dagegen tun.

Jarkko bemerkt den Tonfall nicht. Er zuckt die Achseln, als würde er sagen: Was soll ich machen.

»Wir baden später«, sagt er.

Katariinas Vater legt den Arm um die Schultern einer unbekannten Frau. Die dreijährige Katariina steht vom Boden auf, wo sie gelegen hat, um die Sterne zu beobachten, sieht, wie sich die beiden umdrehen und davongehen. Sie hört das leise Klirren der Metallbeschläge am Gürtel ihres Vaters, bei jedem Schritt. Sie ist achtundneunzig Zentimeter groß, und sie trägt einen Bademantel.

Wir baden später.

Die dreijährige Katariina ist wie eine prähistorische Kreatur. Ein Mammutweibchen, das mit den Mitteln der heutigen Wissenschaft plötzlich aus den Tiefen des Eises, wo es Tausende von Jahren unverändert geschlafen hat, zum Leben erweckt wird. Es öffnet die Augen ein wenig, hebt den Kopf, senkt ihn wieder, hebt ihn erneut, jetzt ist es bereits wach, rückgängig machen geht nicht mehr. Es steht unbeholfen auf, um sich hinzusetzen, stellt sich dann auf die Beine, schwankt und kommt dann wackelig in Bewegung. Die gewaltigen Beine setzen sich in Bewegung, der Erdboden zittert und erbebt, es wird sicherer, in seinem Blick schimmert das wilde Tier, das es ist. Es hat mit diesem Moment, diesem Leben, nichts zu tun, es passt nicht in diese Welt, in diese Harmonie, die so zerbrechlich ist wie Glas und sogar noch dünner, und es ist nur eine Frage der Zeit, bis alles entzweigeht.

III

In flagranti

Katariina

Am nächsten Tag liegt Katariina im Bett, die Decke bis zu den Ohren hochgezogen. Die Vorhänge sind immer noch zu. Die Erinnerung an den Vortag lässt sie die Beine unruhig hin- und herbewegen, so unangenehm ist sie ihr. Ihre Zehen schieben sich unter der Decke hervor, und auf einmal zieht sie sie zurück, wie als Kind, als sie im Dunkeln Angst hatte. Unter der Decke würde das Gespenst sie nicht anfassen. Die Teile, die nicht unter der Decke sind, sind Freiwild, abgesehen vom Kopf. Die Lage des Kopfs war unsicher. Man konnte ihn nicht unter der Decke halten, weil man dort keine Luft bekam. Dem Kopf passierte dennoch nie etwas, also bestand darüber wahrscheinlich ein Sondervertrag mit dem Gespenst.

In Katariinas Kopf schwirren die Gedanken, alle gleich unangenehm. Sie stellt sich vor, dass Jarkko sie für das Studio zu buchen versucht, aber stellt dann fest, dass ihr das keine Angst macht. Sie ist ziemlich kurz angebunden gewesen, als sie aus dem Auto gestiegen und im Laufschritt zur Fähre gegangen ist. Jarkko ist sicher ratlos, verärgert und verlegen. Katariina versteht das, wenn sie auf die letzten Tage zurückblickt. Die Erinnerung an ihr Verhalten taucht in ihrem Kopf auf, und immer wenn sie ihre eigene Stimme hört, ihren eigenen Blick sieht, verzieht sie das Gesicht, als würde sie sich den Finger an Papier schneiden. So fühlt sich die Scham an, die Jarkko hervorruft, denkt sie. Wie eine Papierwunde.

Lange erträgt Katariina ihre Gedanken nicht. Sie steht auf und macht sich daran, die Wäsche zu waschen, die seit letzter Woche unberührt und muffig im Wäschezimmer liegt. Sie bügelt gerade die erste Ladung, als das Telefon klingelt. Eine unbekannte Nummer. Katariina zögert einen Moment und meldet sich dann ganz vorsichtig.

»Ja, Raimo Wickholm hier, hallo«, sagt eine Stimme. Eine Stimme, die oft am Telefon spricht, die verkauft.

»Hallo«, sagt Katariina, das O geht in die Höhe, und fragt: »Worum geht's?«

»Ich war der beste Freund Ihres Vaters«, fährt der Vertreter fort.

Einen Moment lang fühlt sich Katariina unwirklich. Sie schaut aus dem Fenster, sieht Wolken, die wie die Kulissen eines Westerns aussehen. Warum in aller Welt sagt dieser Mann das, der besser Telefonanschlüsse anbieten oder eine Erhöhung ihrer Amnesty-Spende vorschlagen sollte?

»Entschuldigen Sie, dass ich störe, aber ich vermisse Kari so sehr«, sagt der Vertreter, »und ich habe überlegt, ob Sie sich vielleicht vorstellen könnten, meine Frau und mich irgendwann nach der Beerdigung zu treffen?«

»Natürlich, das lässt sich einrichten«, sagt Katariina von der Deckenkante aus.

»Schön, das ist wirklich schön«, sagt der beste

Freund des Vaters. »Lassen Sie uns das doch so machen« (deutlich gewohnt, Vorschläge zu machen und Terminpläne zu erstellen), »dass Sie in Ihrem Kalender ein paar Tage auswählen und mir vorschlagen.«

»Ja, so machen wir das«, sagt Katariina.

Katariina lässt den Freund des Vaters bis zum nächsten Tag warten. Sie traut sich nicht, einen Tag vorzuschlagen, sie will ihn nicht treffen, aber sie kann ihn auch nicht nicht anrufen.

»Ja, Raimo Wickholm«, meldet sich dieselbe Männerstimme am Telefon.

Katariina horcht auf die Stimme, genau der gleiche Ton wie beim ersten Mal auch. Wie tröstlich, wie aufheiternd diese Stimme in den Ohren ihres Vaters geklungen haben muss, wie ein Versprechen, dass man bald etwas Nettes zusammen macht und die Sorgen vergisst.

Katariina schlägt einen Tag vor.

»Das ist leider kein guter Tag«, sagt Raimo Wickholm und klingt beschäftigt.

Katariina wird sofort wütend. »Ja, Raimo Wickholm« klingt überhaupt nicht dankbar genug und auch nicht ergeben. Er scheint Katariinas Geste nicht zu verstehen, das Ausmaß von Katariinas Opfer. Und er ist immerhin nur der Freund ihres Vaters, ein völlig unschuldiger Mann.

Man stelle sich vor, sie hätte versucht, ein Treffen mit ihrem Vater zu vereinbaren.

»Nicht auf Biegen und Brechen«, sagt Katariina und legt auf.

Raimo Wickholm

Mich wundert es überhaupt nicht, dass Kari sich nicht getraut hat, seine Kinder anzurufen. Diese älteste Tochter zumindest war furchtbar unhöflich. Kari hat völlig richtig gehandelt, dass er nicht versucht hat, sie zu treffen, wenn sie so feindselig sind, erwachsene Menschen! Ich habe sie angerufen, weil ich wohl irgendwie an meinem besten Freund festhalten wollte. Ich komme mir ohne ihn so einsam vor. Morgens, wenn ich die Augen öffne, fühlt sich alles so schrecklich lustlos und schwer an, obwohl ich ja immerhin neben meiner Frau aufwache und die Jungs in ihren Zimmern lärmen. Aber die Familie kann keinen Freund ersetzen, genauso wenig, wie ein Freund die Familie ersetzt, und die hatte Kari wiederum nicht. Karis Tod kam überraschend. Vielleicht hätte es das nicht sein müssen, aber so war es. Natürlich habe ich geahnt, dass etwas im Gange war, und ich habe auch geahnt, was, obwohl Kari in der Zeit, als wir befreundet waren, keinen Tropfen getrunken hat, schon seit zwölf Jahren. Er hatte vom Trinken und der Entziehungskur erzählt, aber es schien, als funktioniere die Entziehung, und ich hatte nie den Eindruck, dass er einen Rückfall erlitten oder den Schnaps und das Feiern vermisst hätte. Einen solchen Kari Saarinen kannte ich überhaupt nicht.

Ich erzähle einfach, welchen Kari Saarinen ich kannte: einen Gentleman. Kari hatte einen festen Händedruck und sah einem immer direkt in die Augen. Es war der Händedruck eines mutigen Mannes, und der Blick von einem, der weiß, wer er ist. Er mochte weiße Hemden und T-Shirts, reines Weiß, es durfte nichts draufgedruckt sein. Keine Werbehemden, sondern welche in reinstem Weiß. Er bügelte seine Hemden immer selbst, als trage er Uniform und als sei es Ehrensache, dass er sich persönlich darum kümmerte. Er war großzügig und gastfreundlich, immer froh, wenn er zum Abendessen einladen konnte, zu Steaks und Kartoffelspalten oder zum Mittagessen beim Chinesen. Obwohl er nicht mehr in der Transportfirma arbeitete (Er war von sich aus gegangen, bevor er gehen musste, es war so viel böses Blut durch diese Idee entstanden, die dann den Bach runterging. Er war seiner Zeit voraus, bald wird sie jemand umsetzen, aber damals hat man es nicht kapiert, und er war stolz, stolz wie der Teufel.), hat er dennoch eingeladen, mit seinem Arbeitslosengeld, und immer wenn er zu Besuch kam, hat er den Kindern Geschenke mitgebracht. Die Jungs haben ihn geliebt, sind an ihm hochgeklettert und haben um seine Aufmerksamkeit geheischt, und er hat immer mit ihnen gespielt und konnte auch über die ernsten Dinge des Lebens mit ihnen reden. Er war nie zu beschäftigt oder zu müde, um sich mit den Kindern abzugeben. Mit den eigenen hatte er ja nicht gedurft. Obwohl er über die Mütter der Mädchen nicht schimpfte. Ich wusste allerdings nur von zwei Mädchen, von der Ältesten und der Schauspielerin, und von dem Jungen, mit dem er bis zum Schluss ein sehr gutes Verhältnis hatte. Aber welche Bedeutung hat es schon, wie viele es waren? Ich hätte nicht über ihn gerichtet, auch wenn er es erzählt hätte, und auch jetzt richte ich nicht über ihn, weil er es nicht erzählt hat. Die Mutter des ersten Mädchens hat es ihm weggenommen, in der Tür haben sie am Kind gezerrt, die Mutter an den Händen, Kari an den Füßen, aber die Mutter hat es bekommen, und Kari ist in eine andere Stadt gezogen. Es war besser so, dachte ich, womit hätte er das Kind denn versorgt, ein junger Spund, gerade aus der Armee entlassen und ohne Beruf, die Mutter war immerhin Kindergärtnerin, sie konnte das Kind auch alleine versorgen. Ich bezweifle überhaupt nicht, dass Kari damals unreif und kindisch gewesen ist, wahrscheinlich hatte er auch Angst, plötzlich in so einer Lage, und keine Eltern oder Geschwister, an die er sich hätte wenden können. Eine Waise ist auch mit über zwanzig eine Waise, es ist schwer, an der Schwelle zum Erwachsenwerden die Eltern zu verlieren, wenn man niemanden hat, an den man sich wenden kann. Karis Vater war Pfarrer, aus Ostbottnien, ein Prediger mit Feuerseele, Lutheraner, aber er hatte natürlich im Flachland die Lehre des Læstadius aufgesogen. Die Mutter war Krankenschwester, warm wie ein Sommerabend, sie liebte ihren Sohn abgöttisch und litt sicher, wenn der Vater ihn bestrafte, auch das aus Liebe. Kari war nach eigener Aussage ein wilder und dickköpfiger Junge, in der Schule immer in Schwierigkeiten, er kam mit den Lehrern nicht zurecht und lag sich deshalb immer mit seinem Vater in den Haaren. Ich verurteile den Vater nicht, noch kritisiere ich ihn, das hätte auch Kari nie getan, er hätte niemand anderen für seine eigenen Fehler verantwortlich gemacht und schon gar nicht seine Eltern, die er liebte und tief verehrte. Manche sind nur rastloser als andere, schon als kleine Jungen, und ich rede hier nicht von irgendwelchen Buchstabenzusammenstellungen, von MBD oder ADHS oder was es da gibt, und von keinem Syndrom. Kari war klug und keineswegs ein Fachidiot, sondern ein gebildeter, vielseitiger Kerl. Deshalb mochte ich ihn auch, und wir haben viele Verkaufsfahrten zusammen verbracht, haben mitunter auch mal zehn Stunden am Stück im Auto gesessen. Wir haben über alles geredet, über Sport, vor allem über Eishockey, und über die Arbeit und Bücher und Musik. *Sinuhe, der Ägypter* war Karis Lieblingsbuch. Er hatte es auch auf längeren Fahrten dabei und las mir manchmal Stellen daraus vor: »Denn wenn die Sterne mich verwünscht hatten, konnte ich meinem Schicksal nicht entrinnen, sondern musste auch in der Zukunft noch den Menschen Leid und Zerstörung bringen, die mich liebten. Deshalb bedrückte mich die Zukunft, und ich fürchtete mich vor der Zukunft und begriff, dass alles, was mir geschehen war, seine Bedeutung hatte, so dass ich mein Herz von den anderen Menschen abwendete und allein lebte, denn als Einzelgänger konnte ich den anderen keine Verdammnis bringen.« Man war dort im Auto wie in eine andere Welt versetzt, wenn Kari las. Er hatte eine schöne, tiefe Stimme, wie gemacht, um Geschichten zu erzählen. Er las wie ein echter Schauspieler, wenn man mich fragt. Vielleicht hat seine Tochter in dieser Hinsicht etwas von ihm geerbt? »Es gibt keinen Kummer, den der Wein nicht lindern, kein Unglück, das der Wein nicht mildern könnte. Es gibt keinen Verlust, über den der Wein nicht hinwegtrösten würde. So trinke also Wein, und dein Kummer geht darin unter wie eine Maus in einem Ölkübel, und kümmere dich nicht weiter darum, wenn der Wein zunächst bitter in deinem Mund schmeckt, denn sein Geschmack verbessert sich, je mehr du trinkst, und bald wird dein Kummer wie eine ferne Wolke am Himmel sein.« Pause, und dann las Kari weiter: »Kaptah aber sagte«, und während er »Kaptah sagte« las, hob er Augenbraue und Zeigefinger, »Kaptah aber sagte: ›Wahrlich, Herr, ich habe es satt, deine Ausschweifungen mitanzusehen, so dass der Wein seinen Geschmack in meinem Munde verloren hat, was ich nie geglaubt hätte, und ich mag nicht einmal mehr Bier mit einem Halm aus einem Krug saugen. Was tot ist, ist tot, und es kehrt nicht mehr wieder, deshalb wäre es am besten, wenn wir so weit wie möglich von hier weggehen. Dein Gold und dein Silber und alles, was du auf deinen Reisen verdient hast, hast du nämlich zum Fenster hinaus in die Gosse geworfen.‹«

Kari konnte im Auto lesen, ohne dass ihm übel wurde, ich hätte das nie gekonnt, aber er hatte einen Magen aus Stahl, er trank auch seinen Kaffee schwarz und mit zehn Stück Zucker, obwohl er ansonsten überhaupt nicht versessen auf Süßes war. Kari sagte, er habe einen Muskelmagen, und ich dachte, er spiele darauf an, dass er trainiert war und sehr bedacht auf seine Linie, aber er meinte den Muskelmagen wie bei Eiderenten. Eiderenten ernähren sich anscheinend vor allem von Miesmuscheln, die sie im Ganzen hinunterschlucken; der Muskelmagen zerknackt die Muschelschalen und zermahlt sie fein. Lauter solch interessante Sachen durfte ich immer auf den Reisen mit Kari hören, wenn er nicht gerade aus *Sinuhe* vorlas. Ich habe nie gefragt, warum er genau diese Stellen aus *Sinuhe* las, ich habe sie nur gerne angehört, denn es hat das Fahren so viel angenehmer gemacht. Erst im Nachhinein habe ich überlegt, dass er diesen Sinuhe bestimmt verstand und sich von ihm verstanden fühlte, dass sie dieselben Gedanken hatten, und es ist immer angenehm, wenn einen jemand versteht, dann ist man weniger allein, und das war er. Auf eine gewisse Weise erzählte er mir durch dieses Buch von sich, denn über Gefühle zu reden ist für uns Männer schwierig. Manchmal sträuben sich einem wirklich die Haare, wenn man die Weiber reden hört. Wie damals im Theater, wo wir alle zusammen waren, ich und meine Frau und Kari, als die alten Hexen neben uns, noch nachdem das Licht aus war, in voller Lautstärke redeten, und die eine fragte, Na, haste 'nen Kerl kennengelernt, und die andere antwortete, Nein, noch nicht, und dass ihr inzwischen schon einer reichen würde, der ihr das Bett wärmt, auch nur für eine Nacht. Über so etwas redeten sie so, dass es alle hören konnten – dass das Defizit so groß ist, dass auch einer für eine Nacht reicht! Schrecklich, meine Frau hatte rote Wangen und Kari starrte die alten Hexen an, als hätte er nie etwas Furchtbareres gesehen. Wir redeten gewöhnlich nicht über so etwas, aber das heißt nicht, dass wir uns deshalb weniger nahegestanden hätten. Man muss nicht jeden Streit mit der Ehefrau analysieren, um gut befreundet zu sein.

Wir waren auch oft in unserem Sommerhaus, vor allem dann, als Kari aufgehört hatte zu arbeiten und die Reisen weniger wurden. Kari hat dort viele Arbeiten verrichtet, manchmal habe ich vermutet, dass er das als Kostenbeitrag ansah, obwohl es nicht nötig gewesen wäre, wir waren immer froh, wenn wir ihn bei uns hatten, aber er dachte sicher so, denn er war sehr stolz. Ich habe überlegt, warum Karis Frauen so hart waren, er hat sich sicher sorgfältig um die Zahlungen gekümmert, die Unterhaltszahlungen auf den Pfennig genau beglichen, so akkurat war er, wenn es um Geld ging, also damit meine ich, dass er nie etwas schuldig geblieben ist. Ein besonders aufrichtiger, wirklich geradliniger Finne, und so schrieb er auch in die Freundschafts-Alben der Jungs: *Was ich am meisten hasse: Falschheit.* Im Sommerhaus hackte er Holz und schleppte Wasser und heizte die Sauna, bis jemand zu ihm hinging und sagte, hör mal auf, mein Guter, und komm Kaffee trinken. Den Kaffee trank Kari wie immer, schwarz und mit zehn Stück Zucker, zwei Tassen, ganz schweigsam auf dem Rand eines Baumstumpfs, und rauchte eine Zigarette oder zwei oder drei. Für die Dauer dieses Augenblicks musste er ganz ungestört sein, da wollte er auch die Jungs nicht dabeihaben, meine Frau hielt sie solange ab. Manchmal überlegte ich, worüber er wohl dort auf dem Baumstumpf nachdachte.

Einmal bin ich zusammen mit meiner Frau Pilze sammeln gegangen, und Kari hat solange auf das Haus aufgepasst, wie er sagte, und als wir zurückkamen, lag er auf einem Felsen und hörte etwas auf seinem tragbaren Rekorder, und ihm flossen Tränen über die Wangen. Ich habe nichts gesagt, aber Kari wusste, dass ich es gesehen hatte, und er stand auf und sagte nur, dass das Leben ein Buch sei, das man nicht rückwärts lesen könne. Ich bin mir ganz sicher, dass er damals an seine Kinder gedacht hatte oder an eines von ihnen, ob es nun gerade der Sohn war oder die jüngste Tochter. Mit dem Alter wird man ruhiger, aber man verändert sich nicht völlig, und es mag sein, dass Kari zwar trauerte, sich aber dennoch bewusst war, dass er auch nichts hätte anders machen können, so war er eben. Manchmal ist es ziemlich furchtbar, sich selbst anzusehen, wenn man das, was man sieht, nicht mag. Und dazu fällt mir eine gewisse Stelle aus *Sinuhe* ein, die Kari vorlas, wenn ich sie auch nicht auswendig kann, aber sie geht so:

»Die Wahrheit ist ein scharfes Messer, die Wahrheit ist eine unheilbare Wunde im Menschen, die Wahrheit ist eine Lauge, die schmerzlich dein Herz auffrisst. Deshalb flieht ein Mann, der in bester Jugend und Kraft steht, vor der Wahrheit in die Freudenhäuser« (obwohl Kari auch auf den Reisen nicht in Puffs ging, wobei, woher soll ich andererseits wissen, was er in der Zeit gemacht hat, als ich schlief, er hatte ja auch eine Tochter, von der ich nichts wusste, eine Exfrau mehr, und auch von denen hat er nie erzählt, wieso hätte er irgendeine polnische Hure erwähnen sollen?), »und blendet seine Augen mit Arbeit und allerlei Beschäftigung, mit Reisen und Vergnügungen, mit Macht und Bauten. Aber es kommt der Tag, an dem ihn die Wahrheit wie ein Speer durchbohrt, und danach hat er keine Freude mehr an seinen Gedanken und an seiner Hände Arbeit, sondern er ist einsam, inmitten der Menschen ist er einsam, und auch die Götter leisten ihm in seiner Einsamkeit keinen Beistand.«

Katariina schämt sich, dass sie sich »Ja, Raimo Wickholm« gegenüber so kindisch benommen hat, aber sie traut sich auch nicht mehr, ihn zurückzurufen.

Schon am nächsten Tag bekommt sie einen Brief. Der Briefumschlag ist weiß, und in der oberen linken Ecke steht der Name des Absenders: Raimo Wickholm.

Der Umschlag enthält eine Nachricht sowie zwei Fotos ihres Vaters. In der Nachricht steht: »Kari war ein guter Freund von uns. Es war schön, seinen 60. Geburtstag hier bei uns in Kokkola feiern zu dürfen. Anbei ein paar Fotos vom Geburtstag Ihres Vaters. Mit freundlichen Grüßen, Raimo Wickholm mit Familie.« Unter dem Namen steht noch die Telefonnummer.

Katariina nimmt die Fotos und sieht sie an. Zwei fast identische Bilder. Ein alter Onkel mit einem bunten Schal um den Hals sitzt in einem Sessel. Graue Haare, die Haut bereits faltig. Katariina wird plötzlich bewusst, woher ihre sich an der Außenkante nach unten ziehenden Augen stammen. Ihr ist vorher nie in den Sinn gekommen, dass sie sie geerbt haben könnte. Der Vater hält einen Blumenstrauß im Arm, rote Rosen, sechs Stück, eine für jedes Jahrzehnt. Der Blick des Vaters ist nach innen gerichtet, als wäre er irgendwo ganz anders. Bei welcher Rose, in welchem Jahrzehnt sind seine Gedanken?, überlegt Katariina. In der eigenen Kindheit? In Katariinas Kindheit? Bei der Letzten? Was davon ist das Beste, was das Schlimmste?

Das zweite Bild ist identisch, nur lächelt der Vater darauf. Das Lächeln schneidet direkt durch Katariina hindurch, durch die Gesamtheit der Nervenimpulse und des Fleischs und der Seele, die sie ist. Das Lächeln des Vaters ist vorsichtig, erfreut, als wäre ihm gerade klargeworden, dass diese Menschen um ihn herum ihn mögen, er ist aus dem Schmerz aufgewacht, den ihm die Vergangenheit gebracht hat, hat alles in diesen fünfzehn Sekunden durchlaufen, die zwischen den Fotos vergangen sind. Er mochte sich in dieser Zeit dazwischen an das erste Mal erinnert haben, als er Katariina auf der Geburtsstation sah, nachdem er vom Zechen gekommen war, an die nicht getätigten Unterhaltszahlungen, die langen Nächte und mühseligen Morgen, sein Haus voller verschlossener Zimmer. Und dann blinzelt er mit den Augen, und er ist doch hier, in Raimos Küche, und Raimos ganze Familie ist um ihn herum und feiert seinen Geburtstag. Es ist nicht das Gleiche, als wenn seine eigenen Kinder um ihn herum wären, aber es ist dennoch gut. Er spürt ein zartes, empfindsames Glück, wie ein Buschwindröschen oder die Keimblätter einer Narzisse, und sie treiben aus der so unfruchtbaren Erde, in die so kalte Luft, dass man sich wundern muss, wie es überhaupt möglich ist. Er lächelt, und die ganze Zartheit seines Glücks, das er spürt, ist in diesem Lächeln zu sehen.

Katariina erträgt das Lächeln ihres Vaters nicht. Sie versteckt die Fotos in der Schublade ihres Nachttischs, bekommt das Lächeln aber nicht aus dem Kopf. Nie ist es ihr so schwergefallen, an ihren Vater zu denken. Sie hätte sich gewünscht, dass der Vater der charmante Betrüger gewesen wäre, den alle liebten, ob sie es wollten oder nicht. Der, der aus Schwarz Weiß machte, der die Frauen herumkriegte und dessen Freund die Männer sein wollten. Katariina will, dass der Vater so ein Mann war, nicht dieser traurige alte Onkel im Wollpullover, grau und furchig wie eine Schildkröte. Über diesen Alten will ich nichts wissen, denkt Katariina. Ich will den lügenden, glanzgürteligen Weiberhelden, auch ich. Diesen Charmeur, der vielleicht leicht psychotisch war, aber deshalb nicht weniger charmant, im Gegenteil. Den, der immer auf dem Stand der Dinge war, mit geradezu natürlicher Sicherheit, der immer das zu sagen imstande war, was alle genau in dieser Situation hören wollten. Unverwundbar, selbstzufrieden, unzerstörbar. Katariina will, dass dieser überhebliche Mann zu ihr kommt und sie auf Knien um Verzeihung bittet. Diesen alten Mann und sein zerbrechliches Lächeln will sie nicht sehen. Sie will, dass der Vater der war, den er spielte, nicht der, der er vielleicht ganz in seinem Innersten war. Das wollten auch alle anderen, und Katariina will das ebenso. Ein endgültiger Betrug.

Katariina

Am Morgen der Beerdigung wacht Katariina in einem unwirklichen Zustand auf.

Heute passiert es, denkt sie. Sie spürt eine lähmende Angst (sie kann nicht aufstehen, sie kann sich nicht anziehen) und gleichzeitig Spannung, sogar Euphorie. Als würde sie zu einem sehr beängstigenden, aber epochemachenden Ereignis gehen. Wie zu einer Geburt.

Katariina zieht eine schwarze, geradegeschnittene Hose an, einen schwarzen Wollpullover, schwarze hochhackige Schuhe. Die dunkelgraue Jacke hat sie am Vorabend gebügelt. Ihr gerader Schnitt ist untadelig. Ihre Haare glättet Katariina mit dem Eisen und bindet sie zu einem strengen Pferdeschwanz, aus dem keine einzige Strähne entweicht.

Bei der Beerdigung des Vaters muss man elegant sein.

Auf dem Weg kauft Katariina Blumen. Sie kauft einen ganz schlichten Strauß, kleine samtene Veilchen.

Sie hat Olli gebeten, nicht mitzukommen. Sie möchte, dass er währenddessen mit Elina Eis essen geht, die Astrid-Lindgren-Ausstellung besucht und sie dann für die Nacht zu Silja bringt. Katariina hat am Tag zuvor die Kleider für Elina herausgesucht, Jeans und einen rosafarbenen Angorapullover, an dem eine Blumenbrosche befestigt ist, die Olli gekauft hat.

Katariina wird die Beerdigung sehr gut überstehen, wenn nur Olli und Elina zusammen Eis essen gehen und Elina Jeans anhat.

Auf dem Friedhof geht Katariina langsam. Sie will nicht zu früh da sein. Es kann sein, dass es ihr obliegt, alle zu empfangen, dass sie alle willkommen heißen muss. Vielleicht erwartet man das von ihr, weil sie die Älteste ist und zugestimmt hat, die Beerdigungsgäste nachher zum Kaffee zu sich nach Hause einzuladen. Markus hat sich freilich um die Organisation der Beerdigung gekümmert und ist insofern der Gastgeber der Veranstaltung. Katariina nimmt sich vor, sich nicht darum zu kümmern, was man von ihr erwarten mag. Sie schuldet diesen Leuten nichts. Überhaupt nichts.

Die Sonne wärmt ihr den Rücken. Die einzigen Laute sind das Prasseln des Schotters, der unter ihren Schuhen ausweicht, sowie das Zwitschern eines Vogels. Sie hat keine Ahnung, was es für ein Vogel sein könnte. Vater hätte es gewusst, denkt sie.

»Hör mal«, hätte der Vater sagen können. »Psst, nicht bewegen. Nicht knirschen.«

Der Vogel beginnt von neuem, aus seinem Hals kommt ein klares Zwitschern, jedes Mal ein wenig anders und dennoch gleich.

»Eine Amsel«, sagt der Vater.

»Woher weiß sie, wie sie singen muss?«

»Sie weiß es einfach.«

»Kann sie ein anderes Lied lernen?«

»Wer würde es ihr beibringen?«

Stille.
Du hättest es ihr beibringen können.
Wenn du gewollt hättest.

Als sie die Kapelle betritt, sieht Katariina Markus, der mit gespreizten Beinen dasteht, die Hände auf dem Rücken, neben sich ein nüchternes weißes Kondolenzbuch. Seine Haltung ist trotzig, Markus hat beschlossen zu stehen, komme, was da wolle. In seine Richtung späht bereits Katariina Saarinen, die dabei ist, ihre Jacke an der Garderobe aufzuhängen. Neben ihr steht eine ältere Dame, ungefähr sechzig Jahre alt. Die Dame trägt dunklen Lippenstift, hat in Locken gelegtes Haar und einen prächtigen Fuchspelz, der für die Jahreszeit völlig übertrieben wirkt. Wie eine russische Eiskunstlauftrainerin. Katariina sieht zu, wie die Frau (Ludmila?) die Jacke ihres jungen Schützlings nimmt und deren Wettkampfanzug entblößt (ein glänzendes, schwarzes Kleid, wie es in der Spitzengruppe bei Weltmeisterschaftskämpfen auch sein muss). Die letzten Anweisungen, ein Kuss und aufs Eis, *golubtschick*! Heute gewinnen wir.

Katariina geht ihre Jacke ausziehen. Katariina Saarinen glänzt ihr entgegen. Ludmila hat einen übertrieben großen Trauerkranz auf dem Arm, sie trägt ihn, als hätten sie den Wettbewerb bereits gewonnen, denkt Katariina. Es fehlen nur noch die Stofftiere. Ludmila hat ihren Pelz nicht abgelegt. Ihr muss heiß sein. Sie streckt Katariina die Hand entgegen, und die Fuchshaare, lang und starr wie Straußenfedern, kitzeln Katariinas Handgelenk. Katariina riecht den schweren Duft eines Parfüms (die Marke ist seit Jahren dieselbe, der Flakon auch), sieht die Brille mit Goldrand und ein gepflegtes, aber dick aufgetragenes Make-up. Katariina spürt den Händedruck der Frau, die Wärme ihrer Haut. Was hat diese Hand wohl sonst seinerzeit gedrückt, überlegt Katariina. Sie zieht ihre Hand weg, während die Frau noch redet.

»Ritva-Liisa Saarinen«, sagt Ludmila. »Katariinas Mutter.«

Die Blicke von Katariina und Ludmila treffen sich. Katariina sagt nichts.

»Also von dieser Katariina«, sagt Ludmila und zeigt neben sich. Sie versucht zu lächeln. Das Ergebnis ist ein bleiernes Grinsen. Die Situation bringt keine zum Lachen.

Katariina versucht nicht einmal zu lächeln. Sie bereut bereits das Vogelspiel, das sie sich einen Moment mit dem Vater erlaubt hat, ausprobiert hat, wie es sich anfühlen würde.

»Mein Beileid«, sagt sie dann. Sie will zeigen, dass sie gute Manieren hat. Die hat ihre Mutter ihr beigebracht.

Ludmilas dunkelrote Lippen pressen sich zusammen. Die gerade Linie der Oberlippe wird deutlich. Katariina überlegt, ob die Nachricht wohl angekommen ist.

»Gleichfalls«, sagt Ludmila.

Dann setzen sie und ihr glänzender Siegerliebling ihren Weg zu Markus fort.

Katariina Airaksinen kommt zuletzt, allerdings ohne Jacke, wahrscheinlich hat sie sich irgendwo verborgen gehalten, damit sie mit niemandem reden muss. Warum bloß hat sie mich wohl ursprünglich angerufen?, wundert sich Katariina. Das alles ist eigentlich ihre Schuld, und jetzt versteckt sie sich auf der Toilette, und ich nehme an der Trauer von straußenpelzigen alten Weibern teil. Katariina mustert Katariina Airaksinens Kleidung und stellt fest, dass sie genau gleich angezogen ist wie sie selbst. Ein Wollpullover mit V-Ausschnitt, kein Kragen, kein Schmuck, gerade, gebügelte Hosen, Schuhe mit schmalen Spitzen.

Katariina überlegt, welche von ihnen beiden sich lächerlicher fühlt.

Auch das ist völlig egal.

Katariina Airaksinen tritt vor sie hin.

»Ist deine Mutter gekommen?«, fragt sie sofort.

»Nein«, antwortet Katariina. »Sie wäre nie im Leben gekommen.«

»Meine auch nicht«, sagt Katariina Airaksinen. »Das wäre lächerlich gewesen.«

»Ziemlich«, sagt Katariina.

Sie gehen in die Kapelle. Nicht zusammen, aber auch nicht einzeln.

Im vorderen Teil der Kapelle ist schon ein Ehepaar, ein ungefähr fünfzigjähriger Mann und eine Frau, die Katariina nicht kennt. Andere Beerdigungsgäste gibt es nicht. Katariina setzt sich in eine Bank, sie achtet nicht einmal darauf, neben wen. Sie starrt auf den Sarg, der vorn in der Kapelle steht. Es ist ein gewöhnlicher Sarg, Birkenholz, von der billigsten Sorte.

Liegt Vater dort?, überlegt Katariina. Wenn ich jetzt aufstehen und den Deckel hochheben würde, würde ich ihn dann sehen? Würde ich den Mann sehen, den ich auf dem Foto gesehen habe? Wäre sein Gesicht dort? Oder ist der Sarg nur ein Symbol? Wurde er bereits verbrannt, ist er in einer Urne, in einem kleinen Zinnkrug? Noch warm oder schon kalt?

Für einen Moment scheint es Katariina, als könne sie die Ungewissheit nicht ertragen. Sie muss wissen, ob der Vater dort drin liegt. Sie befürchtet, dass sie aufstehen und den Sarg öffnen wird. Aber sie schafft es nicht. Die Zeremonie beginnt. Das Adagio von Albinoni (passend zum Sarg) setzt ein, und gleichzeitig beginnt das Schluchzen. Es kommt von Katariina Saarinen und Ludmila. Die anderen Katariinas würden alles dafür geben, wenn sie in der Lage wären, nicht in den Chor einstimmen zu müssen, aber sie sind es nicht. Die uralten Organe funktionieren genauso wie das Herz und die Nieren. Sie hören nicht auf Befehle. Sie funktionieren, bis sie vollständig aufhören zu funktionieren.

Dann sind die Blumen an der Reihe. Markus bringt sein Arrangement nach vorne. Er platziert es sorgsam neben dem Sarg und steht dann einen Moment lang still in der fast gleichen Haltung wie zuvor in der Eingangshalle der Kapelle, die Beine gespreizt, aber nun hält er die Hände über dem Schritt gekreuzt, wie ein Fußballer in der Abwehrmauer beim Freistoß. Er senkt den Kopf, wahrscheinlich verabschiedet er sich schweigend.

Katariina Saarinen und Ludmila legen ihren Kranz neben Markus' Arrangement, und Ludmila trägt vor:

»Für deine letzte Reise. Ritva-Liisa Saarinen und deine Tochter Katariina Maaria.«

Katariinas Veilchen wirken neben Markus' Strauß

und Katariina Saarinens Kranz kümmerlich. Sie sagt nichts.

Als Letzte platziert Katariina Airaksinen zwei langstielige Lilien am Kreuz des Sargs.

Vier Kamele und eine Eiskunstläuferin. Das ist die ganze Karawane.

Ich finde, der Pfarrer hat sehr schön und wahrheitsgetreu über Kari gesprochen. Es ist schwer, über einen Menschen zu reden, den man selbst nicht kannte und der so vielen von Gottes Geboten zuwidergehandelt hat. Es war gut, dass ich im Voraus mit ihm gesprochen hatte, auch wenn ich darauf vertraute, dass Markus die richtigen Dinge zu erzählen weiß. Ein so kluger Junge! Hätte die Verantwortung dafür auf den Schultern der Halbschwestern gelegen, wer weiß, was wir dann heute zu hören bekommen hätten. Katariinas Erzählungen haben durchblicken lassen, dass sie äußerst ablehnend und feindselig sind. Ich wäre nicht zu dieser Katariina Laakso gegangen, selbst wenn ich eingeladen worden wäre. Ich hätte sofort nein gesagt. Gut so, dass sie mich nicht gebeten hat, so musste ich nicht unhöflich sein. Ich bin noch nach der Zeremonie zu ihr hingegangen, um ihr die Hand zu schütteln. Ich habe natürlich nichts zu dem Veilchenstrauß gesagt, obwohl er unter aller Kritik war. Immerhin der eigene Vater. Aber ich bin trotzdem zum Händeschütteln hingegangen, denn in *unserer* Familie hat man gute Manieren stets geschätzt, und ich wollte, dass sie das sieht.

Ich habe ihre Hand besonders warmherzig gedrückt,

um zu zeigen, dass ich ihr oder ihrer Mutter gegenüber keinerlei Groll empfinde. Eine furchtbar kalt und gehemmt wirkende Frau, sie hat die Hand fast weggezogen. Als ich ihr alles Gute für die Zukunft gewünscht hatte, sagte sie »Spasiba«.

Spasiba? Warum hat sie sich bei mir auf Russisch bedankt? Ist ihre Mutter Russin? Oder war sie sonst irgendwie durcheinander? Sie trug eine Sonnenbrille (auch das ist meiner Meinung nach sehr unhöflich), nahm sie auch beim Sprechen nicht ab, so dass ich ihre Augen nicht sehen konnte. Aber es ist gut möglich, dass sie ein wenig Diazepam genommen hatte. Ich fühle mich selbst so, als könnte ich welches gebrauchen. Und einen trinken. Ich könnte nachsehen gehen, ob jemand Bekanntes im *Lotsen* ist. Ich mag nicht allein sein.

Man kann nie wissen, ob man richtig handelt oder nicht. Der Herr weiß, dass ich für Katariina nur das Beste wollte, immer. Mit allem, was ich getan habe. Alle Mütter wollen das. Und liegen dann über zehn Jahre später nachts wach und überlegen, habe ich richtig oder falsch gehandelt. Eine Lösung gibt es nicht, keinen Richter und auch keine Strafe.

Als Katariina klein war, dauerte es, bis sie begriff, dass auch sie einen Vater hatte. Als Vierjährige kapierte sie nicht einmal, was das ist, sondern brachte Väter und Großväter und den Vater im Himmel durcheinander (auch später brachte sie das noch durcheinander, damals, als sie zum Glauben kam und mir ständig Predigten über meine Lebensweise hielt und auf diese ärgerlich fromme Weise lächelte und so tat, als sei sie mit Jesus verlobt). Zunächst war ich erleichtert, als ihr klarwurde, dass auch sie einen Vater hatte, und die Dinge an ihren Platz rückten, aber dann begann sie, diese Briefe zu schreiben. Sie schrieb viele, bestimmt zehn Stück, und dann hörte sie auf. Resignierte natürlich, als sie keine Antwort bekam. In den Briefen log sie, wie es ihr gerade einfiel, dass ich ihr kein Essen gäbe (darüber hatte sie sicher in einem Märchen gelesen) oder dass ich die Fenster mit Schlössern versehen hätte, damit sie nicht wegkann. Ich musste sie ja lesen, sonst hätte ich gar nicht gewusst, was sie denkt. Danach klebte ich sie dann wieder zu, damit sie nichts merkt. Man denke nur, wenn ich den nicht gelesen hätte, in dem nur ein Satz stand, in großen Blockbuchstaben geschrieben: PAPI HOL MICH WEG VON IHR! In anderen Briefen erzählte sie, was wir für ein vornehmes Zuhause hätten, sie hatte vierzehn Zimmer hinzugefügt und beschrieb aufs Detail genau, wie sie angeblich eingerichtet waren, dicke Vorhänge und goldene Blumenvasen, und dass das Haus so vornehm sei, dass wir uns zwei Dobermänner hätten anschaffen müssen, die es bewachten. Später am selben Abend blätterte ich eine Frauenzeitschrift durch, es muss wohl *Jaana* gewesen sein, und darin war eine Homestory über eine amerikanische Schauspielerin, deren Haus sechzehn Zimmer hatte, Brokatvorhänge und Dobermänner.

Manchmal schrieb Katariina auch Wahres in ihren Briefen, und dann hatte ich Angst, dass Kari sie wirklich von mir wegholen würde, wenn er erfuhr, dass tatsächlich alles drunter und drüber gegangen war, nachdem er weg war. Ich hatte zunächst nicht vor, die Dinge in den Griff zu bekommen, und war eine Weile lang nicht einmal in der Lage, mich um Katariina zu kümmern, Gott sei Dank half meine Schwester. Aber ich erschrak auch aus einem anderen Grund bei der Vorstellung, dass Kari diese Briefe lesen würde. Katariina war schon acht und konnte immer noch nicht richtig schreiben! Es war natürlich eine Erleichterung, als ich begriff, dass sie ihren Vater eigentlich nicht darum bat, sie von »ihr«, also mir, sondern von »hier« wegzuholen, das war immerhin eine weniger persönliche Beleidigung, aber ich wurde trotzdem wütend. All die endlosen Stunden, die ich mit ihr Hausaufgaben gemacht hatte, damit die anderen sie nicht für dumm hielten! Das war sie nicht, aber sie musste doch in die Sonderklasse, Beobachtungsklasse hieß das damals, und obwohl ich dagegen war und nie irgendwem gegenüber erwähnte, dass sie Sonderschülerin war, half es vielleicht doch, denn als die Gesamtschule zu Ende war – sie ging zwölf Jahre hin, drei Jahre länger als die anderen; viele meiner Bekannten glaubten, dass sie damals bereits auf dem Gymnasium war –, änderte sich plötzlich alles. Und jetzt darf ich seit Jahren einfach nur stolz auf sie sein. Da haben die, die in ihr nur das einzige Mädchen der Beobachtungsklasse gesehen haben, eins auf die Nase bekommen.

Natürlich fühlt es sich nicht gut an, dass Katariina denkt, ich hätte ihre Briefe abgeschickt. Ich habe mich auch um ihre ganzen anderen Sachen gekümmert, weshalb sie sich nichts dabei dachte, wenn ich sagte, leg ihn auf den Tisch, ich nehme ihn dann mit zur Post. Natürlich hatte ich das auch vor, abgesehen von dem, in dem sie Kari bat, sie wegzuholen. Am Anfang habe ich auch Briefmarken draufgeklebt. Ich habe die Marke aufgeklebt und den Brief in meine Tasche gesteckt, um ihn in den Briefkasten zu werfen. Ich bin nur nicht dazu gekommen, ihn einzuwerfen. Damit ist ungefähr das Gleiche passiert wie mit den Rechnungen. Die Rechnung steckt man in die Tasche und hat vor, zur Bank zu gehen und sie zu bezahlen, aber auf dem Konto ist wenig Geld, und es ist deprimierend, über die ganze Sache nachzudenken, weshalb die Rechnung ganz unten in der Tasche liegen bleibt. Man vergisst sie eigentlich nicht, aber man verdrängt sie. Wenn sie dann lange genug gelegen hat, ist daraus ein faltiges, dreckiges Stück Papier geworden, und man kann nicht einmal mehr richtig erkennen, was es ist. Es ist einfach, sie zusammen mit alten Taschentüchern und Quittungen und Einkaufszetteln und Fahrkarten wegzuwerfen. Sie ist nicht mehr das, was sie ursprünglich war. Es ist Müll daraus geworden.

Manchmal hat Katariina nachgehakt, ob ich die Briefe abgeschickt hätte, und ich sagte, dass ich das natürlich getan hätte. Ich konnte sie nicht aufheben, anders als die, die sie an den Weihnachtsmann geschrieben hat. Die habe ich ihr vor fünf Jahren zurückgegeben, und wir weinten und lachten, als wir sahen, was sie sich alles gewünscht hatte, so vertraut und gleichzeitig so weit entfernt waren die Dinge. Und Kari hätte ihr sowieso nicht geantwortet. Da bin ich mir völlig sicher.

Katariina Airaksinen

Alles Mögliche habe ich von dieser Kaffeeveranstaltung erwartet, aber nicht, dass meine jüngere Halbschwester und mein Halbbruder flirten würden. Sie haben sich angeguckt und gegenseitig ihre Gesellschaft gesucht, haben ihre Handys verglichen und ihre Blumenarrangements gelobt. Ich weiß nicht, ob es ihnen selbst aufgefallen ist oder ob die ältere Katariina es bemerkt hat. Wahrscheinlich nicht. Sie ist mitunter fast nett, schlummert aber hauptsächlich in einer wässrigen Schlacke von Groll und Selbstmitleid vor sich hin. Statt Kaffee holte sie Weingläser und Rotwein aus der Küche und stellte sie auf den Tisch. Diesmal sollten sich die Schimpansen vollllaufen lassen.

Katariina Saarinen sah die Flasche, und ihre Augen wurden weit, als hätte sie einen Dildo erblickt, den wir an diesem Couchtisch zusammen in Gebrauch nehmen sollten.

»Ob das jetzt so eine gute Idee ist?«, fragte sie.

»Ich finde schon«, sagte ich und nahm ein Glas.

»Gibt es etwas Stärkeres?«, fragte Markus.

»Ich weiß nicht so recht«, sagte die ältere Katariina unsicher.

»Weinbrandverschnitt gibt es«, sagte Olli.

»Den würde ich nehmen«, sagte Markus. »Keine Eunuchenplörre.«

Olli ging in die Küche.

»Keine was?«, erkundigte ich mich.

»Das ist ein Spruch von Vater«, sagte Markus feierlich.

»Nicht traurig sein, lass die Pferde traurig sein, die haben einen größeren Kopf«, sagte die ältere Katariina, die immer noch ihre Sonnenbrille aufhatte.

Alle sahen sie an.

»Das war auch ein Spruch von Kari. Hat meine Mutter erzählt.«

Das waren die Weisheiten unseres Vaters, die erhalten geblieben waren.

»Das war doch ganz schön gesagt«, sagte die Jüngste. »Nicht traurig sein. Nett.«

»Na, ich weiß nicht«, sagte ich.

»Das ist aus dem *Kalevala*«, sagte Markus verächtlich, als hätte er nur darauf gewartet, dass endlich jemand Bildung bewies und wusste, worum es ging.

Wir sahen ihn alle an.

»Die Tochter von Louhi heiratet den Schmied Ilmari«, erklärte Markus. »Alle geben ihr Anweisungen, wie eine Schwiegertochter sich zu verhalten hat und den anderen als Sklavin in ihrem neuen Zuhause dienen muss. Nur ein kleines Kind, das auf dem Boden spielt, tröstet sie und sagt, dass es sich nicht lohne, traurig zu sein, ein Pferd könne trauern, denn das habe einen größeren Kopf.«

»Also war es nett gemeint«, sagte Katariina Saarinen triumphierend.

Olli kam mit dem Weinbrandverschnitt und drei

Gläsern zurück. Markus stand auf, nahm die Gläser entgegen und stellte sie auf den Tisch.

»Danke«, sagte Markus zu Olli, während dieser sein Glas füllte. »Ich muss bald los zum Match.«

»Für wen hast du die drei Gläser gebracht?«, fragte Katariina und schielte unter ihrer Sonnenbrille hervor.

»Für Markus, mich und sie«, sagte Olli und deutete auf mich, als er »sie« sagte. »Ich dachte, dass ihr beide euch nichts daraus macht.«

Die älteste Katariina setzte die Sonnenbrille wieder auf und ging in die Küche. Olli schenkte weiter ein. Ich nahm mein Glas und bedankte mich, ohne zu fragen, woher er wusste, dass ich eins trinken würde.

»Zu was für einem Match gehst du?«, fragte Olli.

»Poker«, antwortete Markus.

»Du wirst ja wohl am Tag der Beerdigung deines Vaters nicht Poker spielen gehen?«, fragte Katariina Saarinen. Sie klang ganz wie ihre Mutter. Die gleiche Stimme und der gleiche Gesichtsausdruck und die unhinterfragbare Sicherheit, dass gute Manieren auf Bildung hinweisen.

»Er hätte mir das kaum übelgenommen«, sagte Markus. Das war der erste vernünftige Satz, den er von sich gab.

»Wo spielst du?«, fragte Olli.

»Hauptsächlich im Netz.«

»Gewinnst du?«

»Manchmal«, antwortete Markus, nachdem er für den Bruchteil einer Sekunde überlegt hatte, als habe er darüber nie nachgedacht, als sei das völlig unwesentlich. Als hätte Olli einen Mönch gefragt, ob Gott auf seine Gebete antworte.

Die älteste Katariina kam mit zwei Gläsern zurück. Die Sonnenbrille hatte sie in der Küche gelassen. Markus stand erneut gewandt auf, nahm Katariina die Gläser aus der Hand und schenkte ein. Es war schwer zu sagen, ob er der Klassenprimus war oder der Hausherr.

»Was für eine Vorstellung von Männlichkeit«, sagte Katariina, nachdem sie aus ihrem Glas getrunken hatte. »Wein trinken die Eunuchen, und zu Hause herrscht Gottesfurcht.«

»Vielleicht war er in dieser Vorstellung gefangen«, schlug die jüngste Katariina vor. »Vielleicht hat er sich deshalb nicht erlaubt zu lieben.«

Ihre Augen füllten sich mit Tränen.

»Traurig, wenn es so war«, fuhr die älteste Katariina fort. Die Eunuchenplörre hatte sie bereits deutlich erweicht. »Wenn er sich ein solches Bild von sich gemacht hat und diesem dann treu dienen musste. Er konnte sich wahrscheinlich nicht eingestehen, was für ein Betrug dieses Bild war. Er hätte begriffen, wie viele Jahrzehnte er damit verschwendet hat, an etwas zu glauben, das nicht existiert, und dass er die ganze Zeit über unglücklich war.«

Mit einer so wissenden Stimme, als wüsste sie das tatsächlich! Als wüsste sie etwas über einen Menschen, der sie einmal in ihrem Leben angerufen hat!

»Wahrscheinlich hatte er ein Alkoholiker-Ego«, sagte Olli. »Das kann man von seiner Person nicht trennen, oder von seinem Leben.«

»Vater war nicht unbedingt Alkoholiker«, verteidigte ihn die jüngste Katariina.

»Was ist ein Alkoholiker-Ego?«, fragte Markus. Seiner Stimme war anzuhören, dass er nicht glaubte, dass es so etwas überhaupt gab.

»Ein übergroßes Ego, das auch vorhanden sein kann, wenn jemand nie ein Alkoholproblem hatte«, erläuterte Olli. »Ein großes Ego, das Lügen und Macht genießt.«

»Hatte Vater deiner Meinung nach eine narzisstische Störung?«, fragte die jüngste Katariina.

»Als ob er das wüsste«, sagte die älteste Katariina überraschend aggressiv. Sie nahm einen riesigen Schluck aus ihrem Glas, musste zwei-, dreimal schlucken, bevor sie ihren Mund leer hatte, und erklärte uns dann: »Olli ist ein Klappentextphilosoph. Er liest den Klappentext eines Buches und macht dann tiefgründige Ausführungen darüber.«

Olli sah nicht sonderlich verletzt aus, eher überrascht, als hätte sich Katariina hinter ihn gestellt und *Buh!* in sein Ohr geschrien.

»Das müssen wir ihm verzeihen«, sagte die jüngste Katariina.

»Ich versuche das, ich versuche das«, sagte die älteste Katariina beflissen und trank aus ihrem Glas, die Augenbrauen geduldig nach oben gezogen, und seufzte dann erschöpft, als hätte sie bereits aufgegeben.

»Wir müssen *Vater* verzeihen«, korrigierte Katariina Saarinen hektisch und wandte dann den Blick ihrem Halbbruder zu. Der Blick roch nach Veilchen.

»Vater? Ich habe nie, nie vor, ihm zu verzeihen«, sagte die älteste Katariina mit geschlossenen Augen.

»Würde es die Sache nicht erleichtern, wenn du's versuchst?«

»Nie«, deklamierte die älteste Katariina, weiterhin mit geschlossenen Augen, und schüttelte den Kopf.

»Das ist deine Sache«, sagte ich.

Sie öffnete die Augen und glotzte mich an. Markus saß erstarrt da, als könnte er sich durch Konzentration in ein braunes Sofakissen verwandeln.

»Er hat uns geliebt«, sagte die jüngste Katariina mit einer Stimme, die auch in der siebzehnten Reihe noch tief resonierte. Mir entwich aus Versehen ein Ton, der wie das Schnarchen eines dicken Mannes klang.

»Natürlich hat er das«, fing die jüngste Katariina Feuer. »Er liebte uns, so sehr er konnte. Er nahm an unserem Leben so viel teil, wie er dazu in der Lage war. Das war vielleicht bei allen nicht viel, aber das heißt nicht, dass er nicht geliebt hat.«

»Sich selbst hat er zumindest geliebt«, sagte ich.

»Sich selbst hat er überhaupt nicht geliebt«, sagte die Älteste und schloss wieder die Augen. »Keiner, der sich selbst liebt, stirbt so.«

»Woher weißt du, wie er gestorben ist? Du bist nicht dabei gewesen.«

»Keiner von uns war das«, sagte die Jüngste fast flüsternd. Ich weiß nicht, wie sie das macht, aber ich bin mir sicher, dass man auch das Flüstern bis in die siebzehnte Reihe hört.

Die älteste Katariina öffnete die Augen wie ein erbebendes Orakel oder wie Oile aus Pu dem Bären. Sie sah die jüngste Katariina an. Ein boshafter Blick, wie ihn Betrunkene manchmal haben.

»Er hat dich nicht im Fernsehen gesehen«, sagte die älteste Katariina und lächelte.

Es wurde still.

»Was meinst du damit?«, fragte die jüngste.

»Er hat dich nicht gesehen. Er hatte keinen Fernseher. Er ist einen Monat lang nicht aus dem Zimmer gegangen. Im Speisesaal wäre ein Fernseher gewesen, er hätte dich sehen können. Aber er ist nicht da gewesen. Ich habe die Leiterin des Hotels gefragt. Er hat dich nicht gesehen. Er ist nicht aus Sehnsucht nach dir gestorben. Es hat ihn nicht interessiert.«

Katariina Saarinens Veilchenaugen kippten, verdunkelten sich und fingen an, ihre Blätter abzuwerfen. Sie fielen herzförmig, leicht ranzig riechend auf ihre Wangen. Sie stand auf und lief aus dem Zimmer. Katariina Laakso schloss ihre Augen wieder und trank aus ihrem Glas. Eins der Sofakissen erwachte zum Leben und nahm die Gestalt eines Mannes an.

»Idiotin«, fauchte Markus und ging der jüngsten Katariina hinterher.

Hoffentlich waren sie vorsichtig. Selbst wenn sie nicht miteinander verwandt wären, würden ihre Kinder Monster werden.

Katariina

Katariina bereut das Gesagte sofort.

»Ich begreife nicht, warum ich gesagt habe, dass Vater keinen Fernseher hatte«, sagt sie. Sie hofft auf Absolution, dass Katariina Airaksinen sagt, es geschähe dieser Kuh ganz recht. Aber sie sagt es nicht.

»Nein?«, erwidert Katariina Airaksinen.

Katariina Saarinen eilt wieder ins Zimmer zurück, ungefähr mit der gleichen Geschwindigkeit, mit der sie auch rausgerannt ist. Bei sich hat sie einen großen braunen Briefumschlag. Sie wirft ihn vor Katariina auf den Tisch und sieht sie trotzig an. Markus steht wie ein Leibwächter hinter Katariina Saarinen.

»Na?«, drängt Katariina Saarinen Katariina.

»Na, was?«, fragt Katariina zurück.

»Mach auf.«

Katariina betrachtet den Umschlag. Sie weiß nicht, was drin ist, aber sie weiß, dass es etwas Schlimmes ist, etwas, das sie nicht wissen will, das sie nicht erfahren darf. Es wird ihr Schaden zufügen, und vielleicht wird sie sich nie davon erholen.

»Und ich mache das nicht auf«, sagt Katariina.

Sie schiebt den Umschlag in Katariina Saarinens Richtung.

Die schiebt ihn zu ihr zurück.

»Es hat ihn also nicht interessiert?«

Katariina sieht von außen zu, wie sich ihr Arm zum Umschlag hinstreckt. Sie öffnet ihn und nimmt einen dicken Packen Hefte heraus.

Theaterprogramme. Fünf, sechs, sieben Theaterprogramme. *Onkel Wanja, Bis Denver, Kunst, Drei Schwestern.*

»Was ist das?«, fragt Katariina Katariina Saarinen.

»Theaterprogramme«, sagt Katariina Saarinen. »Vater hat sich anscheinend für Theater interessiert. Das war ihm anscheinend eine liebgewordene Beschäftigung.«

Ihre Stimme ist höhnisch, aggressiv, triumphierend.

Katariina sieht die Theaterprogramme an.

Auf jedem ist mit der Hand ein Datum vermerkt. 29.3.1995, 17.10.1998. Bei allen Stücken ist Katariina Saarinen dabei. Manchmal in größeren Rollen, bei anderen in ganz kleinen. Eine winzige Rolle, fünf Repliken, insgesamt zwanzig Sekunden auf der Bühne.

Zwanzig Sekunden, die der Grund dafür waren, dass der Vater sich das Stück angesehen hat.

In Katariina flattert ein weißer Schmetterling, eine Masse, die sich aus zerquetschten inneren Organen gestaltet, Leber Bauchspeicheldrüse Herz Magen, alle eine einzige geleeartige Masse, auf einem Röntgenbild würden sie als großes, den ganzen Brustkorb ausfüllendes weißes Gebiet sichtbar werden. Katariina schielt auf ihren Pullover hinunter, es scheint ihr unmöglich, dass von dieser Schweinerei nichts herausläuft.

»Woher hast du die?«, fragt sie.

»Von Vaters Freund. Raimo Wickholm. Ich habe

mich mit ihm auf einen Kaffee getroffen. Er hat sie mitgebracht.«

»Warum waren die bei ihm?«, fragt Katariina. »Warum waren die nicht bei Vater?«

»Vater hat eine Zeitlang bei ihnen gewohnt. Er hat sie wohl dort vergessen. Wickholm hat sie mir mitgebracht. Zum Glück. Wären sie bei Vater gewesen, hätte ich sie kaum jemals zu Gesicht bekommen. Wären wahrscheinlich jetzt Asche da hinter euch.«

Katariina bekommt kein Wort heraus.

»Aber er hat sie mir mitgebracht«, fährt die furchtbare Katariina Saarinen fort, die absolute Macht über Katariina bekommen hat. »Wir haben uns einmal zum Kaffee getroffen, er hat sie mitgebracht und erzählt, dass es der Höhepunkt in Vaters Leben war, ins Theater zu gehen, um mich zu sehen. Dass er da keine Kompromisse gemacht hat, nicht einmal, als er arbeitslos war. Dass ich das einzige Papatöchterchen war.«

Olli

Ich muss sagen, das war eine ziemliche Vorstellung. Im Raum herrschte völlige Stille, und es war fast zu hören, als Katariina verschwand. Es war furchtbar, aber sie war es ja, die das Ganze angefangen hat, ich begreife nicht, warum sie nicht versteht, dass sie nicht die Einzige ist, die trauert. Sie wollte Raimo Wickholm nicht treffen, aber es hätte ihn auch niemand anderes treffen dürfen. Katariina sollte die Einzige sein, die die Sachen des Vaters bekommt. Ich verstehe nicht, inwiefern es besser wäre, wenn der Vater nur eins seiner Kinder geliebt hätte. Würden wir noch ein paar Kinder bekommen (was unter diesen Umständen ein utopischer Gedanke ist), würde sie doch wollen, dass ich sie alle gleichermaßen liebe?

Katariina stand auf, stand da wie ein Krug, der bereits in tausend Stücke zerbrochen ist, dessen Teile aber noch für einen Moment an ihrem Platz bleiben, aus schierer Macht der Gewohnheit. Einen Augenblick lang habe ich erwartet, dass die Scherben zu einem Haufen auf dem Boden zusammenstürzen. Ich habe die Hand nach ihr ausgestreckt, aber sie hat es nicht einmal gesehen, sondern ist weggegangen, zur Tür hinaus.

Etwas später ging ich nach ihr sehen, aber sie war noch nicht wieder zurückgekehrt. Als ich an der Küche vorbeiging, sah ich Katariina Airaksinen. Sie stand mit dem Rücken zur Tür, das Weinglas neben sich auf der Arbeitsfläche. Sie hörte mich nicht kommen, war über die oberste Schublade gebeugt, die Hand im Fach mit den Löffeln.

Die Hand im Fach, und dann in der Tasche.

Ich muss mich verguckt haben, dachte ich. Ich habe falsch gesehen, warum in aller Welt sollte sie einen Löffel in ihre Tasche stecken?

Ich betrat die Küche. Katariina Airaksinen hörte es, richtete sich auf und wandte mir den Blick zu. Sie sah kein bisschen erschrocken aus, im Gegenteil, eher ein wenig gelangweilt und distanziert.

»Hallo«, sagte ich, »was passiert hier denn?«

»Nichts«, antwortete sie und zuckte gleichzeitig mit den Augenbrauen und den Schultern, als wären sie mit einem unsichtbaren Draht verbunden. Die Geste ließ sie nur noch gelangweilter wirken.

»Wo sind denn alle?«, fragte ich.

»Katariina Saarinen ist Hatschepsut spielen gegangen«, sagte sie.

»Wen?«, fragte ich.

»Hatschepsut war eine ägyptische Königin«, erklärte mir Katariina Airaksinen, »die eine Liebesbeziehung mit ihrem Halbbruder anfing, um Herrscherin zu werden.«

Ich vergaß das Löffelfach für einen Augenblick.

»Du meinst sicher nicht das, wonach es sich anhört«, sagte ich.

»Ich bin hier schon eine ganze Weile allein«, sagte sie.

Ich wusste nicht, was ich sagen sollte.

Katariina Airaksinen nahm einen Schluck aus ihrem Glas.

»Sollten wir sie suchen?«, fragte ich.

»Um sie auseinanderzureißen, oder was?«, fragte Katariina Airaksinen. Sie zuckte mit den Achseln.

»Sollen sie machen, wozu sie Lust haben. Sie knutschen wahrscheinlich ein bisschen und lassen es dann. Und wenn sie es nicht lassen, nun, dann ist es auch ihre Sache.«

Ich schielte unsicher in die Richtung des oberen Stockwerks. Ich halte mich für ziemlich liberal, aber es ist doch ein unangenehmer Gedanke, dass im eigenen Haus Inzest betrieben wird.

»Wo sie wohl sind?«, erkundigte ich mich.

Katariina Airaksinen zuckte wieder mit den Achseln. »In irgendeinem einsamen Winkel. Entweder in deinem Zimmer oder in dem von deiner Frau.«

Aus irgendeinem Grund betonte sie die Wörter »deiner Frau« besonders.

»Du lebst dein Leben wahrscheinlich viel vernünftiger als wir«, sagte ich verärgert.

»Im Gegenteil«, sagte sie sachlich und deshalb irgendwie sehr traurig, und ich bereute sofort, dass ich sarkastisch gewesen war. Ich war schon dabei, etwas Freundliches zu sagen, aber ihr Blick hielt mich davon ab. Keine Gefühlsduseleien. Sie stellte das Glas sorgsam und gleichzeitig unbekümmert auf der Spüle ab und steckte ihre Hand in die Tasche. Ob sie wohl den Löffel festhält, dachte ich, und sah sie direkt *en face* an.

Croisé.

Ich ging die Rolleiflex holen. Der Gedanke nahm in meinem Kopf so klar Gestalt an, dass er sich geradezu vollendet in meinem Gehirn niederließ.

Meine Falle stellte ich im Wohnzimmer auf. Ich schaltete die Lampe neben dem Sessel an. Sie hat ein leicht gelbliches, aber dennoch helles Licht, so dass sie gut beleuchtet, aber nicht blendet.

Den Stuhl, der neben dem Leuchttisch stand, brachte ich in die Küche.

Dann setzte ich mich aufs Sofa und wartete.

Derselbe Géricault, der *Das Floß der Medusa* malte, bekam seinerzeit den Auftrag, zu Lehr- und Forschungszwecken Porträts von Patienten einer Pariser Nervenheilanstalt anzufertigen. Heutzutage machen die klinischen Fotografen der Krankenhäuser solche Arbeiten. Harte Kerle, fotografieren die Patienten vor und nach der Operation, Tablettensüchtige, Selbstmordversucher (»Suizidis«) und Hasenscharten.

Es wurde interpretiert (und was ist schon dabei, Interpretation ist doch immer unterhaltsam), dass die Geisteskranken von Géricault die Dunkelheit repräsentieren. Ihre Gesichter kommen vor einem dunklen Hintergrund zum Vorschein, und den Künstler selbst bezeichnete man als »den schwarzen Maler der Gewalt und des Dramas«. Aber ich finde, dass der dunkle Hintergrund auf andere Art und Weise funktioniert. Géricault platzierte die Kranken nicht in dem Umfeld, in dem sie bis dahin auf Gemälden platziert worden waren, in der Nervenheilanstalt, die Gesichter dämonisch verzerrt. Géricault malte nur einen dunklen Hintergrund, das Gesicht und ein wenig vom Körper. Er arbeitete schnell, *alla prima*, jede Farbfläche blieb genauso, wie sie war, er malte nicht mehrere übereinanderliegende Flächen, um den richtigen Ton zu finden. Diese Porträts der Geisteskranken kamen dem Fotoporträt so nah, wie es in einem Gemälde nur möglich ist. Wenn man die Figuren flüchtig betrachtet, ohne den Namen der Werke zu kennen, könnte man sie für normale arme Männer und Frauen aus dem Volk halten, die durch Hunger, Krankheit und Alter geschwächt sind. Sieht man aber genauer hin, sieht man Menschen, deren Inneres von einer Krankheit zerfressen wird. Ebenso beschrieb der Arzt Georget seine Patienten, er sagte, sie wirkten die meiste Zeit über ganz normal. Sie sehen, horchen, funktionieren normal. Sie haben nur den einen speziellen Defekt, jeder seinen eigenen, der sie auffrisst und der ihr Leben bestimmt. Die Grenze zwischen Vernunft und Wahnsinn, gesund und krank, ist sehr, sehr schmal.

Porträt eines Spielsüchtigen.
Porträt einer Gefallsüchtigen.
Porträt einer krankhaft Eifersüchtigen.
Porträt einer Kleptomanin.

Ich saß mit der Rolleiflex auf dem Sofa und wartete. Meine Katariina war immer noch nicht zu sehen, sie war sicher in die Nachbarschaft geflüchtet, wo Silja eine Abkürzung gefunden hatte, um mich zu kritisieren (das ist sicherer, als die Probleme der eigenen Ehe auszubreiten), oder sie schmollte an der Wurzel ihrer Esche. Aber das war eigentlich auch einerlei. Ich hatte auf jeden Fall den Moment verpasst, in dem ich von ihr das *Porträt einer krankhaft Eifersüchtigen* bekommen hätte.

Hinter mir hörte ich ein vorsichtiges Räuspern. Katariina Airaksinen war ins Wohnzimmer gekommen.

Ich achtete darauf, ihr nicht direkt ins Gesicht zu sehen, sondern tat so, als würde ich am Vorhang den Weißabgleich machen, aber ich beobachtete, wo sie sich niederlassen würde. Der Stuhl vom Leuchttisch war weg. Neben mich auf das Sofa würde sie sich nicht setzen.

Sie setzte sich in den Sessel. Ich sagte nichts.

»Was machst du?«, fragte sie einen kurzen Augenblick später.

»Einen Weißabgleich«, sagte ich. »Ich dachte, ich mache von euch allen Porträts.«

»Porträts?«, fragte sie. »Warum?«

Ich zuckte mit den Achseln.

»Ich dachte, ich mache so eine Bilderserie.«

»Ich will nicht«, sagte sie leicht widerwillig, leicht erschrocken, als hätte ich ihr eine Darmspülung angeboten.

»Ich denke, ich mache sie als Schnappschüsse«, sagte ich, ohne mich um ihre Antwort zu kümmern, als hätte ich laut gedacht, und das tat ich gewissermaßen auch. Und wenn ich auch wegen des Löffels hinter ihr her war, war ich froh, dass ich hier mit ihr saß und mich über irgendetwas Interessantes unterhalten konnte, auch wenn sie von den géricaultschen Verrückten, die in meinem Haus herumgeisterten, wahrscheinlich die einzige mit Diagnose war.

»Was heißt das?«, fragte sie.

»Dass ich sie mache, wenn der richtige Moment kommt, ohne dass ihr euch darauf vorbereiten könnt.«

Keine Bewegung. Der Instinkt eines Beutetiers.

Sämtliche Lebensfunktionen sind auf den Moment der Flucht gerichtet.

»Ich setze oder stelle euch nicht irgendwo hin und reguliere das Licht und die Perspektiven, sondern warte und mache das Bild genau im richtigen Moment.«

Sie sagte kein Wort.

»Das ist ein Schnappschuss. Ein Schnappschuss-Fotograf ist ein bisschen wie ein Dieb. ›Den ganzen Tag wandle ich auf heißen Kohlen, ich suche die Straßen ab, um ein Bild vom Kopf eines Russen zu machen‹«, zitierte ich aus dem Kopf.

Kein Wort als Erwiderung.

»Man muss geduldig und hermetisch schnell sein, also hermetisch im Sinne des geflügelten Hermes. Der im Übrigen der Gott der Diebe war, ich weiß nicht, ob du das wusstest«, sagte ich sorglos und sah sie dabei nicht ein Mal an.

Es war nichts zu hören, kein einziger Laut.

»Ein ziemlicher Luxus für die altgriechischen Diebe«, fuhr ich dann fort, »ob es bei den Orthodoxen oder Katholiken heutzutage wohl einen Schutzheiligen der Diebe gibt?«

Ich sah sie immer noch nicht an. Solange ich sie nicht ansah, konnte sie überlegen, was sie als Nächstes tun sollte. Wenn ich sie ansähe, wäre das der Befehl, etwas zu tun. Und ich wollte noch nicht wissen, was sie tun würde. Plötzlich fühlte ich eine unerklärliche Ruhe und zugleich Aufregung, gleichsam übereinander, nicht miteinander vermischt, sondern in verschiedenen Schichten, wie die unterschiedlichen Rottöne manchmal beim Abendrot. Vielleicht hat man so ein Gefühl auch beim Höhlentauchen.

»In Markus' Rüstung sind nur schwer Risse zu finden«, fuhr ich fort, gab dem Gespräch eine neue Wendung und führte sie so in die Irre. »Auch Katariina Saarinen ist ein schwieriger Fall, denn sie kann posieren. Das Lächeln erstrahlt just in der Sekunde, in der es erstrahlen soll, die Augen beginnen zu leuchten. Die Zunge ist völlig korrekt dicht an den oberen Vorderzähnen, das Kinn nach vorne, aber nicht nach oben gerichtet. Ein Lächeln, das auf Befehl aufleuchtet. Aber so ein Bild will ich nicht. Schauspieler sind dazu ausgebildet, nicht in die Kamera zu sehen, ihre ganze Ausbildung ist darauf begründet, und dann kommen sie zu einem Fotografen, der Stills macht und sagt, sieh direkt in die Kamera. Dazu sind sie nicht in der Lage, genau wie jemand, dem die ganze Kindheit über gesagt wurde, dass er still sein soll, und dann kommt jemand und sagt schrei, schrei jetzt aus vollem Halse, mach deinen Mund auf und schrei. Es kommt kein Ton heraus. Ich weiß nicht, ob ich je ein richtig gutes Bild von einem Schauspieler bekommen habe, oder auch jemand anders, von dem Bild abgesehen, dass Richard Avedon von Marilyn Monroe gemacht hat. Und ich mag Avedon nicht mal besonders, diese völlig weißen Hintergründe und diese Eindimensionalität. Bei Modefotos funktioniert es gut, aber nicht bei Porträts. Außer eben auf diesem einen Porträt von Marilyn, auf dem das Herausstellen der grafischen Form wesentlich ist. Die müde Marilyn steht gleichsam hinter dem schwarzen Paillettenkleid und den begehrten Brüsten, der ganze ikonenhafte Torso ist eine schwere Last, den diese müde Frau auf dem Arm hält, die Schultern gebeugt und die Augen vor Erschöpfung halb geschlossen.«

Wie ich mir gedacht hatte, hatte mein Geschwätz Katariina Airaksinen eingeschläfert. Sie war nicht mehr so wachsam wie zu Beginn. Ich sah meine Kamera einen Augenblick an, und dann sagte ich, als würde ich das vorherige Thema fortsetzen: »Von Dieben weiß ich das nicht, auch nicht von Fotografen, aber ich habe überlegt, dass Kleptomanen einen Schutzheiligen brauchen. Wie sehr die doch leiden müssen. Dieser Hunger. Eine wachsende Unruhe, die man zu kontrollieren versucht, aber letztlich bestimmen die Beine und die Hände. Diese Angst, und das berauschende Gefühl der Macht und der Verachtung und Erleichterung. Und die unverzüglich darauf folgende Reue und Scham. Gestohlene Dinge, die sie unter keinen Umständen haben wollen, die sie dann versuchen zurückzubringen oder zu vergraben, und sie schwören, es nie wieder zu tun, nie wieder. Aber Adrenalin ist eine starke Droge. Dafür kann man fast sein Leben ruinieren.«

Und dann bewegte ich die Kamera nach oben und machte ein Bild.

Katariina Airaksinen

Mit dreizehn ging ich viermal die Woche zur Ballettstunde. Seit meinem achten Lebensjahr war ich allein mit der Straßenbahn zur Ballettschule gefahren. Bei fast allen waren die Mütter dabei, aber meine Mutter war der Meinung, dass man auf diese Weise ermessen konnte, ob ich das wirklich als Hobby betreiben wollte. Der Dutt war straff, ich spürte die Haarwurzeln, die langen Haarnadeln stachen in die Kopfhaut. Das fühlte sich irgendwie unangenehm an, aber irgendwie auch gut, man konnte nicht vergessen, dass man existierte. Ich musste einmal umsteigen, auf der Mannerheimintie. Wenn ich früh dran war, bummelte ich einen Moment lang und sah mir die Schaufenster an oder ging zu Stockmann. Nur für einen Augenblick, dann ging ich zurück zur Haltestelle, stieg in die Straßenbahn und fuhr zum Unterricht. Ich überlegte nie, ob es mir Spaß machte oder nicht.

An jenem Tag ging ich in Gedanken versunken an der Schuhabteilung vorbei (Kimmo muss nachsitzen, weil er seine Hausaufgaben schon wieder nicht gemacht hat, Katri hat drei Stempel für ihre Handschrift bekommen, bald esse ich meinen Proviant, klick, klack klappern die Absätze der Frauen), als sich meine Aufmerksamkeit plötzlich auf ein Paar rote Schuhe richtete. Ich hatte Rot nie gemocht, es ist eine schreiende Farbe, wie eine zu laute Stimme. Die Schuhe waren aus rotem, glänzendem Leder und hatten hohe Absätze. Man konnte sie nicht übersehen, keinesfalls. Eine Frau, die solche Schuhe trug, würden alle anstarren.

Oder nicht? Würde es jemandem auffallen, wenn ich diese furchtbaren, fantastischen, unanständigen Schuhe nähme? Sie in meine Tasche steckte und ginge? Mein Herz hatte angefangen zu hämmern, ich spürte eine fast unerträgliche Erregung, vielleicht vermischt mit einem Glücksgefühl, meine Adern wollten fast zerspringen, während ich so tat, als fühlte ich nichts Besonderes. Ich machte meine Jacke auf, ging zu den Schuhen, die Schuhe unter die Jacke, den Reißverschluss zu. Zur Tür raus, zur Straßenbahnhaltestelle, in die Straßenbahn, hinsetzen. Ich musste beinahe lachen, so einfach, unglaublich! Mein Lächeln war so breit, dass sich die Haarnadeln noch tiefer als zuvor in die Kopfhaut gruben. Ich hatte sie bekommen, ich hatte sie einfach genommen! Die Schuhe, die ich nicht einmal wollte.

Als ich in den Umkleideraum kam, war die ganze Freude verschwunden. Ich nahm die Schuhe heimlich unter meiner Jacke hervor und steckte sie in meinen Rucksack, den ich ausgeleert hatte, die Schläppchen, den Rock, das Trikot auf einem Haufen auf dem Boden. Während des Unterrichts war ich zerstreut und ungeduldig, die Bewegungen flossen schlecht. Als ich aus der Ballettschule ging, schlüpfte ich in den Hof eines Mietshauses und warf die Schuhe in den Müll.

Ich habe in meinem Leben nichts gestohlen, was ich gebraucht hätte. Ich stehle keine wertvollen Dinge, sondern belanglose, unnötige. Das heißt nicht, dass hinter der Auswahl der Gegenstände kein Motiv läge. Fürs Stehlen gibt es immer einen Grund, wie fürs Verlieben. Der Grund ist im Allgemeinen nur nicht der beste oder logischste oder vornehmste. Das Stehlen eines Löffels könnte wohl auch gut eine symbolische Tat sein. Seine Form ist eine leere, weit klaffende Öffnung, mit der größere Öffnungen, Tassen, Teller, Mägen gefüllt werden. Und dennoch habe ich ihn nur gestohlen, weil er sich kühl in meiner Hand anfühlte.

Denkt man an Kleptomanen, hat man im Allgemeinen eine Frau mittleren Alters vor Augen, die einen Lippenstift in die Tasche ihres Nerzmantels stopft. Oder eine Frau, die nichts unter dem Nerzmantel trägt und die einen Orgasmus bekommt, wenn sie den Lippenstift in die Tasche schiebt. Dieses Bild haben die ersten psychoanalytischen Studien geschaffen. Man schrieb Patientenschilderungen über Frauen, die Stehlen sexuell erregte, die im Bett aber frigide waren und beim Masturbieren ans Klauen dachten. Sicher gibt es auch solche Kleptomaninnen. Es gibt auch welche, bei denen sich die Kleptomanie mit allen möglichen anderen Symptomen verbindet, mit Alkoholsucht, Promiskuität, Bulimie. Welche, die eine furchtbare Vorgeschichte haben, eine Kindheit voll physischer und psychischer Gewalt. Aber das Schrecklichste beim Menschen ist, dass man nie weiß, was ihn tief verletzt, was einzelne Ereignisse oder kleine, aufeinanderfolgende Dinge für ihn bedeuten. Dinge, die den Eltern gar nicht bewusst sind oder mit denen sie gar nichts zu tun haben und von denen sie nie erfahren.

Ich erinnere mich nicht daran, wie Vater ging. Ich war erst zwei, und ich habe aus dieser Zeit auch keine anderen Erinnerungen. Als ich später meine Mutter danach fragte, meinte sie: »Da gibt es nichts zu erzählen. Er verschwand. Das ist alles.« Mehr bekam ich nicht aus ihr heraus. Eines Tages, ungefähr zehn Jahre danach, berichtete mir meine Mutter, dass mein Stiefvater ausgezogen sei. Zu Hause sah alles aus wie immer. Seine persönlichen Sachen hatte er mitgenommen, aber deren Fehlen bemerkte man in dieser Wohnung nicht, in der außerhalb von Schränken und Schubladen keine persönlichen Sachen geduldet waren. Alles andere hatte er zurückgelassen. Er hatte den Fernseher nicht mitgenommen, nicht das Radio, nicht einmal seine eigenen Bücher. Er wollte nur weg. Mehr nicht.

Nachdem sie erzählt hatte, dass mein Stiefvater ausgezogen sei, presste Mutter die Lippen zusammen und fügte umgehend hinzu: »Darüber wird nicht geredet.« Und wir redeten nicht darüber, nicht untereinander und auch nicht mit jemand anderem. Wir taten so, als wäre nichts geschehen. Wenn jemand fragte, wie es ihm gehe, antwortete Mutter: »Gut.« »Wie immer.« »Wie soll es ihm schon gehen.« »Er ist gerne für sich.« Ich schwieg. Damals dachte ich nicht darüber nach, aber dieses Geheimhalten hatte Auswirkungen auf meine Freundschaften, ich hielt zu allen Distanz, um das Geheimnis zu wahren. Ich war nicht ganz allein, ich hatte Freunde, aber gleichzeitig war ich völlig isoliert. Ich wurde mit niemandem richtig vertraut. Mutter wiederholte ihre Forderung nie. Das musste sie nicht. Ich vergaß sie nie. *Darüber wird nicht geredet.*

Ich habe nie offen um meinen Stiefvater getrauert. Ich habe rote Schuhe gestohlen, einige Monate nach seinem Weggang. Es muss nicht zwangsläufig zusammenhängen, aber so war es.

Ich habe nie gestanden, dass ich stehle, nicht einem einzigen Menschen. In meinem Kopf benutze ich nicht einmal das Wort »stehlen« oder »klauen«, das kann ich nicht, so vulgär ist es. Ich sage »nehmen«. »Etwas nehmen.« »Ich habe nichts genommen.« Diebstahl ist irgendwie das schmählichste aller Verbrechen, das geringste und peinlichste. Darin liegt nichts Ehrenhaftes, nicht einmal etwas so paradox Ehrenhaftes, wie es bei anderen Verbrechen vorkommen kann, bei Verrat oder zum Beispiel auch bei Mord. Stehlen ist ein sicheres Mittel, um sich selbst zu verabscheuen.

In all diesen Jahren wurde ich nie, nicht ein einziges Mal, geschnappt. Keiner hat es jemals gesehen. Ich bin so viel klüger als ihr anderen, ihr idiotischen Ordnungsmuskelmänner, ihr gepuderten und toupierten Verkäuferinnen! Aber in der Küche war ich mir nicht ganz sicher, ob Olli es gesehen hatte. Natürlich hatte er es gesehen. Er spielte ziemlich lange mit seinem Wissen, hielt mich in Atem. Und dann: welche Erleichterung. Ich hätte weinen können, so gut fühlte es sich an zu gestehen, kein Wunder, dass die Katholiken zur Beichte gehen. Keine Bestrafung, nur ungeheure Erleichterung. Ein Dieb erkennt einen anderen Dieb, weiß, wie Adrenalin (wie Olli das nannte) schmeckt, wie triumphierend, wie eigensinnig es ist, einen Moment am Leben zu sein, wenn auch auf diese verbotene Art und Weise, die einzige, auf die ich gekommen war. Und er versteht auch den Moment, an dem die Erregung verschwindet, wenn die Luft zu Schlamm wird und man versuchen muss, sie einzuatmen.

So etwas hatte ich noch nie erlebt. Er stand auf und ging mit seinen Porträts, und ich blieb auf dem Sessel und lachte beinahe laut. Mag sein, dass ich da das erste Mal in meinem Leben nicht einsam war.

Katariina Saarinen

Sofort nachdem Katariina Laakso aus der Tür war, verschwanden Trotz und Kraft aus mir, als wären sie nie wahr gewesen. Ich rannte auf die Toilette, wusch mir das Gesicht mit kaltem Wasser, es kümmerte mich nicht im Geringsten, dass mein Make-up sich als schwarze Flecke unter meinen Augen verteilte. Als ich das dunkelrote Frotteehandtuch an meine Wangen drückte (ich kannte den Geruch des Waschmittels), klopfte es an der Tür.

»Ist alles in Ordnung?«, fragte Markus mit dumpfer, respektvoller Stimme.

Ich antwortete nicht sofort. Ich betrachtete den dunkelbraunen Rattanwäschekorb, an dem ein abgebrochener Zweig herausstand und aus dem der Ärmel eines blaukarierten Männerhemds mit offenen Knöpfen hing. Auf der hellbraunen Fliese oberhalb des Wäschekorbs war ein blasser schwarzer Fleck, wie ein Farbspritzer oder ein mit Tusche hingemalter Punkt, den man versucht hat, mit dem Finger oder mit Klopapier abzuwischen. An den Rest des Bads, die Wände, den Boden, den Teppich, die Reinigungs- und Kosmetikprodukte, erinnere ich mich nicht. Ein reines Weiß, ein mit einer Halogenlampe beleuchtetes Weiß.

Markus klopfte erneut an die Tür. »Hallo«, sagte er mit etwas lauterer Stimme.

Ich machte die Tür auf. Er stand besorgt, gepflegt, mit seinem perfekt geschnittenen schwarzen Anzug und den handgearbeiteten italienischen Schuhen da. In der Hand hielt er die Theaterprogramme.

»Bist du in Ordnung?«, fragte er und streckte mir die Programme entgegen.

Ich hätte es sein können, zumindest sehr bald, wenn er sie mir nicht gegeben hätte, aber er gab sie mir. Es war, als wäre ich erneut eingeschlafen und hätte denselben Albtraum gehabt, aus dem ich gerade aufgewacht war. Ich setzte mich auf die Kloschüssel, legte den Kopf in die Hände und bewegte mich ein bisschen hin und her, genau wie eine Woche zuvor in der Toilette vom Café *Ekberg*, gleich nachdem Raimo Wickholm gegangen war. Wickholm sah so fröhlich, so zufrieden aus, als er ging, er schien seinen Freund und dessen Tochter zusammengebracht zu haben, etwas spät, aber dennoch. Ich schloss die Kabinentür ab und riss den wattierten Briefumschlag auf, den er mitgebracht hatte. Ich durchwühlte und durchwühlte den Inhalt, ich konnte nicht glauben, dass das alles war, ich blätterte jedes Programmheft durch, schüttelte den Umschlag sogar und riss ihn am Ende in Stücke, als hätte Wickholm etwas in der Wattierung versteckt, aber ich fand nichts. Es gab nichts.

Markus berührte mich an den Schultern, und erst dann hörte ich, dass ich weinte. Ich hob den Kopf und sah sein schöngeschnittenes Gesicht an, das eine makellose und deshalb unnahbare Eleganz hat. Ich sah in die blaugrauen Augen hoch über mir, sah seine mitfühlende Miene, auch Mitleid. Ich wandte meinen Blick zu der Hand, die auf meiner Schulter ruhte, ich betrachtete die Knochen auf dem Handrücken, die sich klar abzeichnenden Adern, die langen Finger. Ich glaube, dass ich aus einer Laune des Augenblicks heraus die Hand küssen wollte. Ich bin mir ziemlich sicher. Ich spürte die Wärme und das Gewicht der Handfläche. Und dann beugte ich mich vor und stieß meine Zähne in den Handrücken, genauer gesagt in die Wurzel des Daumens.

Markus sog den Atem ein und versuchte, die Hand wegzureißen, es gelang ihm aber nicht, so stark hielt ich sie mit den Zähnen fest. Sein Fleisch knirschte zwischen meinen Zähnen wie rohes Hühnerbrustfilet, es war eklig und unwiderstehlich zugleich, ich biss immer tiefer, ich spürte, wie die Knochen und Knorpel unter meinen Zähnen wegrutschten. Dann griff Markus mit der anderen Hand meine Haare und zog, zog ein zweites Mal noch fester, und ich ließ los. Die Spucke auf seinem Handrücken vermischte sich mit Blut zu einer schmierigen, rötlichen Brühe, und als er das sah, ließ er meine Haare nicht los, sondern zog noch fester als zuvor.

Zunächst realisierte ich ein hörbares Knacksen von den sich lösenden Wurzeln. Erst als ich in seiner Faust ein Haarbüschel sah, spürte ich ein Brennen auf meiner Kopfhaut.

Wir starrten beide auf seine unversehrte Faust, aus der an beiden Seiten je zehn Zentimeter Haare ragten. Dann sah er mich an, und sein Gesichtsausdruck veränderte sich, er war jetzt erschrocken und entschuldigend, Markus war bereits von dem dunklen Ort zurückgekehrt, an dem ich mich noch immer befand. Seine Faust und das Haarbüschel bewegten sich in meine Richtung, als würde er mir einen welken Blumenstrauß entgegenstrecken. Er sah mich eine Sekunde lang an, zwei, hoffte, dass ich die Geste der Versöhnung annehmen würde. Ich rührte mich nicht. Dann kam er näher, legte mir eine Hand auf den Kopf und tätschelte ihn ein paarmal, als würde er versuchen, die Haare wieder an ihren Platz zu bringen. Ich stand auf, fuhr mir über den Scheitel und ging an ihm vorbei aus dem Bad. Die ganze Zeit über sagte keiner von uns beiden etwas.

Es schien alles nicht real. Aber das musste es sein. In meiner Hand hatte ich ein Büschel Haare.

Katariina Airaksinen würde so etwas nie tun. Diese beherrschte, selbstsichere, reine Katariina.

Als Raimo Wickholm anrief und sagte, dass er Papiere habe, die Kari gehörten, also eigentlich Schätze, die mir gehörten, war ich mir ganz sicher, dass es um meine Briefe ging. Ich hatte nie eine Antwort erhalten, aber vielleicht würde ich jetzt auf meinen Briefen die Spuren seines Lesens sehen. Sie wären zerschlissen, das Papier weich geworden wie alte, jahrelang benutzte Laken. Vielleicht würde ich irgendwo einen rauen Punkt finden, wie Spuren von Tränen. Ich würde daran riechen, sie wie eine Karte untersuchen, mit einem Vergrößerungsglas, auf der Suche nach einem verborgenen Schatz. Ich könnte Raimo Wickholms freundliches, emotionales Geplauder kaum ertragen. Nur auf den Augenblick warten, wenn er mir die Briefe geben und gehen würde und ich sie festhalten könnte. Falls sie mir in den Händen blieben, so sehr würden sie zittern.

Aber Vater hatte sie nicht aufgehoben, die Briefe, die

ich in Schönschrift so gut ich nur konnte geschrieben hatte. Ich hatte immer geglaubt, dass er sie gelesen und aufgehoben hatte. Dass er aus dem einen oder anderen Grund nicht antworten konnte, nicht dazu in der Lage war oder sich nicht traute, aber dass er sie aufgehoben hatte. Deshalb hatte ich ihm verziehen, dass er mir nie auch nur eine Karte geschrieben hatte. Aber er hatte sie nicht aufgehoben. Er hatte sie weggeworfen, und es hilft auch nichts, in alle Theaterstücke der Welt zu gehen und die Programme zu sammeln, denn es ist viel einfacher, eine Erwachsene zu lieben als ein Kind, eine Erwachsene kann man bewundern, und sie braucht nichts, während ein Kind wiederum eine Plage ist, reine Bedürftigkeit, aber es ist auch schwach, und deshalb muss man es nicht weiter beachten. Aber aus einem Kind wird eine Erwachsene, und die Erwachsene zerreißt die verdammten Broschüren in Stücke und wirft die Papierschnipsel ins Meer, denn sie haben keine Scheißbedeutung für sie. Während sie wiederum eine Postkarte ewig aufbewahren würde, auf der *Grüße aus Tampere sendet Papi* stünde.

Markus

Von dieser verdammten Insel hier kommt man nicht weg. Welche Verrückten wohnen hier freiwillig? Damit man dann, wenn man will, nicht dorthin kommt, wohin man will. Eine echte Gefängnisinsel, da fallen mir die Ferienkolonien ein, in die Mutter mich geschickt hat, obwohl ich schrie, ich will nicht, und warum kann ich nicht zu Vater, wenn du mich nicht mal im Urlaub behalten kannst? Das war nicht fair, Mutter arbeitete, und ich geriet immer in Schwierigkeiten, ich war so ruhelos wie Vater, aber das begriff ich damals ja nicht. Ich war ein Kind.

Warum habe ich Katariina Saarinen die Haare ausgerissen? Nicht nur, weil sie mir in die Hand gebissen hat. (Wie ein Hund! Sollte ich mich gegen Tollwut impfen lassen?) Es hat nicht mal so weh getan, aber ich war schockiert. Ich hatte vorgehabt, sie zu trösten, ihr sozusagen eine Schulter anzubieten, weil sie so klein und verletzlich und auch schön aussah. Und dann *beißt* sie mich. An den Haaren hab ich sie gezogen, weil ich sie zwingen wollte loszulassen. Aber das Haarbüschel habe ich ihr ausgerissen, als sie bereits losgelassen hatte. Warum in aller Welt? Weil Vater sich ihre Stücke angesehen und die Programme aufgehoben hatte? Weil sie als Zehnjährige nicht den Sicherheitsgurt aufmachen und aus Vaters schickem Auto steigen musste, auch wenn sie das überhaupt nicht wollte? Aber beim letzten Mal habe ich mich geweigert auszusteigen, ich war so lange aufsässig, bis Vater böse wurde. »Du musst gehen«, sagte er. »Muss ich nicht, warum kann ich nicht mit dir mitkommen«, schrie ich ihn an. »Es geht einfach nicht«, sagte er, »weil es einfach nicht geht.« Er befahl es mir noch mal und schrie dann, »jetzt raus hier«, und am Ende versuchte er, mich rauszuschubsen, aber ich hielt mich am Sitz fest und dann am Türrahmen, die Finger weiß, und Vater versuchte, mich hinauszustoßen. Meine Mutter hörte die Schreie und kam, um mich aus dem Auto zu zerren, und ich hing in der Türöffnung, mit dem Hintern fast auf der Erde, aber die Beine waren immer noch im Auto, und mit den Fingern hielt ich mich am Türrahmen fest. Mutter löste einen Finger nach dem anderen, aber als fünf gelöst waren, hielt ich mich mit der anderen Hand am Rahmen fest, und ich ließ erst los, als Vater die Tür zuwarf, damit meine Finger nicht dazwischenkamen. Ich fiel auf den Boden und lief hinter dem Auto her und rief und rief »Papi«, und meine Mutter schrie mich an, und als ich nicht mehr laufen konnte, sondern zu Boden fiel, lief sie zu mir und weinte, und ich versuchte, sie zu schlagen, und rannte nach Hause zurück und schrie alle glotzenden Nachbarn an, »ihr könnt mich alle, verdammt nochmal«.

Nach diesem Vorfall riss ich mich zusammen und bettelte Vater nie mehr um etwas an. Kein einziges Mal. Standhaft hielt ich die Jahre über Kontakt zu ihm, und allmählich begann auch er, mich dann und wann anzurufen. Wir gingen zusammen essen, und er zahlte immer, auch dann noch, als ich anfing, selbst zu verdienen. Einmal versuchte ich zu bezahlen, und er meinte, sein Sohn zahle nicht für sein Essen und auch nicht für sein eigenes, wenn er der Gast seines Vaters sei. Ansonsten verhielten wir uns einander gegenüber ebenbürtig, und wir baten nie um etwas, was der andere nicht hätte geben können. Bis ich ihn dann einmal, als er bereits arbeitslos war, zu mir nach Helsinki holte, ich kündigte nur an, ich käme jetzt vorbei. Am Abend wollten wir essen gehen, und ich wählte das Restaurant aus. »Lass uns zu *George* gehen«, sagte ich, obwohl ich wusste, dass Vater wenig Geld hatte. Und ich wusste auch, dass er nie bereit gewesen wäre auszusprechen, dass er nicht die Mittel hatte, dort mit mir zu essen. Wir fuhren in meinem neuen BMW Cabrio hin, und ich schaltete das Navigationssystem ein, das damals noch niemand sonst hatte, obwohl ich genau wusste, wo das Restaurant war, und ich wusste auch, dass Vater seinen Firmenwagen und seinen Palmtop eingebüßt hatte und dass sein Handy das gleiche billige Modell von Nokia war, das auch meine kleine Schwester hatte, die acht war.

Im Restaurant sah ich zu, wie Vater die Speisekarte las und rechnete, was er sich bestellen konnte, und ich bestellte einen Jahrgangswein und das ganze Menü von Anfang bis Ende, vom Aperitif bis hin zu Cognac und Zigarre. Ich erzählte von irgendwelchen geschäftlichen Dingen und von Mädchen, und ein wenig auch von Mutter, ich erzählte von ihrer Beförderung, aber nicht, dass es mit ihrem dicken Freund auseinandergegangen war. Vater sagte eigentlich nichts, so sehr war er in Bedrängnis zu überlegen, wie er jemals ehrenhaft aus dem Restaurant herauskommen könnte. Aber es gab kein Herauskommen. Als ich die Rechnung bestellt hatte und sie mit einer Verbeugung gebracht worden war, nahm er sie und sah sie lange an, sah sie an, als hoffe er immer noch, dass etwas anderes draufstünde, als könnte das Hinauszögern etwas helfen, als wolle er noch einen Moment leben und atmen, ohne diese schmerzliche Scham anerkennen zu müssen, die unvermeidlich auf ihn zukam und an der er zu sterben schien. Ich half ihm kein bisschen, ich wartete in aller Ruhe, bis er keine andere Möglichkeit mehr hatte als zu sagen, dass er nicht zahlen konnte. Ich winkte den Kellner herbei (Vater hatte mir beigebracht, dass man nie mit den Fingern schnipsen darf, genauso wie man einen Fußgänger nicht über die Straße winkt, als würde man eine Fliege verjagen, sondern man bewegt den Arm in einem weiten Bogen nach oben wie ein Opernsänger, der den Dank an alle Darsteller weitergibt), gab ihm meine Kreditkarte und sagte: »Zusammen bitte. Ich zahle meinem alten Vater meine Schulden aus der Kindheit zurück, jetzt, wo er arbeitslos ist.«

Wir hatten für lange Zeit keinen Kontakt, und unsere Beziehung war nie mehr so wie zuvor. Manchmal bereue ich das. Und manchmal nicht.

Katariina

Katariina ist allein auf dem Marktplatz. Es ist sehr kalt, kaum zu glauben, dass es wirklich schon Frühling ist. Es ist, als wäre es nur ein Traum gewesen oder ein Aprilscherz, April, April. Es ist dunkel, und die Straßenlampen spiegeln sich als dunkelblaue, schimmernde Flecken im Wasser, als schwämme Öl auf den Wellen. Katariina hat das Gefühl, als wäre sie in einer völlig fremden Stadt angekommen. Sie kennt hier niemanden. Es gibt keinen Ort, an den sie gehen kann. Sie ist direkt zur Fähre gerannt, ohne irgendetwas zu denken.

Katariina geht im Zentrum umher, ihre Nase läuft von der Kälte, aber sie hat das Gefühl, dass sie in kein Restaurant gehen kann, durch keine Tür eines Cafés. Sie kann nicht allein unter unbekümmerte, elegante Menschen gehen, die einen Samstagabend verbringen. Tommi ist immer noch in Kalifornien. Marko traut sie sich nicht anzurufen. Sie kann nicht nach Hause, nicht dorthin, wo Katariina Saarinen ist. Sie fängt an zu weinen. Sie erinnert sich an das vorsichtige Lächeln eines alten Mannes auf dem Gesicht ihres Vaters, sie stellt sich ihn im Theater vor, wie er sich seine Tochter ansieht.

Sie kramt eine Visitenkarte hervor und ruft Jarkko an.

Jarkko antwortet.

»Jarkko«, sagt er.

»Katariina Laakso hier, hallo«, sagt Katariina, und versucht verzweifelt, sachlich und zurechnungsfähig zu klingen.

»Hallo«, sagt Jarkko.

»Weißt du, wer?«, fragt Katariina.

»Weiß ich«, sagt Jarkko. Aus seiner Stimme ist absolut nichts zu schließen.

»Entschuldige, dass ich um diese Zeit anrufe, aber … ich glaube, dass ich damals meine Schlüssel im Studio habe liegen lassen, wie blöd, ich habe mir die von meiner Tochter geliehen, aber musste sie zurückgeben, und jetzt, jetzt bin ich in Helsinki ohne Schlüssel …«

»Hm, keine Ahnung«, sagt Jarkko, »ich weiß nichts von Schlüsseln, ich war danach nicht mehr im Studio.«

»Ach«, sagt Katariina, als wäre sie wirklich überrascht. »Entschuldige, ich dachte nur, wenn du dort gewesen wärst, und sie wären da gewesen, dann … ich könnte sie jetzt gebrauchen. Bei uns scheint keiner zu Hause zu sein. Tommi ist noch in San Francisco und … hier ist es kalt.«

Stille. Jarkko scheint nichts mit ihr zu tun haben zu wollen. Sie kann diesen Anruf mit nichts begründen, niemandem gegenüber.

»Willst du hierher kommen?«, fragt Jarkko.

»Zu dir?«, fragt Katariina.

»Meine Frau und meine Tochter sind in Tallinn. Du kannst herkommen und dich aufwärmen, wenn du willst.«

»Danke«, sagt Katariina. »Das ist wirklich … wirklich nett.«

»Schon gut«, sagt Jarkko.

Sie braucht zehn Minuten für den Weg. Als Jarkko Katariina die Tür öffnet, nehmen sie mit keinem Wort Bezug auf jenen Mittwoch. Eigentlich reden sie überhaupt nicht. Es ist, als wäre alles zwischen ihnen absolut zu Ende diskutiert. Es ist nichts mehr übrig, nichts mehr zu besprechen, keine Gefühle mehr. Wie nach einer jahrelang quälenden Ehe, nach Streitereien, Weinen, der Hoffnung auf Versöhnung und wieder neuen Rückschlägen. Als würden sie sich wie ein altes Ehepaar kennen, schlimmstenfalls, und wären jetzt einfach nur müde.

»Und jetzt?«, fragt Jarkko.

Katariina zuckt mit den Schultern. Sie ist so müde, dass sie nicht mehr denken kann. Sie kann nicht stehen. Sie will nur schlafen.

Olli

Einen Film entwickelt man in völliger Dunkelheit. Die Filmspule legt man in einen kleinen Behälter mit Entwicklerflüssigkeit. Den Behälter bewegt man auf und ab, zwischendurch macht man eine Pause, und dann bewegt man ihn wieder, bis die Zeit, die der Film zum Entwickeln braucht, herum ist. Weil es in meinem Labor so warm ist, dreißig Grad, dauert es dort sechseinhalb Minuten. Sechseinhalb Minuten in völliger Dunkelheit. Das kommt einem lange vor. Der Mensch ist ziemlich hilflos in der Dunkelheit – wenn er die Augen offen lässt. Dann versucht man verzweifelt zu sehen und fühlt sich verloren, da man nichts sieht, als wäre man plötzlich erblindet. Die Sinne verlassen sich immer noch auf die Augen, die aber plötzlich unbrauchbar sind. Ich mache die Augen im Dunkeln zu. Dann ist es einfacher. Die Angst hört auf, der Körper begreift, dass die Augen jetzt geschlossen sind, und beruhigt sich. Man beginnt, Distanzen und Grenzen wahrzunehmen.

Wenn sich das Negativ zu einem Bild entwickelt, kann man rotes Licht anschalten. Das ist immer ein spannender Moment. Man weiß nie, was auf dem Bild ist. Erst wenn ich das fertige Bild sehe, weiß ich, ob ich den Moment festhalten konnte oder nicht.

Heutzutage benutze ich hauptsächlich die Digitalkamera, und wenn ich manchmal mit Film arbeite, habe ich einige Entwickler, denen ich vertraue. Persönliche Fotos, die wichtigsten, entwickle ich trotzdem selbst. Ich war gerade dabei, das *Porträt einer Kleptomanin* zu entwickeln, als es an der Labortür klopfte.

Katariina Airaksinen

Es gibt hörbare Stille. Wenn man sich heimlich liebt, wird die Luft von zurückgehaltenen Seufzern dichter. Selbst wenn dieses Lieben nur ein Kuss ist.

Ich klopfte an die Tür der Dunkelkammer. Ich wartete einen Moment, einige Sekunden, und als ich nichts hörte, klopfte ich erneut, ein wenig lauter, ein wenig fordernder, ich weiß, dass du da bist, ich weiß das sicher, und ich weiß auch, was du dort machst, du siehst dir mein Bild an. Ein erneutes Klopfen, und nun war ein metallener Laut zu hören, als ein Vorhang (rot, wie ich bald sah) vorgezogen wurde, zum Schutz, solange die Tür offen war. Olli sagte kein Wort, und ich auch nicht. Ich machte die Tür hinter mir zu, und wir befanden uns in einer roten Dunkelheit. Der Raum war sehr klein und schlicht und heiß. Die Wände aus verputztem Backstein waren gesäumt von Arbeitsflächen, auf denen eine Maschine, Instrumente (irgendwelche Pinzetten) und Plastikbehälter mit Flüssigkeit standen. In der Ecke des Raums waren ein Wasserbecken und darüber ein langer, altmodischer Wasserhahn sowie ein Thermometer angebracht. Der Geruch der Entwicklerflüssigkeit war stark, aber nicht unangenehm, er fühlte sich im Hals und in der Nase rau und stechend an, ein wenig wie Tannin auf dem Zahnfleisch. An der leeren Wand hing ein Band mit Wäscheklammern.

»Diebe haben einen Schutzheiligen«, sagte ich.

»Was?«, fragte Olli.

»Diebe haben einen Schutzheiligen«, wiederholte ich. »Den Heiligen Nikolaus. Den Weihnachtsmann.«

Er musste lachen. Ich auch ein wenig, denn es ist schon ziemlich lustig, wenn man in der Stimmung dazu ist.

»Und verlassene Kinder haben auch einen«, fuhr ich fort. »Die Heilige Klara. Fast alle haben einen. Die Korbflechter, die Prostituierten, Fernsehdrehbuchautoren.«

»Ach was«, sagte Olli.

»Doch«, antwortete ich.

»Unglaublich«, sagte Olli. »Wer ist der für die Fotografen?«

»Ich erinnere mich nicht«, sagte ich. »Guck auf *patronsaints.com* nach.«

Olli räusperte sich skeptisch. Ich konnte seinen Gesichtsausdruck nicht erkennen, das rote Licht ließ alles unklar erscheinen. Ich trat einen Schritt näher.

»Es ist das Adrenalin. Genauer gesagt, die Katecholamine. Und die Endorphine.«

Es war nur der sanfte Ton meines Schritts zu hören, als ich noch näher an ihn herantrat.

»Man sagt«, erzählte ich, »dass bei Menschen, die einen traumatischen Hintergrund haben, in Stressmomenten viel mehr von diesen Stoffen ausgeschüttet wird als normalerweise.«

Ich hörte auch selbst den sarkastischen Ton, der in

meiner Stimme durchsickerte, als ich »traumatischer Hintergrund« sagte.

»Und du hast einen?«, fragte Olli.

Ich schüttelte den Kopf.

»Nicht mehr als andere«, sagte ich. »Die Welt ist voll von Versehrten.«

Ich machte einen dritten Schritt und wusste ganz genau, was zu tun war, ich war zielsicher. Er wich nicht aus, er wandte sich nicht ab, ich wusste, dass er sich nicht abwenden würde, aber er war nicht sicher wie ich, ich musste ihn beruhigen, weshalb ich »sch« an seinen Lippen flüsterte, »sch«, und in diesem Moment hätte ich noch zurückweichen können, weggehen, weg von den Kristallkatzen und Dosenöffnern, raus ins Licht, aber ich ging nicht. Der ganze Kuss schmeckte nach Eisen, nach bitterem Metall, und die Zunge brannte, als hätte ich sie im Frost an eine Eisenstange gepresst. Olli erwiderte den Kuss (ist so etwas überhaupt ein Kuss, wenn die Lippen sich nicht berühren, weit zurückgeblieben sind?). Es kam auch kein Laut, nur angehaltener Atem, hörbare Stille, so küssen Diebe. Als wäre nichts geschehen, nur weil keiner etwas hört oder sieht.

Dann war der Kuss vorbei. Er war bereits vorbei, bevor wir ihn beendeten, seine Zeit, sein Moment war vorüber, und wenn wir auch die Zungen noch eine Weile bewegten, gab es den Kuss nicht mehr, er war bereits abgeschwächt und verschwunden, und wir begriffen das sicher gleichzeitig, aber wir versuchten noch, ihn zu beleben, zwei Ärzte, die das Herz des Verstorbenen massieren, eine künstliche Beatmung für einen Kuss, hat man je etwas Alberneres gehört, und dann hörte ich auf.

Ich löste mich von ihm, ging zur Tür, zog leise, so leise wie möglich, den roten Schutzvorhang vor und öffnete die Tür. Meine Zunge brannte, als hätte ich sie von der Eisenstange weggerissen, von einem Brückengeländer, und wäre im Frost nach Hause gegangen.

Wo begrabe ich ihn, diesen Kuss? In den gleichen kleinen Gräbern der Scham, kleiner als die Gruben, in denen Kinder Igel und Kohlmeisen vergraben. In einem Park, im Hof von Fremden, in Mülltonnen, in den Weihnachtseintöpfen der Heilsarmee. Ich hätte es nicht tun sollen, aber es gibt kein berauschenderes Gefühl, als dass jemand weiß, wer ich bin, wer dieses Wesen ist, und es versteht.

Olli

Als Katariina Airaksinen die Dunkelkammer verließ, ohne ein Wort zu sagen, sprudelte das Adrenalin in mir wie in einem Hund, der lebendig gekocht wird. Sie taucht hier auf, in meinem Haus, in meiner Dunkelkammer, eine völlig unwahrscheinliche Person, mitten in der Stille, und dann, pa-dang, fängt die Musik an, Bogen und Cellosaite krachen aufeinander, prallen mitten in der Stille zusammen, zersplitterndes Holz, ein riesiger Splitter, und dann fängt man an zu spielen, mal sehen, was passiert, der Mensch wird immer noch höher gespielt, es scheint, als könne man nicht mehr höher gehen, aber natürlich kann man das, die Noten steigen ins Unendliche wie die Zahlen, Do, Re, Mi, Fa, sie hören nie auf, bis es keine andere Möglichkeit mehr gibt, als sich völlig zu öffnen, sich selbst in aller Schönheit und Schrecklichkeit zu entblößen als der, der man ist, ob das nun gut oder schlecht ist. Und danach wieder Stille.

Ich interessiere mich nicht für sie, ich liebe sie nicht, ich kenne sie nicht. Sie ist ein Messer, das sich in mich gestoßen hat.

Alles liegt in Trümmern. Das bekommt man nie repariert. Es scheint, als sei es lächerlich, es überhaupt zu versuchen. Wie Jackie Kennedy, die auf die Heckklappe des Autos krabbelt, um Kennedys Schädelteile aufzusammeln, und sie ins weitoffene Loch des Schädels einfügt.

Nachdem Katariina Airaksinen gegangen war, entwickelte ich das *Porträt der Kleptomanin* zu Ende. Es fiel mir ziemlich schwer, es anzusehen. Zum ersten Mal wieder hatte ich das gleiche Gefühl wie vor zehn Jahren, als ich aus diesem Hinterhof wegging. Ich fand es immer lächerlich, über die Moral des Fotografen in Porträts nachzudenken. Welchen Schaden kann man beim Porträtieren anrichten, außer jetzt vielleicht bei solchen Fotos, wie sie Annie Leibovitz von ihren sterbenden Angehörigen gemacht hat, von ihrem Vater oder ihrer Lebensgefährtin, die mit offenem Mund in einem Krankenhausbett schläft oder bestürzt in die Kamera sieht, die Hand der Pflegerin im Hintern. Fast das gleiche Gefühl hatte ich beim *Porträt der Kleptomanin*. Vielleicht hätte ich es nie machen sollen.

Und dennoch konnte ich nicht aufhören, es zu betrachten, kann es nicht. Ich schaue es an, bis ich voll bin von diesem Blick, von diesem Gesicht. Ich lege das Bild weg. Und hole es bald erneut hervor. Sie ist vollkommen da. Ihr Gesichtsausdruck ist so entblößt, dass er wie Metall ist, man kann sich damit selbst verletzen, vielleicht tödlich.

Katariina Airaksinen, denke ich, wenn ich das Bild ansehe. Die Wörter formen sich langsam in meinem Kopf, ein Buchstabe nach dem anderen. Du bist Katariina Airaksinen.

IV

Der Finder darf es behalten

Olli

Die Menschen wirken immer ein bisschen mitleiderregend, wenn sie morgens nach dem Aufstehen im Schlafanzug in der Küche erscheinen, die Haare zerzaust und die Stimme gepresst. Wie Bären, wie Raubtiere, die wie die Stofftiere von Kindern Menschen-Schlafanzüge aus kariertem Flanell tragen, damit sie menschenähnlich erscheinen, vernünftig und zivilisiert und klug, als hätten sie Moral und ein warmes Herz, irgendwo dort unter dem flohigen, rosshaargleichen Fell. Da schlurfen sie erstaunt herum, nach der Brutalität des Schlafs, nach den widernatürlichen, ungestellten Forderungen, und versuchen sich zu erinnern, wer sie eigentlich sind, wie man sich als Mensch noch mal verhält und was in aller Welt sie am Tag zuvor eigentlich gemacht haben.

Irgendwann gegen fünf am Morgen wachte ich auf dem Sofa auf. Ich hatte mich dort zum Schlafen hingelegt, unter die Reisedecke. Ich wollte Katariina nicht sehen, wenn sie nach Hause kam, und nach dem, was ich am Abend getan hatte, konnte ich mir auch nicht vorstellen, neben ihr zu liegen. Das Schuldgefühl lag mir wie eine Bleiweste auf Brust und Schultern. Es war niemand sonst zu sehen. Ich machte Kaffee und ließ die Maschine an, für den Fall, dass jemand welchen wollte. Vorsichtig spähte ich in Elinas Zimmer, in dem ich ein Ersatzbett aufgestellt hatte. Dort war niemand. Ich sah durch die halboffene Tür hinein, und das leere Zimmer sah so traurig nett nach dem Zimmer eines Mädchens aus, völlig ahnungslos hinsichtlich all dessen, was in der Nacht auf der anderen Seite der Wand passiert war.

Ach, Liebling, dachte ich, und war plötzlich so traurig, dass ich das Gefühl hatte, als wäre ich ertrunken. Ich hatte unrecht gehabt. Gottes Leica hat ein Blitzlicht. Er ist ein zielsicherer Fotograf, immer vor Ort, wenn sich der Vorhang öffnet. Selbst wenn man in einen dunklen Raum geht, um die Schwester seiner Frau zu küssen, in einen fensterlosen Keller, entsteht dennoch ein Bild, denn Gottes Blitz sieht auch in Kleiderschränke.

Entschuldige, mein Schatz, entschuldige, dachte ich. Mein kleines Mädchen.

Als ich dazu in der Lage war, ging ich weiter ins Schlafzimmer und bereitete mich darauf vor, die Gestalt meiner Frau unter der Bettdecke anzutreffen, ihren winzigen Kopf, die erschrockenen Augen, immer bereit, eine schlechte Nachricht entgegenzunehmen.

Das Schlafzimmer war leer. Niemand hatte in dem Bett geschlafen.

Katariina

Katariina wacht morgens um fünf in Jarkkos Bett auf. Noch ist es dunkel, aber nicht mehr lange. Sie hat alle ihre Kleider an, aber keine Decke über sich (sie hat darauf geschlafen), und ihr ist kalt. Es ist, als wäre sie von einem Schrei aufgewacht, so erschrocken ist sie, obwohl sie nur von dem Wissen aufgewacht ist, dass sie an einem falschen Ort schläft. Ihr Herz hämmert, sie setzt sich auf. Sie betrachtet den schlafenden Jarkko, die kurzen Haare stehen ab, drücken sich gegen das Kissen, Bartstoppeln, ein nackter Oberkörper und ein nackter Arm, die Form der Muskeln, feuchte Laken, vermutet Katariina (sie fasst sie nicht an).

Katariina nimmt ihr Telefon, ruft Olli an. Sie schnauft ein wenig, als wäre sie gerannt. Als Olli antwortet, fängt sie an zu weinen.

Olli

Zunächst war ich erleichtert, als Katariina anrief (sie ist am Leben, man muss sie nicht am steilen Abhang von Kustanmiekka bergen), und dann geriet ich völlig aus der Fassung.

Sie war die Nacht über bei einem Produzenten gewesen, bei jemandem, den ich nicht kenne.

»Komm von da weg nach Hause«, schrie ich sie an.

»Ich kann nicht, es fährt keine Fähre«, flennte sie.

»Na, dann bist du eben dort«, schrie ich. »Dann bleib dort.«

Sie sagte nichts, heulte nur.

»Verdammt«, sagte ich. »Teufel, verdammt. Sag mir die Adresse.«

Sie musste den Mann wecken und nach der Adresse fragen.

»Jarkko. Jarkkoo, Jaarkkoo«, hörte ich sie säuseln.

Wahrscheinlich griff sie ihn bei den Schultern, drückte ihre Finger auf seine weiße Haut, ich sah die Form ihrer Nägel, die rosafarbenen Halbmonde, den Ring am Finger, die Schultern hin und her rütteln. Dann sagte die stoppelige Stimme des Mannes, ein rauer, dunkler Schatten: »Was, was denn jetzt, ach, hallo, Morgen«, wirklich wie nach einem One-Night-Stand, wenn man sich beim Aufwachen nicht mehr im Geringsten daran erinnert, dass man eine Frau mit nach Hause gebracht hat. »Wie spät ist es?«, fragte der Typ, er klang wie ein großes Baby, die Stimme weich und überrascht. »Fünf, entschuldige, dass ich dich wecke«, sagte meine Frau zu dem fremden Mann im Bett, »aber sag mal, wie ist denn die Adresse hier?«

Der Mann sagte sie ihr, und sie gab sie an mich weiter.

Ich beendete das Gespräch ohne Verabschiedung.

Als ich die Schuhe an den Füßen hatte und Arbeitshandschuhe überzog, schlich sich jemand in die Küche. Ich hätte meinen Kopf verwetten können, dass es Katariina Airaksinen war. Es war immer noch erst kurz nach fünf, sie hatte sicher vor, sich davonzumachen, bevor ich aufwachte. Die erste Fähre würde um sechs gehen, bis dahin würde sie sich irgendwo versteckt halten. Wahrhaftig Schwestern.

»Hey, du da«, rief ich. Nicht sehr freundlich, aber bei mir war das Maß voll, was die beiden anging. Wie Höhlentauchen, in der Tat. Manchmal darf man eine unglaubliche Ruhe genießen. Und dann wieder watet man bis zu den Knien in Schildkrötenscheiße.

Katariina Airaksinen erschien in der Küchentür. Sie sah aus, als wäre sie gerade erschaffen worden, die Haare fein säuberlich zusammen, Weißwursthaut. Als wäre sie noch nicht dazu gekommen, sich irgendwo schmutzig zu machen.

»Ja?«, fragte sie.

»Schuhe an«, befahl ich.

»Was?«, fragte sie.

»Schuhe an«, wiederholte ich. »Ich muss in die Stadt

rudern und meine Frau bei irgendeinem Mann abholen, und du kommst mit.«

»Warum?«, fragte sie ungläubig.

»Weil ich dich hier nicht mit dem Löffelfach allein lasse«, sagte ich, und das verschloss ihr den Mund. Das war nicht der eigentliche Grund, ich glaubte nicht einen Moment lang, dass sie etwas stehlen würde, das wertvoller war als eine Socke, aber ich wollte, dass sie mitkam, um zu verhindern, dass sie von Suomenlinna und gleichzeitig aus ganz Finnland verschwand, weil sie genau das gemacht hätte, und vielleicht auch, um sie dabei ein bisschen zu bestrafen. Sie gehorchte.

Man würde meinen, dass, wenn ich eine der Schwestern meiner Frau küsse, es die ist, die mich mehr braucht als sie. Nicht die, die mich noch weniger braucht.

Ich ruderte uns in die Stadt. Das Boot hat auch einen Motor, aber es ist mir nicht einmal eingefallen, ihn zu benutzen. Ich ruderte, als würde ich um die Wette rudern, obwohl ich nicht glaubte, dass dort in diesem Vorortschlafzimmer etwas passierte (Katariina war wahrscheinlich im Bad und heulte und putzte sich mit dem Finger die Zähne, und der Typ war wieder eingeschlafen), aber ich ruderte mit großen Schlägen gegen die Wassermassen an, den Oberkörper nach vorne, zurück, die Oberschenkelmuskeln angespannt, die Schultern, die Arme, lange schwere Schläge, ich atmete ruhig, laut. Katariina Airaksinen versuchte, mich nicht anzusehen, sie fand es sicher unangenehm, einen so schamlosen körperlichen Akt anzusehen, als würde sie jemand anderem beim Scheißen oder beim Beten auf den Knien zusehen, aber mir gefiel das verdammt nochmal, mir war es auch unangenehm gewesen zuzusehen, wie sie den Löffel klaute.

Ich machte das Boot am Rand des Cholera-Beckens fest, und wir nahmen ein Taxi. Der Taxifahrer kannte die Straße nicht, aber keine Sorge, sagte er, zum Glück habe ich ein Navigationsgerät, und er gab die Informationen in das Gerät ein. »Und was für eine Stimme das Navi hat«, kicherte er, »die lohnt es sich anzuhören, die Frau da schnurrt den ganzen Tag, ich hoffe wirklich immer, dass ich die Adresse nicht kenne.«

Katariina stand vor dem Mietshaus und glich ihrer Stimme weniger als je zuvor. Sie war wie ein Mischlingshund, der in einen Wasserkübel gefallen ist, alle Proportionen falsch, zu viele und zu dünne Gliedmaßen. Sie versuchte, etwas zu sagen, aber ich blaffte sie an, »Sei still«. Sie versuchte es noch ein zweites Mal, aber kein drittes mehr. Wir saßen schweigend da, ich neben dem Taxifahrer, die Schwestern auf der Rückbank. Katariinas Stimme leitete uns, sie leitet Autofahrer in ganz Finnland, und sie selbst hat keinerlei Orientierungssinn. Geschweige denn einen Führerschein.

»Finden Sie nicht ohne Navi zum Marktplatz?«, fragte ich den Taxifahrer.

»Doch«, sagte der Taxifahrer und lächelte. Wer weiß, vielleicht sagte die Frau im Navigationsgerät in seinen Ohren etwas ganz anderes. Wir sind da. Sieh mich an. Mach deine Hose auf. Nimm mich.

Wir kamen zurück zum Cholera-Becken, und ich schubste die Schwestern ins Boot. Keine der beiden widersetzte sich mehr. Merkwürdig, wie schnell sich Menschen beugen. Sobald einer anfängt zu befehlen und zu kommandieren, gehorchen die anderen. Bald sagen sie nicht mehr, bist du verrückt, schubs nicht so. Ein paar Stunden, und das ist die neue offizielle Rangordnung. Man folgt ihr. So reißt man die Macht an sich.

»Schwimmwesten anziehen«, brüllte ich. Sie taten, wie ihnen befohlen, holten die orangefarbenen Westen unter der Bank hervor und zogen sie über.

»Unglaublich«, sagte ich und wendete das Boot. »Unglaublich.«

»Ich habe nichts gemacht«, verteidigte sich Katariina. »Ich musste nur weg.«

»Und dir ist nichts Besseres eingefallen, als zu einem fremden Mann zu gehen?«, schrie ich. Der Motor heulte laut auf, weshalb ich wirklich laut schreien musste, damit meine Stimme zu hören war. Aber es war einfach, denn mir war danach, höllisch laut zu schreien.

»Ich habe dich nicht betrogen, ich habe nichts gemacht«, schrie sie zurück, »ich habe in Klamotten auf einer Decke geschlafen.«

»Das sagst du«, schrie ich. »Woher weiß ich, dass es stimmt?«

Katariina schwieg einen Moment lang, sie begriff, dass es ein schwerer Weg werden konnte. Was, wenn ich ihr nicht glaubte?

»Du bist der Betrüger«, schrie sie.

»Wie das?«, fragte ich und war zweifellos erschrocken. Ich wagte nicht, Katariina Airaksinen anzusehen, in diesem Moment schien ihre Entführung keine gute Idee gewesen zu sein.

»Du hast Kirsi betrogen«, schrie Katariina.

»Mit dir«, schrie ich zurück.

»Und deshalb ist es richtig?«, schrie Katariina.

In diesem Moment war ich wieder in der Dunkelkammer und küsste Katariina Airaksinen, wie ich damals vor langer Zeit Katariina geküsst hatte, und wäre sie nicht gegangen, wer weiß, was ich sonst getan hätte, es war so dunkel, keiner sah etwas, und kein Baum fällt, wenn keiner sieht, dass er fällt, es wäre passiert und es wäre nicht passiert, die Quantenphysik der Untreue.

Das Irrsinnigste war, dass ich Katariina glaubte, dass sie in Klamotten geschlafen hatte. Ich glaubte es. Aber es half nichts. Ich bestrafte sie dafür, dass sie mich so lange von sich gestoßen hatte, dafür, dass sie am Morgen diesen Jarkko nach der Adresse gefragt hatte, dafür, dass sie mir das Licht vor der Nase ausgeschaltet hatte, und vor allem für Katariina Airaksinen, und ein wenig dafür, dass sie im Navigationsgerät zu einem Taxifahrer sagt, nimm mich. Eine dicke, kalte Substanz floss in mich, ein Kühlgel, mit dem man Muskelentzündungen behandelt, meine Adern füllten sich damit, hätte ich mich in dem Moment verletzt, wäre hellblauer, nach Menthol riechender Schleim aus mir herausgeströmt, *Ice Power*.

Ich stoppte den Motor. Sein gleichmäßiger, endlos scheinender Lärm brach völlig unerwartet ab. Die Wellen plätscherten gegen die Bootsplanken. Die Katariinas sahen sich überrascht an. Plötzlich war es möglich, wirklich alles zu hören.

»Du hast recht«, sagte ich sehr gefasst zu Katariina.

Katariina sah mich erstaunt an.

»Du hast recht«, sagte ich. »Und ich habe Kirsi nicht nur mit dir betrogen. Es gab andere vor dir. Andere Frauen.«

Katariina starrte mich an.

»Du warst nicht die Einzige.«

Einen Moment lang herrschte Stille. Ich sah sie neugierig an, als wäre sie ein Insekt, die Natur antwortet mit Verzögerung, wenn ein Wissenschaftler Fragen stellt, na, jetzt wollen wir mal sehen, was der Mensch verträgt.

»Du warst in keiner Weise besonders«, sagte ich.

Es ist möglich, einen Menschen bis ins Unermessliche zu quälen, dachte ich klar, kalt, mentholisch, vor allem, wenn er eine hohe Toleranzschwelle hat. Hat er das nicht, wird nichts aus der Qual, weil er schon gleich zu Anfang zerbricht.

Katariina hat eine hohe Toleranzschwelle, das wusste ich immer, man könnte sie lange foltern. Sie saß auf ihrem Platz, nahm die Schläge entgegen, hielt nicht mal die eine Wange hin, dann die andere, sie saß nur da.

»Ich kam nicht, um dich zu suchen«, sagte ich. »An diesem Tag im Tennispalatsi.«

Katariina saß reglos da.

»Meine Filmtasche war noch in der Garderobe der Ausstellung«, sagte ich. »Ich kam, um sie zu holen. Ich habe mich nicht einmal an dich erinnert. Es war Zufall. Reiner Zufall.«

Ich wusste, was ich sagte, ich wusste, was das bedeutete, der Schnitt war exakt, ruhig. Neugierig. Ich betrachtete, wie er sich für Katariina anfühlte, ich betrachtete, wie das Blut an die Oberfläche der Wunde trat und hervorzuquellen begann. Später fand ich es furchtbar, aber in dem Moment war ich nur neugierig, manchmal wirkt Grausamkeit auf einen Menschen so, es ist unerträglich, aber es wird ein Experiment daraus.

Dann setzte ich den Motor in Gang.

Markus und Katariina Saarinen waren spätestens dann verschwunden, als wir weggegangen waren. Katariina Airaksinen wäre ich ebenso unbemerkt losgeworden, aber das wollte ich nicht. Sie versuchte, sich genauso leise davonzustehlen wie am Morgen. Ich hörte Geräusche im Flur und ging nachsehen, und da war sie.

»Ich gehe«, sagte sie. Die Schuhe wieder an den Füßen, die Sonnenbrille auf dem Scheitel, die Tasche auf dem Boden.

Ich sah sie an, und mir fiel kein einziges Wort ein, mit dem ich auf die Zukunft und ein Wiedersehen hätte hinweisen können. Einen schmerzlichen, kurzen, aber totalen Moment lang spürte ich, dass ich es nicht ertrage, wenn sie sich umdreht und weggeht.

Sie zog ihre Handschuhe an, ohne mich anzusehen.

»Völlig klar«, sagte sie, als hätte ich ihr eine Frage gestellt, »dass du sie lieben kannst, denn du kannst sie in keiner Weise greifen. Ihre ausweichende Seele.«

»Ausweichende Seele« sagte sie, als wäre eine ausweichende Seele eine besonders alberne Sache, die albernste der Welt, und spannte dabei die äußeren Mundwinkel haarfein an, so dass die Worte ein wenig aufgeblasen herauskamen.

»Und dass du dich in Augenblicke verliebst, nicht in Frauen«, sagte sie.

Dann war sie weg.

Vom Flurfenster aus sah ich zu, wie sie durch den Hof ging, und das Gefühl, es nicht zu ertragen, dass sie geht, überwältigte mich erneut, diesmal vollständig. Und dann durchdrang ein Gedanke den Schmerz: Ich könnte mit ihr gehen. Mein Gefühl könnte Liebe sein. Vielleicht hatte sie unrecht, vielleicht ging es nicht um einen Augenblick oder um eine Illusion, sondern um Liebe.

Aus dem oberen Schrank im Flur nahm ich eine Tasche und eilte ins Schlafzimmer. Ich öffnete die Kleiderschränke und begann, Sachen in die Tasche zu werfen. Ich nahm die Kleider aufs Geratewohl aus den Fächern, T-Shirts, Socken, Unterhosen, ohne zu überlegen, wohin ich eigentlich unterwegs war. Meine Hemden nahm ich polternd von den Bügeln, ihre metallenen Flügel schwangen und stießen leise klirrend aneinander.

»Was machst du?«, fragte Katariina von der Tür aus.

Ich drehte mich um, um sie anzusehen. Dann setzte ich meine Beschäftigung fort.

»Ich gehe«, antwortete ich.

»Wohin?«, fragte sie, und ich spürte die Panik in ihrem Blick mehr, als ich sie sah.

»Weiß nicht«, sagte ich wahrheitsgemäß, denn sie fragte ja nicht, mit wem. Ich hätte natürlich auch darauf nicht antworten können, denn ich wusste ja nicht, was Katariina Airaksinen von meinen Plänen halten würde. Falls man dieses Herunterreißen der Kleider von ihren Bügeln als Plan bezeichnen konnte.

»Gehst du ganz?«, fragte Katariina, als hätte sie nur das laut gesagt, was sie sowieso schon wusste.

»Ja«, sagte ich.

Sie stürzte auf mich los. Sie stürzte im wahrsten Sinne des Wortes, alle vier Gliedmaßen waren gleichzeitig in der Luft, ich schwöre, hätte ich eine Kamera gehabt, hätte ich das Naturfoto des Jahres bekommen. Vier Gliedmaßen in der Luft gekrümmt streckten sich mir feindselig entgegen, und dann war sie auf mir, kratzte und biss und schlug mich. Ich stolperte gegen die Schranktür und verlor schon das Gleichgewicht, aber konnte mich irgendwie wieder fangen. Katariina zerkratzte mir die Wangen, versuchte, die Augen zu treffen, aber ich schaffte es, sie zu verdecken. Sie zog mich an den Haaren und schlug mir ins Gesicht und auf den Bauch und schrie die ganze Zeit, eigentlich kreischte sie, oder – ich weiß nicht, wie man eine solche Stimme bezeichnen sollte. Sie klang wie eine Möwe, dieses stechende, hohle Gekreisch, das auf dem Marktplatz keine Aufmerksamkeit auf sich gezogen hätte, das aber in der Stille des Hauses schauerlich, unmenschlich klang.

»Verfluchte Scheiße«, kreischte sie mit dieser furchtbaren Möwenstimme, »verfluchte Scheiße.«

»Was verdammt schreist du denn«, schrie ich sie an, »was kümmert's dich, ob ich gehe oder nicht?«

Sie hörte überhaupt nicht zu, setzte nur ihr Geschrei fort.

»Du wärst doch zufrieden, du verdammter Ölgötze, du Mumie, wenn du mich loswirst, das hast du doch die ganze Zeit gewollt«, schrie ich und beschirmte weiterhin meine Augen. »Du bist genau wie dein Vater, das ist kein Narzissmus, sondern Egoismus, Unfähigkeit, mit jemandem zusammenzuleben, Unfähigkeit, jemandem etwas zu geben.«

Katariina schrie: »Nein nein nein nein nein nein. Nein nein nein nein nein nein nein.«

Sie hatte angefangen zu weinen und rutschte jetzt von mir herunter, als wäre sie davon erschöpft, sich an einem Felsvorsprung festzuhalten, und wenn auch die Seele noch rang, der Körper hatte bereits aufgegeben.

Sie weinte mit weit offenem Mund, während sie sich auf den Boden sinken ließ.

Ich trat einen Schritt von ihr weg, und sie griff mich am Hosenbein. Ich sah sie an, und sie sah mich an, aber es schien, als wüsste sie nicht einmal, wer ich bin.

Ich entriss mein Bein ihrem Griff und ging zur Tür hinaus.

Katariina

Nachdem Olli weg ist, liegt Katariina auf dem Boden, als wäre sie tot. Sie denkt überhaupt nichts. Einige Minuten später richtet sie sich auf und setzt sich hin. Sie ist todmüde. Sie schläft im Sitzen ein, wenn sie sich nicht auf der Stelle wieder hinlegt. Sie steht auf und geht in Elinas Zimmer. Sie will nicht in ihr eigenes Bett, nicht in Ollis Bett. Sie will in Elinas Bett. Das ist der einzige Platz, an dem sie in Sicherheit ist.

Als Elina vier Stunden später aus der Schule nach Hause kommt, weckt sie Katariina.

»Mama?«, sagt sie.

»Ja, Schatz«, sagt Katariina und versucht so zu tun, als wäre sie bereits eine Weile wach. Es ist, als hätte man den Deckel ihres Sargs geöffnet und ihr befohlen, aufzustehen und weiterzuleben.

»Warum liegst du da?«, fragt Elina erstaunt, ein wenig besorgt.

»Ich weiß nicht, ich bin auf dem Weg vom Arbeitszimmer in die Küche so schrecklich müde geworden, ich dachte, ich sammle hier einen Moment lang meine Kräfte«, sagt Katariina.

Elina sieht sie prüfend an, versucht abzulesen, ob die Mutter krank ist. Katariina lächelt sie tatkräftig an, damit sie sich beruhigt. Das Lächeln funktioniert, Elina beruhigt sich und wird gleichzeitig wütend.

»Du könntest rausgehen«, bittet Elina ungeduldig. »Ich will meine Ruhe.«

Sie setzt ihren rosafarbenen Rucksack, an dessen Reißverschluss eine Clikits-Figur hängt, auf dem Stuhl ab, zieht ihren CD-Spieler heran und legt eine CD ein. Sie ist unbegreiflich normal. Sie hat einen rosafarbenen Rucksack und einen CD-Spieler, und sie fordert ihre Mutter auf rauszugehen, weil sie ihre Ruhe haben will. Katariina findet sie wunderbar, bewundernswert. Für einen Moment ist Katariina ein kleines Mädchen und Elina groß, ein Mädchen, das Katariina bewundert und das sie nachahmen will, eine Gymnasiastin oder ein Filmstar oder die große Schwester einer Freundin.

»Natürlich, Schatz«, sagt Katariina und steht unbeholfen auf.

Elina sieht sie ungläubig an. Katariina gibt ihr einen Kuss, damit Elina riecht, dass sie nicht betrunken ist. Als Katariina die Tür zumacht, lächelt sie Elina zu. Elina lächelt schwach zurück.

Katariina geht ins Schlafzimmer. Die Tagesdecke ist ein bisschen verschoben, und sie nimmt sie, um sie zu richten. Beim Anheben der Tagesdecke sieht sie Ollis Kissen, das mit einem T-Shirt bezogen ist. Sie erinnert sich, wie sehr sie lachen musste, als sie das zum ersten Mal sah. Manchmal bringt es sie immer noch zum Lachen. Katariina betrachtet das Kissen, und sie hat das Gefühl, dass es das Kissen ist, von dem sich zu trennen sie nicht erträgt. Sie wird ein gemeinsames Sorgerecht ertragen, sie erträgt die Einsamkeit und die Tatsache, dass Olli sie nicht mehr liebt, aber sie erträgt es nicht, dass Olli sein Kissen mitnimmt, das mit einem T-Shirt bezogen ist. Sie drückt das Kissen an sich wie einen großen, rundlichen Mann und beginnt zu weinen.

Nachdem sie sich beruhigt hat, hebt sie den Blick und realisiert, dass Ollis Tasche immer noch auf dem Bett liegt.

Die Leiterin des Hotels *Abendstern*

Heute war endlich Kari Saarinens Todesanzeige in der Zeitung. Katariina Laaksos Name stand an oberster Stelle, und danach kamen noch zwei andere Katariinas, ich frage mich, wer die wohl sind. Aber egal, wer sie sind, es war schön zu sehen, dass ihn so viele vermissen.

Hier sind alle Spuren von Kari Saarinen bereits beseitigt, Entschuldigung, wenn ich das jetzt so sage, das klingt, als hätte er den ganzen Ort hier in die Luft gejagt oder sich an die Wand gesprengt, das meine ich nicht, aber es scheint bereits ein wenig so, als wäre er nie hier gewesen. Der chinesische Geschäftsmann, der in seinem Zimmer wohnt, Chi Wu Hang, hat sich für zwei Monate eingemietet, und er macht den Eindruck, als sei er ein sehr guter Gast. Ich habe ihm das Zimmer ganz normal gezeigt, ich habe natürlich nicht erzählt, dass Kari darin gestorben ist, beziehungsweise ist er eigentlich ja nicht darin gestorben, aber er hat immerhin dort gewohnt und ist jetzt tot, und Chinesen fürchten sich vor Geistern. Wenn zum Beispiel ein Handschuh oder eine Socke verschwindet, dann glauben sie, dass ein Geist sie genommen hat, der eines Feindes oder zum Beispiel einer Tante, mit der es Streit gegeben hatte, den man vor ihrem Tod nicht mehr begleichen konnte. Und ich weiß ehrlich gesagt nicht, mit wie vielen Kari im Streit verblieben ist und mit wie vielen er den Streit vor seinem Tod noch begleichen konnte, deshalb war es, obwohl ich überhaupt nicht an Geister glaube, am besten, Herrn Wu nichts zu sagen. Sonst geht er noch woanders hin.

Ich musste an die Samstagabende zurückdenken, an denen wir uns *Freie Natur* angesehen haben. Kari saß dort auf dem Stuhl, und ich war hier hinter dem Tresen, weil ich nicht faulenzen kann, bei der Arbeit im Sessel vor dem Fernseher sitzen, auch wenn es Samstagabend ist und *Freie Natur* läuft. *Heimliche Leben* sehe ich mir werktags ganz im Stillen von hier hinter dem Tresen aus an, und nur dann, wenn kein Gast zu dieser Zeit etwas anderes sehen will, das ist eine so langsame und sonderbare Sendung, dass man sie nicht einmal im Sitzen sehen muss, es reicht, wenn man sie aus dem Augenwinkel so weit mitverfolgt, dass man weiß, welche Wendungen die Handlung mal wieder nimmt, wer sich ritzt und wer wessen Zwillingsbruder ist. Jedenfalls werkelte ich also herum, und er sah sich die Dokumentation an, und auch ich warf immer mal einen Blick darauf, und er kommentierte, was er sah. Einmal sah er sich eine Sendung über Grönlandhaie an, Eishaie nennt man die auch, unglaubliche Wesen. »Kannst du dir vorstellen, Maikki« (in solchen Momenten, in denen wir zu zweit waren, nannte er mich manchmal Maikki, mein Name ist Marja-Liisa, und niemand hatte mehr Maikki zu mir gesagt, seit mein Bruder gestorben war), »kannst du dir so ein Tier vorstellen, das kann leicht sechs Meter lang werden, sogar acht Meter, und einmal hat man im Magen von so einem ein komplettes Reh gefunden.« So sagte er das, ich erinnere mich gut, wenn ich auch nicht begreife, wie ein Reh in den Nordatlantik kommt, wo der Eishai lebt, oder ich erinnere mich falsch. Dann sagte er etwas sehr Merkwürdiges: »Wenn dieser acht Meter lange Grönlandhai einen Zentimeter pro Jahr gewachsen wäre, wäre er achttausend Jahre alt und schon zur Zeit der Wikinger da im Atlantik geschwommen!« Ich weiß nicht, ob er damit wohl meinte, dass sie wirklich einen Zentimeter pro Jahr wachsen. Ich meine, auch anderswo gehört zu haben, dass Haie überhaupt nicht altern, aber können sie jetzt ewig leben und wachsen?, das begreife ich nicht recht. Aber er sagte, dass der Hai in Gefangenschaft nur ein Jahr lebt. In Freiheit ewig und in Gefangenschaft ein Jahr.

Auch der letzte Abend war übrigens ein Samstag, aber damals war er nicht in der Eingangshalle zu sehen, er war schon einige Wochen nicht mehr zu sehen gewesen. Im Fernsehen lief *Freie Natur*, aber ohne ihn war es überhaupt nicht so unterhaltsam, es anzusehen. Die anderen Gäste waren gerade dabei, den Speisesaal zu verlassen, als Kari hereinkam. Ich überlege oft, wie sein Leben weitergegangen wäre, wenn er es nicht zum Essen geschafft hätte, er kam an diesem Tag so spät, dass es, wäre er nur ein paar Minuten später gekommen, zu spät gewesen wäre. Er grüßte die anderen relativ normal, sagten sie, schwankte natürlich, aber machte ansonsten einen ganz normalen Eindruck. Danach weiß niemand mehr, was eigentlich genau passiert ist, aber ich sehe es vor mir, wie er sich das Essen nimmt, Kartoffeln und Soße. Er hat sicher großen

Hunger, hat vielleicht seit Tagen nichts Warmes mehr gegessen. Vielleicht schlingt er, und dann passiert es, ein Stück Fleisch rutscht in den Rachen. Er fängt an zu husten, trinkt Milch hinterher. Es hilft nicht. Er hustet, kann nicht atmen. Es geht nicht. Was mag er gedacht haben? War er überhaupt in der Lage zu denken? Vielleicht dachte er, das gibt es doch nicht, und dann fällt er zu Boden, nein, nein, er versucht zu schreien, aber er kann nicht, es war keine Absicht, es war ein Versehen. Er schreit, aber es ist nichts zu hören, nur er selbst hört es, er schreit und schreit und schreit, und in diesem Schrei ist alles, einfach alles.

Manchmal denke ich nur, wenn er doch den Mut gehabt hätte, in das Leben seiner Kinder zurückzugehen, wenn auch mit Gewalt, ohne Angst davor zu haben, dass sie ihn zurückweisen, und ohne sich dem zu fügen. Er hätte auch ein Enkelkind bekommen, er hat eine Enkeltochter, er war Großvater und wusste nichts von diesem Glück. Das hätte ich ihm gegönnt, es gibt nichts Schöneres als ein Enkelkind und die Liebe zu ihm und dessen Liebe zu Oma und Opa. Das ist eine so selbstlose Beziehung, voller Freude und Wonne und Milde! Die eigene Ehe kann noch so schrecklich sein, voller Enttäuschungen und Schläge und was auch immer, und das können einem die Kinder nachtragen, aber die Enkelkinder lieben einen, und sie darf man aus vollem Herzen lieben und muss sich nicht um die Erziehung kümmern, man drückt sie einfach ans Herz und verwöhnt sie. Das hätte ich ihm gewünscht. Liebe in einer so reinen Form, dass es sie reiner nicht gibt, nicht einmal die Liebe der Engel oder die Liebe Gottes. Dessen bin ich mir ganz sicher.

Olli ist noch nicht zurückgekehrt, und Katariina geht sich von Zeit zu Zeit die Tasche auf dem Bett ansehen. Aus der verlassenen Tasche, die auf dem Flughafen oder am Bahnhof eine Massenpanik auslösen würde, schaut sein Amulett heraus. Wenn ihre Zuversicht anfängt abzuflauen und Panik die Macht übernimmt, überprüft sie, ob die Tasche immer noch auf dem Bett liegt. Katariina hat das Gefühl, dass Olli, solange die Tasche an ihrem Platz ist, zurückkommt, als könne er Katariina ohne sechs Paar saubere Socken nicht verlassen.

Als schließlich die Tür geht, ist Katariina in der Küche. Sie hört Ollis Stimme und hofft, dass er zu ihr kommt. Sie schließt die Augen und bittet: Lass ihn in die Küche kommen. Wenn Olli zu ihr kommt, vermutet Katariina, wird sie anfangen zu weinen, aber das tut sie nicht. Sie lächelt, und dieses Lächeln hört nicht auf. Sie kann nichts dagegen tun.

»Wo warst du?«, fragt sie Olli.

»Ich bin herumgelaufen«, sagt Olli. »Ich hab herumgesessen und bin durch die Gegend gelaufen.«

Katariina lächelt.

»Du siehst aus wie eine gewisse Schauspielerin«, sagt Olli. Mehr braucht er nicht zu sagen. Es ist, als hätte er gesagt: Du kannst einen rasend machen, und das ist auch noch vererbt, aber lassen wir das.

Nachdem Elina schlafen gegangen ist, lieben sie sich immer wieder, wie Kinder, die zu ihrer Mutter, die auf sie sauer ist, sagen »Ich hab dich lieb«, aber meinen »Verlass mich nicht«. Katariina bittet ihn um Entschuldigung für das, was sie getan hat, und gleichzeitig für die Dinge, die sie ihm nicht gesagt hat. Im Nachhinein hat sie das Gefühl, dass Olli das Gleiche getan hat. Dass auf Ollis Gewissen mehr Sünden lasteten, als er zugab, und dass er deshalb so unglücklich war, wie ein Kind weinte, dessen Katze entlaufen ist.

»Vielleicht versuche ich, die alte Ordnung wiederaufzunehmen«, sagt Katariina gegen Ollis Brust. »Die, in der es nur eine Mutter und ein Kind gibt, und der Vater ist rätselhaft und weg. Diese Ordnung verstehe ich, damit kann ich leben.«

»Ich habe immer angenommen, dass man dich nicht verlassen kann«, sagt Olli. »Ich dachte, dass es nicht möglich ist, weil du keinen solchen Ort in dir hast. Dass dieser Ort zugefallen ist oder gestorben, und wenn jemand geht, dann geht er einfach, das ist einfach das, was er tut, es hat nur Folgen für ihn, nicht für dich, denn man kann jemand anderen nicht verlassen, wenn er nicht durchlebt, dass er verlassen wird.«

»Oder es die ganze Zeit gewesen ist«, sagt Katariina.

»Ich weiß nicht, ob ich dich gerade deshalb oder trotzdem liebe«, sagt Olli.

Im Mai beginnt der Zug der nordischen Vogelarten. Sie fliegen über die Ostsee und den Finnischen Meerbusen entlang in die Bucht von Wyborg, über die Landenge von Karelien zum Ladoga- und zum Onegasee und von dort aus ans Polarmeer.

Katariina verbringt jeden Tag viele Stunden auf Kustanmiekka und wartet auf die Vogelschar. Während des Vogelzugs sind sieben Millionen Vögel, Zehntausende Schwärme, über dreißig Arten von Wildenten, Gänsen, Schwänen und Stelzvögeln unterwegs. Der größte Teil von Katariinas Zeit vergeht mit Warten, man sieht nur irgendwelche zufälligen keilförmigen Flugordnungen oder andere Formationen. Das genaue Datum vorauszusagen, wann der große Zug vonstatten geht, ist schwer. Es hängt vom Wetter in den Überwinterungsgebieten ab, davon, ob es wärmer und heller war als üblich oder kälter, ob die Vögel den Zugbefehl beizeiten bekommen haben oder nicht. Viele von ihnen kehren aus Afrika zurück, um jedes Jahr im selben Felsloch zu brüten. Manche verirren sich auf der Reise, finden aber letztendlich dennoch zurück. Einmal, vor langer Zeit, flogen dreißig Singschwäne in acht Kilometer Höhe, bei vierzig Grad minus. Ein Flugzeug, das von Island nach Irland unterwegs war, flog neben ihnen her.

Dann, eines Tages, fliegen Tausende Vögel über Suomenlinna. Wildenten, Gänse, Schwäne. Weiße und graue Flügel paddeln durch die Luftmassen, tragen runde Bäuche mit sich. Halbkreise, Keilflüge, Ketten und Reihen wogen Katariina entgegen, sie schreien, brummen und schimpfen. Der ganze Himmel ist Bewegung und Lärm. Zwischendurch ist Pause, die Luft beruhigt sich, und dann beginnt die Lawine erneut, als würde der Himmel einen Anfall bekommen. Noch wenn die Abendglut sich rot färbt, gleiten die Vögel wie dunkle Perlen weit am Horizont in die Ferne. Das Kreischen und Brummen hat sich zu einem melodischen Pfeifen abgeschwächt. Am Tag füllt sich der Himmel erneut mit Stimmen und Bewegung. In überwältigendem Sonnenschein fliegen die Vögel über Katariina hinweg. Ihre Silhouetten sind Gold und Licht. Ein Himmel voll goldgeränderter Vögel.

Die Wochen nach dem Tod des Vaters werden allmählich nebelhaft. Kari Saarinen wirkt oft wieder fern, genauso fern wie zu Lebzeiten. Es ist, als wäre er gar nicht gestorben. Oder als wäre er nur einen Monat lang am Leben gewesen, die Wochen nach seinem Tod. Sein Tod war ein Knall, der Einschlag eines Meteoriten, mit dem keiner rechnen konnte. Ständig fliegen alle möglichen Brocken an der Erde vorbei, einer zerstörerischer als der andere. Die Menschen eilen zur Arbeit, machen am Abend das Licht aus, verbringen die Sommersonntage am Strand, ohne zu wissen, dass nur einige hundert Kilometer weiter tonnenschwere Brocken vorbeifliegen, fast die Erde streifen, die wie eine alte Frau in ihren eigenen langsamen Bewegungen erstarrt am Ufer steht, in Vollkörperbadeanzug und mit Schwimmhaube die Badehäuschen aus den Fünfzigern ansieht und sich daran erinnert, wie es war, jung zu sein und sich in den Armen liegend im Wasser zu küssen. Die Kinder werfen ihre Steine und Bälle über sie hinweg und an ihr vorbei, ein Herzanfall oder eine Kopfwunde hängen nur an wenigen Zentimetern, und die alte Frau ist ganz bestimmt glücklicher, wenn sie nicht den Brocken ausweicht, sondern sich an einen Kuss ihrer Jugend erinnert.

Katariina kann nicht aufhören zu versuchen, ihren Vater zu verstehen. Sie weiß, dass es zwecklos ist, aber sie kann das Fragen und Rätseln nicht lassen. Ihr Kopf beugt sich der Unergründlichkeit nicht. Würde der Vater leben, könnte er alles erklären, wie er es immer tat, indem er aus Schwarz Weiß machte. Er könnte sich und sein Leben vollständig erklären, und alle würden ihn verstehen und ihm glauben, aber wahr wäre die Geschichte nicht.

Das Glasgefäß, mit dem Katariina sich verarztet, ist leer. Als sie zum ersten Mal nach Ollis Enthüllung hingesehen hat, war nichts mehr darin. Sie hat versucht, etwas anderes hineinzutun, wie den Moment, als sie und Jarkko an den Hebekränen vorbeifuhren und Jarkko sagte: »Man kommt damit fast bis in den Himmel.« Sie hat den Moment in das Glas gepackt und den Deckel zugedreht, aber als sie kurz darauf hinspähte, war nichts mehr drin. Es bleibt nichts darin.

Die Renovierung des Hauses, in dem sich das Studio befindet, ist abgeschlossen. Sie hat so lange gedauert, dass Katariina gar nicht erwartet hatte, dass sie jemals abgeschlossen wird. Sie erinnert sich nicht mehr, wie Arizona unter dem weißen Plastik mit Opaloberfläche aussah. An einem späten Mittwochnachmittag, eigentlich am frühen Abend, kommt Katariina ins Studio, um einen Werbespot noch mal einzusprechen, dessen Text der Kunde fließender haben wollte. Katariina geht über den Flohmarkt auf das Studio zu, als sie sieht, dass die Plastikplanen weg sind. Das Haus hat eine neue, gleichmäßige, makellose Oberfläche. Es ist schwer zu sagen, ob es rosa oder braun oder grau ist, irgendetwas dazwischen, wie Roggen-Preiselbeer-Brei. Die Arbeiter bauen das Gerüst ab, einer steht auf dem Bürgersteig und schickt ein Drahtseil nach oben, ein anderer befestigt Teile des Gerüsts daran, wirkt mühelos. Keiner von ihnen fällt herunter.

Der Vater von Rasmus und dessen Verlobte erwarten ein Kind, und Silja bittet Katariina, mit ihr tanzen zu gehen. Sie trinken Aperitifs in einer Weinbar und gehen dann in einen Club. Silja trägt ein modisch bedrucktes Kleid, das, wie Katariina findet, an ein Melkkleid erinnert. Siljas blonde Haare sind offen, und sie lächelt, am Anfang entschlossen, aber nach und nach immer fröhlicher. Sie bemerken, dass sie fast auf die gleiche Art und Weise tanzen, weil sie fast gleichzeitig tanzen gelernt haben, zum Takt der gleichen Musik, vor zwanzig Jahren. Jetzt sieht ihr Getanze merkwürdig aus. Sie tanzen eigentlich nicht schlecht, nur komisch, niemand sonst im Club tanzt mehr so, denn alle anderen sind mindestens zehn Jahre jünger als sie. Es ist, als hätten sie ihre Jugend im Ausland verbracht, zum Beispiel in Frankreich, und dort die Sprache gelernt. Als sie dann viel später in dasselbe Land zurückkehren, in dieselbe Stadt, spricht keiner mehr wie sie. Man benutzt neue Wörter, die Ausdrücke haben sich verändert, die Strukturen sich entwickelt. Man würde sie verstehen, aber was sie reden, wäre auf unerklärliche Weise merkwürdig. Sie sprächen eine bereits tote Sprache, wie Latein.

Silja und Katariina tanzen Latein und gehen zwischendurch an den Tresen, um Weißwein zu trinken. Neben ihnen stehen zwei Männer, einer von ihnen wirft

Blicke auf Siljas blonde Haare, und schließlich fordert er sie zum Tanzen auf. Katariina bleibt am Tresen, und der andere Mann neben ihr. Katariina und der Mann lächeln sich schüchtern an, verlegen. Jetzt müssten sie anfangen, sich zu unterhalten, auch wenn keiner Lust dazu hat. Sie trinken aus ihren Gläsern, bemerken fast gleichzeitig den Ring am Finger des jeweils andern und lächeln irgendwie erleichtert.

»Wie geht's?«, fragt der Mann Katariina.

»Ganz gut wohl«, antwortet Katariina. »Ich fühle mich alt.«

»Ach was«, schmunzelt der Mann. »Man sehnt sich immer danach rauszukommen, und wenn man dann rauskommt, kann man es überhaupt nicht genießen.«

»Ich weiß«, sagt Katariina. »Man wünscht sich auch immer, eine Nacht alleine zu Hause zu sein, und wenn man dann allein ist, hat man die ganze Nacht über Angst, dass einer durchs Fenster einsteigt.«

Der Mann hebt sein Glas, und Katariina ihres. Sie trinken, und dann sieht der Mann auf seine Uhr.

»Ich muss los«, sagt er. »Meine Tochter ins Bett bringen.«

Katariina wendet sich den Worten des Mannes zu wie eine Blume der Sonne.

Der Mann trinkt mit einem Schluck sein Bier aus. Dann dreht er sich um und winkt zur Tanzfläche, wo sein Freund und Silja tanzen. Er zeigt auf seine Uhr, erklärt, dass er geht. Der Kumpel winkt ihm. Katariina sieht weiterhin den Mann an.

Der Mann wendet sich Katariina zu. »Schönen Abend«, sagt er.

Katariina streckt dem Mann die Hand entgegen. Sie

streckt sie nicht wie beim Händeschütteln, den Daumen nach oben, die Handfläche senkrecht. Sie streckt sie mit der Handfläche nach unten, das Handgelenk ein wenig nach oben haltend, die Finger gebogen. Sie streckt sie zum Handkuss aus.

Als der Mann sie ergreift und sie anhebt, sieht Katariina ihm direkt in die Augen. Sie sind grün mit einem überraschend gelben Ton darin. Einem unbekannten Menschen so direkt in die Augen zu sehen, erscheint ihr unanständig, fast wie eine anzügliche Geste, als hätte sie am Hals des anderen geleckt, und sie überlegt, ob der andere das spürt. Sie spürt ihre Herzschläge, als der Mann sich zu ihren Fingern hinabbeugt und sie küsst. Dann richtet der Mann sich auf. Katariina hat das Gefühl, dass die Welt auf ihre Antwort wartet.

»Danke gleichfalls«, sagt sie. »Ich gehe auch bald nach Hause.«

»Kommst du mit?«, fragt der Mann.

»Nein«, antwortet Katariina. »Ich bleibe noch einen Moment.«

Der Mann geht. Katariina bestellt ein neues Glas. Die Väter haben sich verändert. Das muss man nur akzeptieren. Fast jeden Abend ist ein nach Hause gehender Vater auf dem Weg, um sein Kind zu baden oder ins Bett zu bringen. Die Hälfte von ihnen Töchter. Katariina kann nicht hinter ihnen allen her sein.

Anneli ruft Katariina an, als drei Wochen nach ihrem merkwürdigen, amputierten Streit vergangen sind. Sie ruft Katariina an, nicht Olli; und als sie Annelis Namen auf dem blinkenden Telefondisplay sieht, zögert Katariina einen Moment lang, bevor sie antwortet.

»Hallo, Anneli«, sagt sie ins Telefon.

»Hallo«, antwortet Anneli.

Für den Bruchteil einer Sekunde überlegt Katariina, in welche Richtung Anneli das Gespräch wohl führen will.

»Wie geht es euch?«, fragt Anneli dann.

»Ganz gut«, antwortet Katariina. »Im Allgemeinen.«

Sie reden einen Moment lang über dies und das. Für Anneli beginnen bald die Sommerferien, und sie fragt nach Elinas Plänen und ob vielleicht mit Helena schon etwas geplant sei. Katariina sagt, dass im Gespräch sei, in die Sommerwohnung von Helenas Freundin nach Hanko zu fahren, aber noch nichts festgemacht sei. Anneli sagt, dass sie zum Beispiel zu zweit mit Elina in ein Kurbad fahren könnte, falls Elina Lust habe. Katariina sagt, dass sich Elina sicher darüber freuen würde.

Kurze Pause.

»Na, und wann geht Olli tauchen?«, fragt Anneli dann.

»Im Juli«, antwortet Katariina. »Der Kurs ist im Juli zu Ende. Dann fährt er ziemlich gleich los.«

»Fällt uns denn nichts anderes für ihn ein?«, fragt Anneli.

»Ich habe natürlich versucht, ihn für Vögel zu begeistern«, sagt Katariina.

»Aber dafür hat er sich nicht entflammen können?«, fragt Anneli.

»Nein«, erwidert Katariina. »Er redet irgendeinen Quatsch von Tarnanzügen und vom Sichverlieben in Auerhähne.«

Anneli seufzt.

»Was soll man da machen«, sagt sie dann. »Einen erwachsenen Menschen kann man nicht von etwas abhalten, was er wirklich will.«

»Nein, das kann man nicht«, sagt auch Katariina. »Ich habe nicht einmal vor, es zu probieren.«

»In diesem Sinne bist du natürlich eine angenehme Ehefrau«, sagt Anneli gutgemeint.

Kurz vor dem Muttertag geht Katariina zum Friseur. Die Kundin neben ihr ist eine Dame mittleren Alters oder etwas darüber (Katariina ist ja auch bald mittleren Alters oder ist es bereits), aus der Generation, nach deren Meinung die einzig vernünftige Frisur in diesem Alter kurzgerupfte Haare sind. Die Dame liest eine Frauenzeitschrift und fragt plötzlich die Friseurin, ob sie die neue Inszenierung von *Endstation Sehnsucht* gesehen habe. Die Friseurin verneint, aber die Dame preist sie an. Stella werde von Katariina Saarinen gespielt, die in dieser Rolle glänze. Endlich einmal eine Stella, die an Stanley Kowalski heranreiche. Eine Stella, die eine so tragische und unergründliche Figur sei wie Blanche DuBois.

Katariina sitzt mit gerade aufgereihten, in saubere Vierecke gefalteten Folien auf dem Kopf daneben. Sie sieht aus wie ein riesenhaft vergrößertes Insekt, das einen genialen Mechanismus auf dem Kopf hat, wie Regenrinnen übereinander, vielleicht ein Thermostat, ein lebenswichtiges Kühl- und Heizsystem, mit dessen Hilfe nur es, genau dieses Insekt, unter genau diesen Umständen überlebt, und sogar auf seine eigene unästhetische, ein bisschen erbärmliche Weise zu gedeihen scheint. Katariina sagt: »Katariina Saarinen ist meine kleine Schwester«, aber nur zu sich selbst. Sie probiert stumm, wie sich ein solcher Satz anfühlt. Bald wird sie ihn laut sagen können. Nicht jetzt, aber irgendwann, irgendwo beim Friseur.

Von Markus hat Katariina nichts gehört. Es scheint, als existierte er gar nicht. Der Sohn seines Vaters, denkt Katariina manchmal, dann, wenn sie an ihn denkt, nicht oft. Es scheint, als sei diese Sache zu einem Ende gelangt, obwohl Katariina ahnt, dass, wenn er wirklich der Sohn seines Vaters ist, dem nicht so ist.

Katariina Airaksinen hat Katariina angerufen, aber Katariina ist nicht drangegangen. Sie könnte in keiner Weise behaupten, dass sie sich für Katariina Airaksinen interessiert (obwohl das Gefühl gelegentlich daran erinnert, an eine zwanghafte, unwiderstehliche Liebe, die man Blutsverwandten gegenüber empfindet, ob man sie nun mag oder nicht). Sie kann aber auch nicht behaupten, dass sie sie hasst (obwohl das Gefühl gelegentlich auch daran erinnert). Sie weiß nicht, wie sie es nennen würde, was sie Katariina Airaksinen gegenüber empfindet. Es ist etwas, was erst noch gefunden und benannt werden will.

Eines Tages bekommt Katariina von der Post eine Benachrichtigung über ein Paket. Sie holt es am nächsten Tag ab. Zu Hause bringt Katariina das Paket in die Küche und holt eine Schere. Olli und Elina bereiten das Mittagessen zu. »Was ist es?«, fragt Elina.

»Ich weiß nicht«, sagt Katariina.

Katariina öffnet den Karton. Es ist ein einzelner roter Stiletto darin.

Katariina nimmt den Schuh in die Hand. Es ist ein unbenutzter, schöner Festschuh.

»Was ist das?«, fragt Olli.

»Ein Schuh«, sagt Katariina.

»Nur einer?«, fragt Olli.

Katariina antwortet nicht, sie öffnet den Brief, der in der Schachtel unter dem Schuh liegt. Sie setzt sich auf einen Stuhl, ohne darüber nachzudenken, ein glücklicher Zufall, dass der Stuhl da ist, ansonsten wäre sie direkt auf den Boden gefallen.

»Und?«, fragt Olli.

Katariina liest Olli vor, dass Katariina Airaksinen, als sie dreizehn war, rote Stilettos bei Stockmann geklaut hat. Zwei Stunden später habe sie es so sehr bereut, dass sie die Schuhe in den Müll warf. Jetzt sei sie erwachsen, und sie wisse nicht genau, warum, aber sie wolle Katariina einen ihrer neuen roten Stilettos geben. Den anderen behalte sie selbst. Sie betont, dass diese Schuhe nicht gestohlen seien, sie seien bar bezahlt. Es ist eine Quittung als Beweis dabei, zweihundertfünfundzwanzig Euro. Sie schreibt ein paar Worte über Neuigkeiten. Sie berichtet, dass es ihrer Katze Lempi gutgehe. Sie schreibt, dass sie versuche, aus der Not eine Tugend zu machen, ihr das aber noch nicht gelungen sei. Man könne nicht mit einer Kelle fordern, wenn mit einem Löffel gegeben wurde. (»Was soll das denn bedeuten?«, fragt Katariina.) Sie hoffe, dass es Olli, Katariina und Elina gutgehe.

Katariina sieht Olli an. Olli schneidet eine Zwiebel, er hebt den Blick nicht. Er wischt sich die Augen.

»Verdammt«, sagt er.

Elina legt eine Zwiebelhälfte auf Ollis Kopf. »Das hilft«, sagt sie. Olli schneidet weiter.

»Einen einzelnen Schuh kriegst selbst du in einen

Karton«, sagt er. »Der passt rein, wie herum auch immer.«

Katariina stellt sich hinter ihn, schlingt die Arme um ihn.

»Nach einem uralten Strandgesetz darf der Finder das Wrack behalten«, sagt Katariina. »Und den Schatz, wenn es einen gibt.«

Die Alfred-Kordelin-Stiftung hat die Verfasserin beim Schreiben dieses Buches unterstützt.

Die Zitate aus »Sinuhe der Ägypter« von Mika Waltari wurden aus dem finnischen Original (»Sinuhe, egyptiläinen«, WSOY 1945) neu übertragen von Alexandra Stang.

Die Verweise und Zitate über das Schiffswrack sind der Dokumentation »Hylyt« (»Wracks«) von Marko Röhr entnommen.

Kajsa Ingemarsson

Es ist nie zu spät für alles

Roman

Aus dem Schwedischen von Stefanie Werner

Band 18014

Eine typische Straße in einer kleinen schwedischen Stadt: Hier leben Nina, Ellinor und Miriam. Alle drei Frauen stehen an einem Wendepunkt in ihrem Leben, doch erst die geheimnisvolle Janina, die in das leerstehende Haus am Ende der Straße einzieht, wird ihnen zeigen, wie sie neue Wege beschreiten können.

»Der neue Roman von Kajsa Ingemarsson handelt von Veränderung und Geborgenheit, Liebe und Freundschaft, und von den Wegen, die uns manchmal auf völlig unerwartete Art und Weise weiterführen.«
Svenska Dagbladet

Fischer Taschenbuch Verlag

fi 18014 / 1

Kristín Marja Baldursdóttir
Die Eismalerin
Roman
Aus dem Isländischen von Coletta Bürling
Band 16932

»Kristín Marja Baldursdóttir erzählt von Island vor 100 Jahren so lebendig, dass man meint, mittendrin zu sein: Man riecht förmlich Meer und Fisch – und findet's großartig.«
Für Sie

»Eine Liebesgeschichte der ergreifendsten Art.«
Neue Presse

Karitas ist die jüngste Tochter der verwitweten Steinunn Olafsdóttir, die es geschafft hat, dass alle sechs Kinder – auch die Mädchen – die Schule besuchen konnten. Trotz der harten Lebensumstände um 1900 in Island entdeckt Karitas ihr künstlerisches Talent als Malerin. Doch als sie den gut aussehenden Sigmar kennenlernt, steht sie vor der folgenschwersten Entscheidung ihres Lebens.

Fischer Taschenbuch Verlag

fi 16932 / 2